庫

新装版

白い航跡(上)

吉村 昭

講談社

目次

白い航跡(上)…………5

白い航跡（上）

一

慶応四年（一八六八）一月三日、薩摩、長州、土佐、芸州各藩の倒幕軍の砲撃によって戦端が開かれた鳥羽・伏見の戦いは、戊辰《ぼしん》戦役として全面戦争に拡大した。

鳥羽・伏見の戦いは、淀藩についで津藩が倒幕軍側についたことから、幕府軍は総くずれとなって敗走した。大坂城にあった将軍慶喜《よしのぶ》は城を脱出し、海路、江戸に落ちのびた。朝廷は、慶喜追討令を発して新政府樹立を宣言し、有栖川宮熾仁《ありすがわのみやたるひと》親王を東征大総督に任じ、新政府軍は江戸にむかって進撃を開始した。総数約五万で、主力は薩摩、長州それに土佐藩の兵であった。

東海、東山、北陸三道を進んだ新政府軍は、途中、ほとんど抵抗をうけることもなく、四月十一日に江戸城は明け渡され、慶喜は水戸に去って謹慎した。その開城に憤激した幕臣や諸藩の脱藩士たちが、上野寛永寺に屯所をおく彰義隊にぞくぞくと参加し、新政府軍はこれを鎮撫しようとしたが効果はみられなかった。

東征大総督は、軍防事務局権判事大村益次郎の建議をいれて彰義隊討伐を命令した。五月十五日、大村の指揮のもとに新政府軍は上野を包囲し、砲火を浴びせて彰義隊を潰滅させた。その後、房総と武蔵で掃討がつづけられ、抵抗勢力は完全に一掃された。

新政府に残された最大の課題は、奥羽全域を支配下におくことであった。奥羽地方では、会津藩が抗戦派の中心で、すでに東征大総督はこれを賊軍として追討の軍を進めていた。

これに対して仙台、米沢などの奥羽の諸藩は、会津藩に同情し、その処分を寛大にするよう訴えた。しかし、新政府軍はこの嘆願をしりぞけたため、五月三日、奥羽諸藩の代表たちが仙台で会議をもち、越後諸藩の賛同も得て仙台藩を盟主とした奥羽越列藩同盟を結成、薩摩、長州両藩を中心とした新政府軍に抗戦することを決定した。これによって奥羽、越後一帯が戦場となる大規模な戦争に拡大した。

新政府軍は、奥州の関門である要衝の白河（福島県）を攻撃、会津を中心とした各藩兵がこれを迎え撃って凄絶な攻防が繰返された。

五月一日、白河を落しいれた新政府軍は、攻撃目標を会津にさだめ、白河方面以外に海路を利用した兵力の投入をくわだて、六月十六日、勿来《なこそ》ノ関に近い武州川越藩の飛び地であった平潟(茨城県北茨城市)に薩摩、大村などの藩兵千人余を上陸させた。

その地を守っていた仙台藩の藩兵は少数で、戦闘を交えることなく退却し、平潟は、新政府軍の重要な戦略拠点となった。

高木兼寛《たかきかねひろ》は眼をさまし、半身を起した。船艙《せんそう》内の所々に吊りさげられた淡い灯火に、隙間なく床に雑魚寝をしている薩摩藩兵たちの姿がうかび上ってみえる。眼をさまして頭をもたげている者もいた。

絶えず体につたわってきていた震動と水をはねさせる騒々しい音が、消えている。船艙内には、うつろな静寂がひろがり、わずかに藩兵たちの寝息と歯ぎしりの音がきこえているだけであった。

震動は機関室の蒸気機関から起り、音は、船の両舷側にとりつけられた車輪が海水をたたきながら回転する音であった。船は蒸気船であるが、帆柱も立っていて、順風を得れば機関をとめて帆走する。機関がとまって帆があげられたのかとも思えたが、船が動いている気配はない。

目的地に船がついたのだろうか、と、かれは船艙内をながめまわした。

乗船したのは、四日前の七月五日であった。

かれは二十歳という若さであったが、薩摩藩小銃九番隊付の医者として、その前日に小銃十一番隊、番兵一番、三番砲隊の兵たちとともに江戸の姫路藩邸とその周辺の民家に分宿した。一番から十二番までの番隊は、藩士によって編制された薩摩藩の正規軍で、最強の小銃隊であり、衣服も一応ととのっている。が、番兵隊は郷士を集めて構成されていて、筒袖を着たり、中には汚れきった浴衣に脚絆《きゃはん》をつけたりしている者もいる。

故郷の鹿児島を出発した九番隊は、鳥羽・伏見の戦いに参加、正月六日朝に淀方面で有力な幕府軍と遭遇した。激しい銃撃をうけてたちまち一名が即死、四名が深傷《ふかで》を負わされた。兼寛は、これらの負傷者の応急手当をしながらも、指揮者の監軍相良《さがら》吉之助と野崎平左衛門が少しもめげることなく兵を励まして突撃するのを眼にした。隊員は銃砲火の中を幕兵を追って進撃し、強力な砲台を占領することに成功した。

幕府軍が潰滅状態になって敗走して戦闘は終了したが、その後、九番隊は、治安維持のため京都にとどまっていた。

半月前、突然、江戸へむかえという命令がくだり、九番隊は、十一番隊、番兵一番、三番砲隊とともにあわただしく京都をはなれ、東海道を急いだ。江戸から船で平潟（茨城県）という港におもむくのだという。

すでに平潟には、薩摩をはじめ佐土原、柳河、備前の各藩兵が投入され、約千五百名の兵が平潟北方の平《たいら》に対する攻撃をおこなっていた。平藩の前藩主は、幕閣の中心であった老中安藤信正で、藩兵は再三にわたる新政府軍の攻撃に頑強に抵抗し、その進撃を許さなかった。これを憂えた新政府軍は、鳥羽・伏見の戦いで目ざましい戦歴をもつ九番隊以下の諸隊を、増援軍として新たにこの戦場に急派することをくわだてたのだ。

東海道を江戸に入った九番隊以下の諸隊は、姫路藩邸であわただしく準備をととのえた後、七月四日、藩邸を出発して品川宿に至り、宿屋に分宿した。

翌日、多くの艀《はしけ》で品川沖に碇泊している蒸気船二隻にむかい、乗船した。その日は、大砲をはじめ兵器、食料の積み込みがおこなわれ、兼寛も塗り薬、膏薬、包帯、布等の医療具を積んだ。

翌六日朝、船は品川沖をはなれた。兼寛はもとより全員が蒸気船に乗るのは初めてで、船の両舷にとりつけられた水車のような大きな車輪が、水しぶきをはねさせながら回転するのを好奇の眼でながめていた。

右手に横浜村の家並が見え、夕刻近くに浦賀沖をすぎて夜を迎えた。江戸湾を出たので船の動揺が増し、機関の震動と車輪の回転音で眠りにつけず、船酔いする者が多かった。兼寛も気分が悪くなって船艙に身を横たえ、わずかにまどろんだだけであった。

翌日は小雨が降っていたが、微風ながらも追い風になったので、船は車輪の動きをとめて帆をあげた。船の動きはおそく、夜が明けると風が無風に近い状態になって、再び火力航走に移った。

兼寛は、船艙内をながめながら、今日は七月九日だ、と思った。

あきらかに錨がおろされる騒がしい音がきこえてきた。やはり目的の平潟についたらしい。その音に眼をさました男たちが、つぎつぎに体を起すのが見えた。

兼寛は立ちあがると、人の体の間をふんで近くの梯子に手をかけて登った。

甲板に出たかれは、すでに夜が明けているのを知った。靄《もや》が立ちこめていて、後方に停止した僚船の黒い船体がかすんでみえるだけであった。

船艙から藩兵がぞくぞくと出て来て甲板に立った。あたりが徐々に明るくなり、かすかに陸岸が見えてきた。風がわずかに出たらしく、靄が吹き払われるようにうすれてゆく。

藩兵たちの間から、甲高い声が起った。兼寛の視線は陸岸に据えられた。緑におおわれた丘陵を背に深く入りこんだ港が浮き上るように見え、港を抱きこむように左右に岩肌の切り立った岬が海に突き出ている。江戸から仙台におもむく東廻り航路の屈指の良港と称されているだけに、港内は湖水のようにおだやかだった。靄がさらにうすれて、朝の陽光につつまれた港が鮮やかに眼にとらえられた。

やがて、港の岸から多くの艀がはなれて、港外に碇泊した蒸気船に横づけになり、藩兵の上陸がはじまった。大砲も海岸に送られ、兼寛は、梱包された医療具とともに艀に乗って港の岸についた。

岸は砂地で、近くの高みに瀟洒《しょうしゃ》な薬師堂がみえる。海岸に沿って家々が並び、大きな二階建ての家もあって、いかにも栄えている港らしいたたずまいだった。海ぞいの道には、この港を守備する新政府軍の兵たちが所々に寄りかたまって、こちらを見ている。

兵の上陸と武器の揚陸が終ったのは、正午近くであった。

あきらかに遊女屋と思われる造りの数軒の家々から、握り飯と漬物が運ばれてきて、兼寛は藩兵たちとそれを口にした。体に船の震動が、まだ残っている。

華蔵院という寺に新政府軍の本営がもうけられていて、そこに出向いていった監軍の相良吉之助と野崎平左衛門がすぐにもどってくると、平潟の北東三里半（約一四キロ）の位置にある小名浜にむかって出発するよう命じられたことをつたえた。本営から は徴発された牛が二十頭近くまわされてきて、兼寛はその一頭に蓆《むしろ》につつまれた医療具をくりつけた。
九番隊は十一番隊、番兵一番、三番砲隊とともに海ぞいの道から田畠の中の道を進み、鮫川を渡って夕刻に小名浜へついた。そこには、薩摩藩の十二番隊、私領一番隊、私領二番隊が附近一帯に陣を敷いていて、到る所に赤々と篝火をたいていた。

兼寛は、民家に起居している薩摩藩十二番隊付の医者のもとにおもむいて、これまでの戦闘経過をきいた。その医者は、鹿児島に住む漢方の町医で、藩の要請をうけて従軍したという。総髪の髪に白髪がまじっていた。

かれの所属する十二番隊が大村、佐土原藩兵とともに三邦、富士、飛隼の三艦に分乗して平潟沖についたのは、前月の十六日早朝であった。富士艦から艦砲射撃をしたので平潟守備の少数の仙台藩兵は退き、薩摩藩兵らは上陸して港を確保したのだという。

「関寛斎殿と言われる名高い蘭方医がおられてな。軍とともに平潟に上陸された」

漢方医は、名高いという言葉を強めて言った。

兼寛は初めて耳にする名であったが、漢方医の説明に、関が豊かな知識とすぐれた術をそなえた蘭方医であるのを察することができた。新政府軍の奥州征討は、越後口、白河口、平潟口の三方向からおこなわれていて、関は平潟口の負傷者、病人の治療を統轄する責任者として派遣されたのだ、と、漢方医は言った。

寛斎は、天保元年（一八三〇）二月に上総《かずさ》国山辺郡小関村（千葉県東金市）の農民吉井佐兵衛の子として生れた。三歳の折に母に死別して寺子屋師匠の関俊輔の養子になり、医者を志して十八歳の折に大蘭方医佐藤泰然の佐倉順天堂に入門した。かれは研鑽《けんさん》につとめ、ことに外科手術に長じて、泰然の深い信頼を得た。

修業を終えて銚子で開業し、江戸に出た後、長崎に遊学してオランダ海軍軍医ポンペについて西洋医学を修め、三十三歳の折に阿波藩に招かれて御典医となった。阿波藩は新政府側についていたので、関は阿波藩付の軍医として大坂から海路品川にむかい、江戸に入った。新政府軍は、外科医として評価の高い関を登用し、神田三崎町の講武所に戦傷者手当仮病院を開かせ、阿波藩がその警備についた。

やがて、上野に立てこもる彰義隊との戦いがはじまり、おびただしい戦傷者が仮病院に送りこまれてきて、関は、医家を指揮してその手当につとめた。また、三田にある薩摩藩邸からの要請もうけて出張し、負傷者の治療にあたり、大総督参謀西郷隆盛から感謝された。この功績によって、六月八日、関は江戸城に招かれて、大総督府参謀の渡辺清左衛門から奥羽出張病院頭取に任命され、新たに兵力を投入する平潟に赴任せよと命じられた。

関は準備にとりかかり、門人の斎藤竜安らを協力医とし、日本橋の薬種商越前屋宗吉から総額八百二十両の薬種、医療具、綿布、浴衣などを購入、さらに外科手術用の鋸付六道具を横浜から取り寄せた。また、渡辺参謀から個人支度金として百両の金も受取った。そして、六月十四日、関ら医師たちは千余名の兵とともに品川沖で乗艦、二日後に平潟に上陸したのである。

関は、平潟本町の地福院海徳寺を仮病院にさだめ、やがて江戸から送られてきた奥羽出張病院と染められた幟を立て、夜には病院と書かれた提灯をかかげた。また、藩兵とその地方の住民にチフス患者が発生していたので、山上の念仏堂を熱病院として患者を隔離し、治療にあたった。さらに、不足している医者を現地でつのり、川越藩医中西玄隆、小松秀謙、篠田本庵、下山田主計らを医師団にくわえた。

六月二十八日午後三時すぎ、思いがけぬ出来事が起った。仙台藩の軍艦長崎丸と大江丸が港外に姿をみせ、平潟に艦砲射撃をくわえてきたのである。

藩兵は小名浜その他の戦場に散開していて、平潟に兵は少く、そのため関は、町民を徴集して負傷者、病人を戸板や馬にのせて山中に避難させ、軍艦が去った七月一日に傷病者をもとの病院にもどした。

その頃、小名浜を中心とした攻防戦が展開されていて多くの死傷者が生じ、平潟の病院に傷を負った者がぞくぞくと運びこまれた。

「関殿は、私などの手に負えぬ重傷者の手当などを見事にやっておられる」

漢方医は、息をつくように言い、手当の模様を口にした。

刀や槍での傷の手当は、漢方医でも手がけられるが、戦闘は銃撃戦が主で、銃創を負った者の治療の知識も経験もない。外科手術に長じた関は、鳥羽・伏見の戦いにつぐ彰義隊の戦いで、もっぱら銃創者の手当をし、西洋の治療知識を活用して機敏に治療をした。傷口を消毒し、器具で弾丸をぬいて包帯を巻き、沸騰散を服用させる。傷の具合によっては切断手術もし、船で横浜にある病院に医師を付添わせて送る。

また、漢方医の全く手がつけられぬチフス患者も、オランダ医ポンペから伝授をうけた治療をほどこし、それが効果をみせて一人も死者は出ていないという。

「私など、このような戦争では医者とは名ばかりで、傷ついた者の応急手当をし、平潟に送るだけのことだ」

漢方医は、自信を失ったように眼をしばたたいた。

つづいて、漢方医は、戦況について説明した。

薩摩藩兵を主力とした新政府軍の攻撃目標は平城《たいら》で、攻撃をしかけたものの、猛烈な銃砲撃を浴びせかけられて撤退を余儀なくされ、七月一日に第二次総攻撃をおこなった。しかし、この攻撃も頑強な抵抗にあい、作戦の失敗もかさなって新政府軍は小名浜に引揚げた。

「大きな声では言えぬが、わが薩摩の兵はもとより他藩の兵も、三十歳以上の者が多く、それにこの地に来て初めて戦さをする者ばかりで、意気があがらぬ」

漢方医は、周囲に視線を走らせながら低い声で言い、兼寛を見つめると、

「此の度来援したあなたのぞくする隊をはじめ薩摩の諸隊は、鳥羽・伏見の戦さで目ざましい働きをした精鋭の由。これで一気に平城を攻め落すことができるだろう」

と、眼を光らせて言った。

自分たちの諸隊が平潟口の新政府軍の増援とはきいていたが、漢方医の言葉でその目的が平城攻略にあるのを知った。

蚊の羽音がしきりで、よどんだ空気は暑い。かれは、漢方医の泊る民家を辞し、自分の宿所に通じる夜道を歩いていった。

空は、厚い雲におおわれていた。

その夜、平潟口の指揮をとる大総督府参謀木梨精一郎と渡辺清左衛門は、平方面の地理にくわしい小名浜の目明し若松鉄五郎父子を宿所に呼び、地図をひろげて地形、間道その他について聴取し、作戦を練った。その結果、平城を正面と東、西の三方向から総攻撃をすることに決した。

正面隊には、兼寛のぞくする薩摩藩の九番隊と私領二番隊がえらばれ、翌七月十日午後二時に小名浜を出発して街道を北へ進み、夕方、七本松の手前でひそかに陣を敷き、夜営した。私領隊とは、薩摩藩主一族の大身の者の私領内にいる郷士たちで編制された隊であった。

総攻撃は、十三日未明から開始された。

前方の七本松には、道の両側にせまる山の中腹に四ヵ所の台場がもうけられ、平城の堅固な前衛陣地になっていた。九番隊は私領二番隊とともに前進し、兼寛は、薬品、医療具を背負ってそれにしたがった。

道を進むと、台場から銃砲撃が浴びせかけられ、隊は左右の山にわかれて応戦した。作戦どおり東、西両方面からも新政府軍が進み、砲口もひらかれて、すさまじい銃砲声が七本松一帯に充満した。

激戦は二時間以上つづいたが、台場を守っていた平藩兵は遂に支えきれず後退しはじめ、九番隊は、それに乗じて私領二番隊とともに突き進んで台場を攻略した。この戦闘でラッパ役の中村九之丞が軽傷を負い、私領二番隊にも二人の負傷者が出た。

九番隊は、二手にわかれた兵をまとめ、これに薩摩三番砲隊の半隊と大村、因州の各二小隊が合流し、本街道を平にむけて進撃した。その頃から霧が濃くなり、諸隊は平藩の堡塁をつぎつぎに攻略、正午頃には遂に平城下に達した。

城からの銃砲撃は激しく、九番隊はそれにも屈せず先陣を切って進み、町口門の一ノ城門に肉薄した。分隊長の樺山十兵衛が、自ら城塀をのり越えて内部から門をひらき、九番隊につづいて諸隊が内部になだれこんだ。さらに二ノ城門に迫ったが、城内からの銃撃が一層激しくなって前進をはばまれ、兼寛は、隊員とともに樹木のかげに身を伏せていた。

「手負いだ」

隊員の甲高い声に、兼寛は身を起してその方向に走った。うつ伏せに倒れて呻《うめ》いているのは、分隊長の樺山十兵衛であった。弾丸が左膝の下に命中していて血がふき出し、兼寛は、急いで布を包みからひき出して巻いたが、布もたちまち血になった。後送するにも弾丸が飛んできていてできず、かれは樺山のかたわらに身を伏せていた。

俄かに雨が落ちてきて、たちまち豪雨になった。雷鳴がとどろき、稲光がひらめく。その中を九番隊の隊員たちは、這って進み、遂に二ノ城門を突きぬけた。前方に城が高々とそびえ、櫓から銃砲が激しく撃ちおろされてくる。

九番隊は、それを避けて杉林の中に移動し、銃撃をつづけた。諸隊の総指揮をとる大総督府参謀渡辺清左衛門から、負傷者を収容して後送するようにという指示がつたえられた。

監軍の相良吉之助からその命令をうけた兼寛は、隊の負傷者をしらべ、鳥羽・伏見の戦い以来ついてきていた軍夫六人に命じ、負傷者を背負って後へさがった。深傷を負っているのは樺山以外に戦兵の永田彦兵衛と税所雄之介で、永田は右背に、税所は腿に銃撃をうけて、かなりの出血であった。その他、軽傷者は有馬春斎、東郷勇助とラッパ役の中村九之丞の三名であった。

平の城下町は、所々で炎があがり、火の粉が空に散っていた。雷鳴は遠ざかっていたが、依然として雨は激しい。道に人の姿はなく、捨てて逃げたらしい家財を積んだ大八車が置かれていた。

兼寛たちは、無人の家の板戸をはずし、それに樺山ら三人の重傷者を横たえ、雨の中を城下からはなれた。軽傷者は、雨に打たれて重い足取りでついてきていた。

城の方からは、雷鳴のような砲声と豆のはじけるのに似た銃声がさかんにしている。かれは、道の後ろの方から他の隊の負傷者をのせた戸板の列がつづいてきているのを見た。

雨が小降りになって、やがて、やみ、両側の田畠からさかんに蛙の声がきこえはじめた。砲声は遠ざかった。

兼寛は、軍夫たちと交替して戸板を支えた。汗が流れ、手がしびれる。戸板の上の負傷者は呻き声をあげ、血が戸板を赤く染め、端からしたたり落ちていた。

小休止をするたびに、かれは、負傷者の血をぬぐい、布をかえたが、やることはそれだけであった。出血がとまらぬのが気がかりだった。

あたりが暗くなって夜の闇がひろがり、雲の切れ間から冴えた星がのぞいた。

潮の香がしてきて、ようやく平潟に入った。深夜であった。海岸に篝火がたかれていて、そのかたわらに坐る兵に出張病院のある海徳寺への道をたずねた。

かれは、戸板を支えて海ぞいの道から丘陵への道をのぼっていった。両側から巨岩がせまる洞門のような細い道をすぎると、前方に病院と書かれた高張提灯がみえ、その後ろに奥羽出張病院と染められた幟が立っていた。

兼寛たちが門を入ると、本堂の前に坐っていた男たちが立ち、足早やに近づいてきた。兼寛は、男たちに戸板を渡すと、その後から本堂に入った。

床におかれた床几に、三十年輩の男が腰かけていた。黒いズボンに白いシャツをつけ、頭は断髪であった。

戸板が床におろされると、男は、立ってきて樺山十兵衛のかたわらに膝をつき、布で血を拭い、傷をしらべた。

「左膝下より後部中央へ弾玉《たま》貫く」

男の言葉を、着物を着た助手の医師らしい中年の男が紙に書きとめた。つづいて永田彦兵衛、税所雄之介の傷の模様も記録された。

断髪の男が、他の三人の軽傷者の傷口を見て、助手の医者に手当の方法を指示した。

助手たちが男を関先生と呼ぶのを耳にして、小名浜で薩摩隊付の漢方医が口にした病院頭取の関寛斎とはこの人なのか、と思った。年輩の医師を想像していた兼寛は、関が青年のような顔をしているのが意外であった。

関は、薬瓶をかたむけて粗い綿布（ガーゼ）に透明な液をひたして傷口を清める。その上に、眼にしたこともない軟膏を塗り、助手に布をあてて包帯を巻かせる。

永田彦兵衛のかたわらに膝をついた関は、鋏《はさみ》、鑷やさまざまな形をした小さい刀

（メス）が並んだ道具箱の中から刀の一つをえらび出し、永田の右の胸に荒々しくその刃先を食いこませた。呻き声が永田の口から噴き出したが、関は容赦なく肉を切り裂き、長い鋏状のものをその中に深く突き入れ、それを引きぬくと、先端に球状の光るものがつままれていた。あきらかに弾丸で、細長い皿の上に音を立てて落された。

兼寛は呆気にとられて、皿の上におかれた血に濡れている弾丸を見つめた。鋏の両先端は、それぞれ耳掻きの先のようにくぼんでいて、球型のものをはさむことができるようになっている。むろん、兼寛は初めて眼にするものだが、それは体内から弾丸をつまみ出すのに専用される医療具らしい。体に食いこんだ弾丸を造作なく摘出した関の行為が、神技に思えた。

医者としての修業をしてきた兼寛は、一応、患者の手当ができるようになっていて、藩の要請をうけて従軍したのも、戦場で傷つき病んだ者を一人でも多く治療したいと思ったからであった。斬られた傷についても粉薬、油薬を傷口につけ、万病無憂膏などの膏薬をはり包帯を巻きつける。しかし、銃弾にあたって深傷を負った者の治療法は知らず、耳にしたこともない。銃弾が体にめりこんだ者は手のほどこしようがなく、死をまぬがれるのは不可能だと考えていただけに、肉を切り開き弾丸を取り出した関の行為に、放心したような驚きを感じていた。

人声がして、本堂に他の隊の負傷者をのせた戸板が二つつらなって運びこまれてきた。負傷者の一人は片足がちぎれて骨が露出し、すでに息絶えているのか顔は青かった。

関の助手が兼寛に近寄ってくると、

「負傷者の手当は引受けた。隊にもどってよい」

と言い、きびしい表情をして、

「頭取様からの御注意をひとこと。いたずらに傷口を縫い合わせたり布できつくしばったりするのは断じてやめるように、と。膿《う》んでしまい、助かる者も助からぬ。傷口は焼酎で消毒する。出血がとまらぬ折には、焼きごてを押しつける。よろしいな」

と、念を押すように言った。

兼寛は、

「はい」

と答え、うなずいた。

本堂の外に出ると、靄でかすんだ病院と書かれた提灯の下を、つぎつぎに戸板が運びこまれてくるのが見えた。

兼寛は、軍夫たちも疲れているので、仮睡してから隊にもどるべきだ、と思った。

戸板を運んできた六人の軍夫たちは、寺の軒庇の下に腰をおろし、頭を垂れて眠っている。兼寛は、かれらを揺り起した。仮睡をするにしても、門から負傷者がぞくぞくと運びこまれてきて騒々しく、眠りはしばしば破られるだろう。それよりも、海ぞいの家にでも行って睡眠をとった方がいい。

かれは、軍夫たちをうながして寺をはなれた。

平を出発して以来、なにも口にしていないので空腹だった。坂道をくだり、靄の立ちこめた海ぞいの道に出た。篝火がたかれていたが、人影はなかった。

娼家らしい二階建の家の前に高張提灯がかかげられていて、かれらは近づき、軒をくぐった。そこにも人はいなかったが、板の間に握り飯と漬物の入った大きな笊《ざる》が置かれているのが眼にとまった。かれは、軍夫たちと笊に近づき、握り飯をつかんで口に運んだ。塩がまぶされていて、ひどくうまい。

人の気配がして、柱のかげから老いた小柄な女が姿を現わした。水桶をさげていて、それを笊のかたわらに置くと、無言で去った。

兼寛は飯を頬ばりながら、平潟に上陸以来、女を眼にしたのはその老女だけであることに気づいた。女たちは、新政府軍の兵を恐れ、いちはやくのがれて山間部などに身をひそませているのだろう。たしかに戦場を走りまわる兵は殺気立っていて、婦女暴行など日常茶飯事のようにしか思わぬにちがいない。

桶の水を飲んだ兼寛は、激しい疲労感におそわれ、土間に置かれた蓆をひろげると、仰向けになった。

かれは、たちまち深い眠りの中に落ちていった。


体をゆすられ、目をさました。

軍夫たちはすでに起きていて、娼家の雇い人らしい男から竹皮にくるまれた弁当を受取っている。家の外は明るみはじめていた。

兼寛は起きると、弁当を受取り、治療具の包みを背にして軍夫たちと路上に出た。鳥の囀りがしきりで、軒下に隙間なく並んだ巣から燕が飛び立ち、夜明けの空に早い速度で飛び交っている。海は、靄で煙っていた。

軍夫たちは小走りに歩いてゆき、兼寛は、その後を追った。珍しく雲が切れて、両側の田畠の緑が水々しかったが、耕地に人の姿はない。

鮫川を渡り、石塚をへて街道を北へ進んだ。湯長谷をすぎ、無人の農家に入りこんで弁当を開いた。平まで一里の距離であったが、銃砲声はきこえず、その方面から黒煙が立ちのぼり炎がひらめいているのがみえるだけであった。

平の城下町では所々で火災が起っていて、すでに焼けくずれて灰色の煙が流れている所もある。うつろな静けさがひろがっていた。

あたりに注意をはらいながら家並の間を進んだ兼寛は、城が焼け落ち新政府軍の兵が所々に屯《たむ》ろしているのを眼にして、平城が落城したのを知った。

兼寛たちは、道から道をたどり、ようやく焼け残った家並に九番隊の隊旗が立てられているのを見出した。

その家は隊の監軍の宿所になっていて、兼寛は、庭先にまわり、膝をついて傷者を平潟の奥羽出張病院に届けたことを報告した。ひろげた地図のまわりに主だった者と坐っていた監軍の野崎平左衛門が、顔をこちらにむけ、

「御苦労」

と、声をかけてきた。

兼寛は庭から出ると、家の前に立つ隊員の指示をうけて数軒先の家に入った。部屋には寝ている者が多かったが、銃をみがいたり、双肌ぬぎになって衣類にたかっている虱をつぶしている者もいた。

兼寛は、城を攻め落した経過をかれらからきいた。

三ノ城門に迫った九番隊の兵は、城の櫓からの銃砲撃に釘づけになった。夕闇が落

ちた頃、総指揮の参謀渡辺清左衛門から伝令がきて、城兵の抵抗が強く夜戦では犠牲が増す恐れがあるので撤退し、翌日、総攻撃をおこなうという命令をつたえた。

引揚げ命令は全隊につたえられ、各隊は、それにしたがって一部の監視兵を要所にとどめ、後方にさがった。しかし、九番隊の指揮をとる監軍は、この機会をのがしては城を攻め落すことはおぼつかない、と判断し、近くの私領二番隊とともにその場を動かなかった。

そのうちに、城からの砲撃が衰えはじめた。これに乗じて九番隊と私領二番隊は、三ノ城門にとりついた。

午後十時頃、突然、城内に炎があがった。城を守る平藩兵が、これ以上城に立てこもるのは不可能と判断し、火を放ったものと推測され、九番隊の監軍は、三ノ城門を破って兵を突入させたが、慎重を期してその場にとどめ、持場をかためさせた。

城内からの銃撃も全く絶え、翌十四日未明、監軍は突撃を命じ、九番隊が私領二番隊とともに本丸に入ったところ、人の姿はなく、城兵が夜の間に脱出したことを知った。

「参謀は、戦さというものを知らぬのだ。わが隊が城を攻め落した」

それまで黙って虱をとっていた藩士が、薄笑いをうかべて言った。

城内には前藩主安藤信正もいたが、藩士とともに北方へのがれたことが探索の者からの情報であきらかになった。九番隊と私領二番隊の行動は、命令違反であったが、落城させた功績により不問に付されたという。

兼寛は、あらためて九番隊が群を抜いた戦意の旺盛な隊であるのを感じた。

夜になると、祝いの酒が配布され、賑やかな笑い声と歌声が起り、兼寛もかれらにまじって酒を飲んだ。

平城攻略の諸隊は、そのまま城下にとどまって待機した。新政府軍は、城内に放棄された米を運び出し、さらに近くの耕地から野菜を集め、酒蔵から持ち出した樽を毎夜、各隊に支給した。

二十二日の夕方、平潟の奥羽出張病院から使いの者が来て、病院に運びこまれた負傷者の消息をつたえた。

平城総攻撃による死者は十六名で、それぞれ各寺院の墓地に埋葬され、負傷者は八十八名に達していた。それら負傷者のうち病院に送られた重傷者は五十二名で、全員が銃砲撃によるものであった。兼寛が気づかっていた樺山十兵衛、永田彦兵衛、税所雄之介は、関寛斎の治療をうけ、翌々日出帆予定の万里丸で横浜にもうけられた横浜軍陣病院に送られるという。

その他、三名の軽傷者は近日中に退院見込みということで、兼寛は安堵《あんど》した。

渡辺参謀からの命令で、九番隊は、七月二十四日、諸隊の先陣として平を出発した。白河を攻め落した新政府軍と協同作戦をとって、奥羽列藩同盟にくわわっている三春藩の居城を攻略するためであった。

兼寛は、医療具を馬にのせ、隊の後尾を歩いていった。好間川ぞいの道を西へ進み、中寺、上三坂で宿陣し、二十六日早朝に上三坂を出立した。

山道を北上してゆくと、放たれた斥候が、前方の小野新町に奥羽同盟軍が台場を築いて戦闘準備をととのえている、と報告した。隊員は用心深く進み、小野新町の五町（約五四五メートル）手前の地点に達した時、斥候の情報どおり台場から銃撃につづいて砲撃をうけた。

隊は、ただちに右手の山中に入って散開し、側面から一斉射撃をして肉薄したので、奥羽同盟軍の兵は台場を放棄した。隊はこれを追って銃撃を浴びせながら進み、午前九時頃には完全に追い払うことができた。

この戦闘で川上清芳が傷を負ったが、平潟の出張病院に後送するほどの傷ではなく、兼寛は、出張病院で指示された通り傷口を縛ることなどせず、所持していた焼酎で洗い膏薬を貼るにとどめた。その日は、大越で宿陣した。

攻撃目標の三春までは五里（約二〇キロ）で、番兵を立哨させて厳重に警戒し、翌二十七日夜明け前に出発した。激しい抵抗をうけると予想していたが、その気配はなく、やがて馳けもどってきた斥候が、白河口から進撃した新政府軍によって三春がすでに占領されていることをつたえた。三春藩主秋田映季《あきすえ》は、尊王攘夷論者である三春の郷士河野広中（後の自由民権家・農商務大臣）の進言をいれて、前日に降伏していたのである。

九番隊は、警戒をといて三春に入った。

城下には新政府軍の兵があふれ、九番隊は民家に分宿して夜をすごし、翌日の正午すぎに出発、西北三里の本宮町に進み、宿陣した。

次の攻撃目標は、二本松城であった。

本宮は、奥州街道の宿場として発展した二本松藩領の商業の中心地であると同時に、居城のある二本松までわずか二里で、藩にとって戦略的に重要な地でもあった。

本宮には、二本松攻略を目ざす後続の新政府軍がぞくぞくと繰りこみ、戦機が熟した。

七月二十九日、二本松への総攻撃が開始された。

九番隊は、その日の未明、先陣をきって進み、逢隈川の岸に達した。後続の薩摩藩の砲兵隊が到着して対岸の二本松藩兵に対して砲撃を開始し、その支援をうけて九番隊は諸隊とともに渡河した。

その時、二本松藩兵に仙台、会津両藩兵が来援し、すさまじい銃砲撃を浴びせかけてきて諸隊はその場に釘づけになった。九番隊は走って左手の山中に入り、ひそかに前進して側面から不意に一斉射撃をし、これが功を奏して奥羽同盟軍は後退した。

九番隊は兵を二手にわかち、一隊は山中を、一隊は諸隊とともに街道を押し進み、二本松に迫った。城下町の入口には強力な台場が築かれていて、そこに据えられた砲が一斉に火を噴き、新政府軍の砲もこれに応戦して激しい攻防戦がつづいた。

新政府軍の兵力は優勢で、台場を死守していた同盟軍は総くずれとなって、九番隊は諸隊とともに城下に突入した。同盟軍の兵は民家などに入って抵抗を試みたが、やがて沈黙し、新政府軍は一ノ城を突破して城内に入った。二本松藩では、藩兵の大半を白河方面に出陣させていて城に残っていた兵は少く、老人や少年たちが防戦につとめたが、それもむなしく落城したのである。

藩主丹羽長国は米沢に、夫人は会津にそれぞれ落ちのび、家老丹羽一学、服部久左衛門、丹羽和左衛門、郡代見習丹羽新十郎は自刃した。新政府軍の死傷者も多かったが、九番隊では奇蹟的にも一人の戦死、手負いもなかった。

九番隊は、他の諸隊とともに城下町に宿営した。

奥羽同盟軍の主力は会津藩で、それを圧伏させることは奥州全域を新政府軍の支配下におくことに通じていた。このため新政府軍は、会津若松城を攻め落すに必要な増援の兵を待ち、兵器、弾薬の補給につとめた。二本松とその周辺には連日のように援軍の兵が、弾薬箱その他をのせた馬、大八車とともに繰込み、多くの大砲も運びこまれ、約三千の大軍の集結が完了した。

八月二十日朝、諸隊は会津攻略を目ざして二本松を出撃した。また、本宮町に宿営していた別軍も進発し、玉ノ井村で合流した。その附近は山間部であるのに雑草の生い繁った平坦地で、そこに奥羽同盟軍が強力な陣を敷いていた。

入り組んだ小路を進んでいった新政府軍は、不意に草叢《くさむら》の中から同盟軍の一斉射撃をうけ、新政府軍は地の利に恵まれず圧倒されて退却した。

新政府軍参謀は、九番隊と薩摩藩十二番隊に右手の山方向にまわることを命じ、両隊は、その方向に急いで移動した。同盟軍は、それに気づかず新政府軍に対し追撃に移ったので、九番隊と十二番隊は同盟軍の後方に迂回した形になった。

両隊は、同盟軍を背後から銃撃し、さらに退却中の新政府軍主力も態勢をもち直して銃砲撃を浴びせかけ、このはさみ撃ちによって同盟軍も徐々に後退し、夕刻には多くの死体を残して敗走した。

兼寛はこの戦闘で、会津藩兵が少い兵力でありながら戦闘力がきわめて高いのを感じた。この戦闘で、九番隊では伊佐敷金之進が戦死し、また吉井七之丞が重傷を負ったので二本松に後送した。

翌朝、九番隊は他の諸隊と進み、険しい山岳地帯に入った。霧が濃く視界はとざされていた。

前方の母成《ぼなり》峠に台場が築かれていて、近づくと激しい銃砲声がとどろいた。

新政府軍は散開し、九番隊は正面から攻撃した。戦闘は午後二時すぎまでつづき、はるかに兵力のまさる新政府軍がようやく台場を占領することができた。九番隊は半里（約二キロ）ほど進んで、雑草の繁る草原に野営した。雨が降りはじめ、かれらは合羽を頭からかぶって眠った。その日の戦いで川上嘉次郎が軽傷を負った。

夜明け近くに雨がやみ、出発して山道をたどってゆくと、淡い霧のかなたに猪苗代湖の湖面がみえた。そこには会津藩の出城があって激戦が予想されていたが、新政府軍の攻撃を阻止できぬと諦めて放火したらしく出城と神社が火に包まれていた。

猪苗代に入ると、軍参謀からの緊急命令がくだった。会津若松方向二里（約八キロ）の所に湖から流出している水が急流になっている川があり、そこに十六橋という石橋がかかっている。この橋を会津藩兵が破壊すると新政府軍の若松進撃は甚だ困難になるので、橋が落される前にその地点を占領せよ、という。

十六橋の確保を命じられたのは、九番隊を主力に、四番隊と橋梁などを架ける大工、石工などで編制された兵具隊であった。その重要な任務が九番隊に課せられたのは、これまでの戦闘で大胆な、しかも機敏な働きをしてきたことが認められていたからで、隊員の眼には誇らしげな光が浮んでいた。

ただちに行動を開始し、九番隊は四番隊と兵具隊をひき連れて道を急いだ。

やがて、前方に急流にかかった石橋が見え、推察どおり鉢巻をした会津藩兵たちが、大きな木槌などをふるって橋の破壊につとめていた。しかし、橋は堅固らしく半ばこわされているだけであった。

九番隊は、四番隊とともに林の中に散開して発砲した。これに驚いた会津藩兵は、橋を落す作業を中止して対岸から応戦した。

二時間近い銃撃戦がつづき、隊員は徐々に橋に迫り、会津藩兵が後退するのに乗じて一気に橋を渡り、十町（約一・一キロ）ほど進撃した。前方の丘には会津藩兵が陣を敷いていて、隊員は樹木のかげに身を入れて銃撃をつづけた。

夕刻になったが、会津藩兵は藩旗を押し立てて死守のかまえをしめし引きさがる気配はない。そのうちに、新政府軍の援軍がぞくぞくとやってきたので、九番隊はかれらと交替して十六橋の袂まで引返し、野営した。半ばこわされていた橋は、兵具隊の兵によって板が架けられ修復されていて大砲を渡すのも可能になっていた。

翌八月二十三日の朝、九番隊は十六橋をはなれて前進した。すでに会津藩兵は退却し、新政府軍の先鋒は若松城下に突入していて、九番隊もそれにつづいた。

大手口二ノ城門に迫ったが、城中から撃ちおろされてくる砲弾は雨のごとくで、進むことは不可能であった。九番隊は、武家屋敷の庭に入って塀を盾にして銃撃をつづけた。

兼寛は、医療具を背負って屋敷の内部に入ったが、隣室で呻き声がしているのに気づき、内部をのぞいてみた。

かれは眼を大きくひらき、体をかたくした。座敷は血でおおわれ、老いた女と中年の女が咽喉を短刀で突き刺し、そのかたわらに胸から血を流した三人の女児が倒れていた。女が女児たちを刺殺したことはあきらかだった。

いずれも白い着物を着ているが、血に染っている。呻き声をあげているのは中年の女で、首の後ろに短刀の刃先が突き出ているが、絶命はしていない。

兼寛は、彼女たちが新政府軍の城下突入を知って、武家の婦女として生き恥をさらすことを恐れて自決したことに気づいた。恐らくこの家の男たちは城内に入り、押し寄せる大軍を前に城を死守しようとして戦っているのだろう。女たちは、男たちが後顧の憂いがないように、また新政府軍の兵に凌辱されることを恐れて自決したにちがいない。

かれは、戦さのむごたらしさに戦慄をおぼえ、息をのんだ。七、八歳の女児の手はわずかに痙攣《けいれん》していた。

中年の女の口からもれていた呻き声が徐々に弱まり、不意に絶えた。女の眼は大きく開かれていた。

物がはじけるような異様な音が起り、空気が急に熱くなった。隣りの屋敷に火が放たれたらしく、それが兼寛のいる屋敷にも移ってきている。隣家でも家族が自刃し、火をつけたのかも知れなかった。

「さがるぞ」

分隊長の声がし、兼寛は炎の噴き出した家から庭にとびおり、隊員とともに屋敷の塀にそって身をかがめながら走った。路上には、弾丸で撃ち倒されたらしい町民が倒れ、砲撃ではねとばされたのか、頭部のない体もころがっていた。

甲賀口まで退くと、そこでは薩摩藩二番隊、三番隊の兵が、近くの家から運び出した畳で仮の台場をつくり銃撃していた。九番隊の兵は、それにくわわった。城下の所々から炎があがり、銃砲撃の音が充満し、町そのものが噴火した火山のように感じられた。

夜になると、空は朱色に染って昼間のように明るい。至近弾がしばしば落下し、土埃が巻き起り、火の手があがった。

さすがに奥羽同盟軍の中心勢力である会津藩だけに、その戦闘力は強大だった。若松城下に攻め入ったものの、新政府軍は会津藩あげての反撃に甚だしい苦戦を強いられていた。城内に進攻するどころか、城下の到る所で一進一退の攻防が繰返された。

増援の兵がぞくぞくと投入されたが、攻撃ははね返され、八月末になっても戦局は好転しなかった。

兼寛は、その強靭な抵抗力に脅威をおぼえた。その戦力の源は、会津藩が藩主を中心に一丸となって死を辞さぬ覚悟で奮戦しているからであるにちがいなかった。戦闘に参加して死んだ会津藩士たちの中には、頭髪が薄れた白髪の老いた武士や、あどけない顔をした少年が数多くまじっていた。また、薙刀や銃を手にして倒れている女の遺体すらあった。

兼寛は、傷ついた者の手当をしながら、さまざまなものを眼にした。銃砲火の中を逃げまどう町民の群れ。銃弾をうけたり砲弾で吹きとばされたりした遺体が到る所にころがっている。死んだ母親の体のかたわらで、泣く力も失せてうつろな眼で坐っている嬰児。火災をまぬがれた武家の家に入ると、そこには自刃した女や老人の姿をみることが多かった。それらのおびただしい遺体は暑熱で腐敗して蛆で白くおおわれ、腐臭が城下町をおおっていた。

新政府軍の兵は焼け残った家々から食料を運び出し、さらに財貨をかすめ取り、ひそんでいた女を見つけて犯す者もいた。

兼寛は、戦さの悲惨さに身のふるえるのを感じていた。

九月に入ると気温が低下し、相変らず会津藩兵の戦力は衰える気配もなく、城からの砲撃はやまなかった。

会津藩では、共に戦ってきた米沢藩に援軍を要請する使者を送ったが、米沢藩は、大勢が新政府側に大きく傾いているのを考慮し、それに応ずることはなかった。そのため使者が割腹して死んだという情報もつたえられた。会津藩は全く孤立していたが、それでも到る所でくりひろげられる戦闘で果敢な攻撃をし、新政府軍は大敗して退くこともしばしばだった。

　これに苛立った新政府軍は、九月十四日、総攻撃をおこない、数万の大軍が城の周囲から砲撃を集中し、銃火を浴びせた。城中では火災が起り、石榴弾で天守閣も破壊した。しかし、城兵は防戦につとめ、この攻撃も失敗に終った。

　新政府軍は、城をかたく包囲して食料、弾薬がつきるのを待つ持久戦に入った。

　若松城下をはじめ近隣一帯は、惨憺《さんたん》とした情景を呈していた。民家は、会津藩兵によって焼き払われ、新政府軍の兵は、焼け残った家々から家財を奪い、そこに薩州分捕り、長州分捕りの立札を立て、それらの品々はどこからか集ってきた商人たちに競売されていた。新政府軍の兵の婦女暴行はしばしばみられ、庶民の妻や娘が体をもてあそばれた。このような行為は、敗走し無頼の徒と化した会津藩兵も同様だった。

　すでに降伏した米沢藩から会津藩に対して開城することをすすめる動きがみられ、会津藩もこれに応じる空気がたかまった。城内では徹底抗戦を唱える声もあったが、藩主松平容保《かたもり》は、開城を決意して使者を城から出して新政府軍側と接触させ、九月二十一日暁、城内からの銃砲声は絶えた。

　翌九月二十二日朝、城の追手門に白旗がかかげられた。これを見た新政府軍の本営では、使者を馬で走らせて全軍に発砲停止を命じた。

降伏式が甲賀町通りの会津藩家老内藤介右衛門と西郷頼母宅の間の道路でおこなわれることになり、そこに毛氈《もうせん》が敷かれた。

やがて、城内から会津藩家老梶原平馬、内藤介右衛門、軍事奉行秋月悌次郎らが麻裃の礼服をつけて式場についた。新政府軍側からも軍監中村半次郎（後に桐野利秋と改名）、軍曹山県小太郎、使番唯九十九《ゆいつくも》が錦旗を立てて到着、秋月が小さな白旗を手に中村らを迎えた。

藩主松平容保と世子の喜徳が、礼服をつけて家臣とともに式場につき、

「朝廷に抗戦をつづけ、人民を塗炭の苦しみにおとし入れたのはすべて自分のなすところで、いかなる極刑を申し渡されても恨むことはない。世子と家臣の生死は朝廷の御判断におまかせするが、領民は御赦免下さるよう伏して嘆願《たんがん》いたす」

という趣旨の降伏書を軍監中村半次郎に渡した。

これにつづいて会津藩の重臣の嘆願書が提出された。それには、

「事ここに至ったのは、われら重臣が頑愚疎暴によって藩の進む道を誤ったからであり、なにとぞわれらを厳しい刑に処して下さるよう伏して御願い申します。藩主父子にはぜひとも寛大な御処置を仰ぎたく懇願いたします」

と記され、連署されていた。

これによって降伏の儀は終了し、容保父子は、いったん城中にもどった。

容保は、城中にある戦死者の埋葬された仮墓地におもむいて香華を供えて合掌し、兵の前に立って一隊ごとにその労苦を謝し、訣別を告げた。

父子は滝沢村の妙国寺に幽閉されることになり、駕籠に乗って北追手門から城外に出た。護送の任を命ぜられたのは、兼寛のぞくする薩摩藩小銃九番隊であった。

護衛は隊の半数があてられ、北追手門で整列していた隊員たちは、駕籠が二つつらなって出てくると前後左右をかため、整然と進んだ。兼寛は、その後からついていった。先頭には軍監中村半次郎が馬に乗って進み、道の両側には新政府軍の兵が立って見守っていた。藩主父子が護送される情景に、兵たちは体をかたくして見送り、涙ぐむ者も多かった。

駕籠は、甲賀町通りから上一ノ町、博労町をへて滝沢村妙国寺についた。寺には土佐、佐土原の両藩兵が警護の任についていて、九番隊から、それらの藩兵に駕籠が引渡された。

駕籠が本堂前でおろされ、藩主父子は内部に入っていった。ついで容保の息女照姫も城を出て妙国寺に護送された。

境内の警戒は厳重をきわめ、数門の大砲が据えられ、容保たちを奪還するため会津藩士たちが襲ってきた場合は寺を砲撃するよう砲口を寺にむけていた。夜になると境内の到る所に篝火がたかれ、多くの兵が交代で警戒にあたった。

翌九月二十三日、城内に立てこもっていた会津藩士たちが、新政府軍との取りきめにしたがって全員、三ノ丸埋み門から城外に出た。

かれらの収容先は猪苗代で、米沢藩兵の警護のもとに城下から出て東への道をたどった。傷ついている者が多く、白布で傷口を巻き、足をひきずったり杖をついたりしている者もいる。戸板で運ばれてゆく重傷者の姿も眼についた。一様に衣服は汚れ、破れている。かれらの顔には悲痛な表情が濃く、涙を流している者もいた。

ことに眼についたのは老いた者や少年の姿で、その中には女もまじっていた。それは、会津藩が総力をあげて戦ったことをしめしていた。

兼寛は、九番隊とともに若松の城下にとどまっていたが、会津藩士たちが猪苗代へ護送されていった途中の模様を人づてにきいた。会津藩士たちは、藩主父子と照姫が幽閉されている妙国寺の近くにくると一様に歩みをとめて深く頭をさげ、平伏する者も多かった。かれらの間にすすり泣きの声がひろがり、号泣する声も所々に起った。

これを見た妙国寺の警備にあたっていた土佐、佐土原の藩兵たちは狼狽した。悲嘆にくれる会津藩士たちが、感情をおさえきれず藩主父子と姫を奪還する動きに出ることを恐れたのだ。

藩兵たちは、銃をかまえて即刻、猪苗代へむかうよう荒々しい声でうながし、会津藩士たちは、ようやく歩き出した。かれらは力ない足取りで猪苗代への道をたどった。道には新政府軍の兵たちが所々に屯ろしていて、歩いてゆく会津藩士の群れに激しい罵声を浴びせかけ、石を投げつける者もいた。藩士たちは無言で歩きつづけていったという。

その話をきいた兼寛は、やりきれない気持になった。

藩主父子が駕籠で妙国寺に護送される時には、それを見守る新政府軍の兵たちは、眼の前を過ぎてゆく駕籠に頭をさげ、涙ぐむ者もいた。兼寛も、奮戦むなしく軍門にくだった藩主の心中を想い、胸が熱くなるのをおぼえた。あくまでも幕府に忠誠を誓い、その幕府が倒れた後も津波のように押し寄せる新政府の大軍を一手に迎え撃ち、長期間、城に立てこもって戦いつづけた藩主を中心とした会津藩士の心情を美しく思い、哀れにも感じた。敗れることが確実であるのを知りながら、老人、少年に女までくわわって城を死守したかれらに深い感動をおぼえた。

しかし、猪苗代への道に屯ろしていた新政府軍の兵たちは、収容先へむかう会津藩士に激しい罵声を浴びせかけたという。

兼寛は、むごい話だ、と思った。と同時に、それらの兵の気持が理解できぬわけでもなかった。恐らく兵たちは、眼の前を歩いてゆく会津藩士たちの姿をみて、弾丸を浴び砲撃をうけて戦死した親しい者たちのことを思い出したのだろう。戦友を殺した者が歩いてゆくのを眼にした兵たちは、激しい憤りに駆られ、それが罵声となり、投石になったにちがいない。

兼寛も、戦死した者や傷ついた者に接するたびに同じような感情をいだいた。会津藩兵の戦闘力は、それまで対峙した平、二本松藩兵よりもはるかに強力で、攻撃をしても退かず、かえって敗退を余儀なくされたこともしばしばだった。陣地に立てられた「會」と印された会津藩の藩旗に激しい憎悪をおぼえた。その無気味なほどの戦力をもつ会津藩士たちが、遂に力つきて敗者として歩いてゆく。その姿をみた兵たちが、同僚を失った悲しみで憤りをたたきつける気持になったのも無理はない。

しかし、と、かれは思った。悲しみと憤りは、会津藩士たちの方がはるかに激しいはずだった。兼寛は、武家屋敷の一室で幼女を刺し殺し自らも咽喉に短刀を突き立てて自刃した女のむごたらしい姿を想い起した。城下の家々は火を放たれて灰となり、路上には多くの死体がころがっていて、それは日を追って腐爛し白骨化していった。婦女は凌辱され、家財は容赦なく掠奪された。城は砲弾によって破壊され、城下は廃墟になった。そうした悲惨さを強いられただけでも堪えがたいのに、敗れたために罵声を浴び石を投げつけられる身になっている。

兼寛は、敗者の悲哀に胸がしめつけられる思いであった。

翌二十四日、軍監中村半次郎らが、落城した若松城に入り、会津藩側は銃砲兵器の目録を提出した。

一、大砲　但弾薬附　五十挺

一、小銃　二千八百四十五挺

一、胴乱　十八箱

一、小銃弾薬　二十三万発

一、槍　一千三百二十筋

一、長刀　八十一振

新政府軍は、これらを押収し、武装解除を終了した。

会津藩領内では依然として戦闘が継続されていたが、若松城の落城がつたえられて、数日後には全藩領内での銃砲声は絶えた。気温は低下し、樹葉が色づきはじめていた。

新政府軍の兵の服装には、一つの対比がみられた。西洋風の服をつけている藩の兵もいたが、薩摩、長州藩の兵は、おしなべて粗末で筒袖を着ている者が多く、浴衣姿の者もいる。脚絆に草鞋《わらじ》で裸足の者すらいた。髪は乱れ衣服も裂けている。寒さが増してきていたので、民家から奪った着物を合せ着にしていた。

官軍の服を着て身なりの整っている藩の兵は、戦闘に際しておおむね臆病で、劣勢になると逃げ腰になる。それに比べて粗末な衣服をつけている薩摩、長州の兵は、終始、大胆な行動をとって果敢な攻撃をし、陣地を奪った。このような傾向があきらかになっていたので、洋服を着た各藩の者たちは薩長の兵たちと出会うたびに弱々しく視線をそらせていた。

若松城下は、武家屋敷が一軒残らず灰に化し、寺もすべて焼け落ちていた。民家の大半も焼け、残った家々は新政府軍の宿所となっていた。

十月一日、九番隊に出陣命令がくだった。

仙台藩はすでに帰順していたが、二本松におもむき、場合によっては仙台をへて盛岡へ行くようにという。私領一番隊、二番隊も同行することになった。

翌日、隊は私領一番、二番隊とともに若松を出立して二日後には二本松につき、七日まで滞陣した。次の日に出発して昼頃に福島へついたが、その方面の総指揮をとる白河口総督から度重なる戦闘での勲功をたたえる書面が三隊に下賜されると同時に、すみやかに凱旋して兵を休めるよう命じられた。

これによって九番隊の戦闘任務はすべて終了し、江戸へ引返すことになった。

すでに山々には、雪の白さがみられていた。

福島をはなれ、街道を江戸にむかった。戦いに勝利をおさめた隊員たちの顔には喜びの色が濃く、笑い声もしばしば起った。夜、宿所に泊ると必ず酒を飲み、歌をうたう。刀を振りまわして体をふらつかせながら踊る者もいた。

兼寛は、隊員とともに激戦地であった二本松をすぎ、奥州街道を南へたどった。道中の町村には焼けた家の残骸が所々にみられ、砲弾の落下した穴もあいている。女、子供はまだ避難したままであるらしく眼にするのは男ばかりで、それも少数であった。かれらの顔はこわばっていて、視線をむけてくる者はいない。耕地は霜におおわれていた。

郡山、須賀川を過ぎた。民家はかたく戸をとざし、焼けた家の黒い柱が墓標のように突き立ち、寒々とした情景だった。

白河の町には、新政府軍の兵たちが駐屯していた。城は焼け落ちて無残な姿をみせ、焼けた家の材が重なり合っている。しかし、避難した者たちがもどってきているらしく、さすがに女の姿はみられぬものの家々の戸はひらかれ、商家も営業をしていた。

兼寛は、隊の者たちと指定された宿屋に入った。

本営におもむいていった監軍の相良吉之助と野崎平左衛門がもどってくると、新しい情報をつたえた。会津藩とともに徹底抗戦の姿勢をくずさなかった庄内藩も降伏し、東北全域にわたる戦闘は全く停止したという。白河口総督から九番隊に凱旋命令がくだった理由もそれでわかり、一同、歓声をあげた。

また、相良は、九月八日に慶応が明治と改元され、さらに江戸が東京と改称されたことも口にした。

兼寛は、

「明治、東京」

と、胸の中でつぶやき、明るい治政がしかれる願いをこめた改元であり、東の京都として江戸を政治の中心とする意味で東京と改称したのだろう、と思った。その新鮮な元号と東京という言葉のひびきに、新しい時代がはじまろうとしているのを感じた。

相良が兼寛に近づくと、

「ここには総督直属の病院がもうけられている由だ。病人が出た折にはそこに運ぶように言われた。よいな」

と、言った。

白河は新政府軍の奥羽征討の根拠地で、そこに軍陣病院がおかれているのは当然だった。

かれは、平潟の奥羽出張病院を思い起し、後学のためにも白河の病院を見てみたいと思い、宿の主人に病院の所在をきいて宿を出た。すでに道は暗くなりはじめていた。

病院は白河本町という町の中心部にあって、大きな宿屋がこれにあてられていた。軒先には病院と記された旗が立てられ、高張提灯もかかげられている。分院ともいうべきものが、三軒ほどはなれた宿屋にもうけられていた。

病院の前に、自分と同じ二十歳ぐらいの男が、大八車からおろされた白い綿布を町の者らしい男がかついで院内に運びこむのを見守っていた。綿布がすべて運びこまれると、男は、大八車をひいてきた男から納品書らしい書付けを受取り、院内に入りかけた。

兼寛は男を呼びとめ、習いおぼえた奥州言葉で薩摩訛りを口にせぬようにつとめながら薩摩藩の隊付医者であることを告げた。

男は、若い兼寛に親しみをおぼえたらしく、宇都宮の医師の子で、医生として病院で働いている、と言った。

兼寛は、負傷者をどれほど収容しているかをたずねた。

男は、一時は病院に収容しきれぬほどの負傷者がいて、その手当に忙殺されたが、重傷者は横浜の軍陣病院に送り、軽傷者も傷が癒えて退院したので今では病いにおかされた者しかいないという。

「病院の御頭取は？」

「佐藤進様」

その名を口にした男の顔には、深い畏敬の色があらわれていた。

「どのようなお方ですか」

兼寛がたずねると、男は、佐藤の補佐をしている医師からきいた話だが、と前置きして、よどみない口調で佐藤のことを話しはじめた。

佐藤は、医師を志して西洋医学の著名な塾である佐倉順天堂の佐藤舜海（後に尚中）の門に入り、たちまち頭角をあらわした。その勉学ぶりを認めた舜海は、かれを養子とし長女をめあわせた。

鳥羽・伏見の戦いで、幕府軍の会津藩兵の負傷者が江戸の会津藩中屋敷に後送されてきたので、藩主松平容保の依頼をうけた舜海が治療にあたり、ついで佐藤進がそれを引きついだ。会津藩兵が去り、江戸に入って奥羽征討のため北への進撃を開始した新政府軍は、舜海に負傷者の治療にあたるよう命じたが、会津藩主と親しい舜海は、会津攻撃を目ざす新政府軍のために働くことを嫌い、養子の佐藤進を派遣した。佐藤は、白河口の奥羽出張病院頭取として門人の倉次元意をともなって白河に赴任した。佐藤二十四歳の若さであった。

かれは治療につとめ、戦線が前方へ移るとともに三春へ行き、先月末には若松へ入ったという。

「あなたは、何故、この病院に……」

兼寛は、宇都宮の医師の息子であるという若い男の顔を見つめた。宇都宮藩は、戊辰戦争が拡大した時、幕府側につくか新政府につくか藩論が大きくゆれ、結局、新政府側につくことをきめたため幕府軍の攻撃をうけて宇都宮を占拠され、後に新政府軍が奪回したときく。新政府軍の統治下になってから、その命令で男は白河軍陣病院の治療の下働きに徴用されたのか。

「私の父は藩医で、宇都宮では私も父とともに負傷者の手当をいたしました。そのうちに白河に軍陣病院が開かれるときき、父は、病院にはすぐれた医家の方が出張されるはずで、よい機会だから後学のため見習いとして働くようにと言い、それでこの地にきて雇っていただいたのです。私がきて、間もなく佐藤先生がこられました」

兼寛はうなずき、

「それで佐藤先生の治療法は？」

と、たずねた。

「なにもかも驚き入りました。見たこともきいたこともない治療で……」

男の眼に輝きがやどった。

「どのように……」

兼寛は、かれの眼に視線を据えた。

「傷口が膿んで壊疽《えそ》をおこし、このままでは命が絶えると思われる手負いの者の手足を、ためらうことなく切断いたしました。鋸を使うのには仰天しました。西洋の消毒薬をつかい、薬を服用させ、それによって命が助かった者がかなりおります」

男は、興奮したように言った。

兼寛は、佐藤が平潟の出張病院頭取であった関寛斎と同じ治療法をしているのを感じた。

「佐藤先生は、嘆いておられました」

男の表情に、暗い翳がさした。

「どのようなことを……」

兼寛は、いぶかしそうにたずねた。

「前線の各藩の隊付医者は、どれもこれも治療の法を知らぬ、と。負傷者は応急手当をうけてこの病院に運びこまれてくるのですが、その手当が逆に負傷者の傷を悪化させ、手のつけられぬ状態になってしまっていると言われて……」

男は、事情を説明した。

各藩の医師は、銃創を受けた兵の傷口に裂いた綿布を押しこんだり、湯や黄蘗《おうばく》の煎汁で洗ったりしているので、壊疽を起こしている。また、傷口を縫いつけてしまっているので化膿がひどい。

「私の父もそのような手当をし、それが当を得たものと思っておりましたが、佐藤先生の医術を眼にし、全く別の世界があるのを知り、眼が開かれました」

男の顔が、紅潮した。

別の世界、という言葉に、兼寛は、放心したように病院と書かれた提灯を見上げた。時代は急速に移り変り、自分が修得した医学はすでに過去のものになっているらしい。

別の世界か、と、かれは、胸の中でつぶやいた。

「あなたは薩摩藩の医者と言われたが、この病院にも薩摩の医家がおられました」

男の言葉に、兼寛は視線を男にもどし、

「どのようなお方が」

と、たずねた。

「山下弘平先生」

その名は、兼寛も耳にしたことがある。

安政四年（一八五七）にオランダ海軍軍医ポンペが西洋医学を教える長崎養生所へ薩摩藩から八木称平が派遣され、ポンペが帰国した後、八木は松本良順（後に順）のあとをついで養生所頭取に就任した。その後、八木は鹿児島に帰って蘭学塾をひらいたが、元治二年（一八六五）三月に死亡している。山下は、その八木と親しい蘭方医として知られていた。

「山下先生がここにおられたのですか」

兼寛は、山下が藩の求めに応じて軍医となったのは当然とは思いながらも、白河に出張していたとは知らなかった。

「山下先生の治療法はいかがでした」

八木を通じてポンペの医術も知っているはずの山下は、佐藤に遜色のない秀れた療法をほどこしていたにちがいない、と思った。

しかし、かれの推測ははずれていた。

男は、

「薩摩の医家の中で山下先生は、まだましだ、と佐藤先生は言っておられましたが、それも他の医家と大した差はない、と……。手術なども、ただ佐藤先生のなされるのを見守っているだけで、わずかに消毒の手助けをする程度でした。先月、若松の方へ行ってしまわれました」

と、言った。

兼寛は、言葉もなく立っていた。

八木は、薩摩藩の医師の中では新しい西洋医術を身につけた神に近い存在で、その影響をうけた山下も軍医として秀れた業績をあげているはずだ、と思っていた。しかし、佐藤からみれば、山下も他の漢方医たちと同様に戦さで傷ついた者を治療するには程遠いらしい。

薩摩藩は、伝統的に藩主が洋学に深い理解をしめして洋書の入手につとめ、西欧文明の吸収に積極的だった。それは、ことに兵術に集中されていたが、医学の面でも進歩的な姿勢をとってきている。そのような気風の中で山下が蘭方医として知られる存在になっていたが、佐藤からみれば、まだ従来の医家の域を脱していないらしい。

兼寛は、打ちのめされたような気分であった。

「薩摩藩の医家と言えば、山下弘平先生より石神《いしがみ》良策と申す医家の方を、佐藤先生ははるかに信用しておられました」

男は、失望した兼寛の気分を引立てるような口調で言った。

思いがけぬ医家の名が男の口からもれたことに、兼寛は、

「石神先生がこの病院に？」

と、驚きの声をあげた。

余りの声の大きさに、男は、

「御存知なのですか」

と、たずねた。

「存じているどころか、私の恩師です」

兼寛は、眼を大きく開いた。

二年前の慶応二年（一八六六）、医師を志した十八歳の兼寛は、長崎で七年間、蘭方医学をまなんだという石神良策の門に入った。石神は、蘭方医でありながら漢方医

学にもすぐれた点が多いと言って教材をあたえ、さらに長崎でおぼえた英語の初歩の伝授もしてくれた。

石神は、勉学熱心な兼寛をわが子のように眼をかけて医学を教えてくれたが、今年の一月、出兵する薩摩藩付の軍医として京都へ去った。兼寛は、石神が進撃する兵とともに奥州方面にむかったにちがいないと思っていたが、この白河の病院にいたとは想像もしていなかった。

「それで先生は、今でもこの病院に……」

かれは、口早にたずねた。

「いえ。先生はレウマチ（リュウマチ）で苦しまれ、六月初めにこの病院におりました薩摩藩の手負い人や病人とともに、療治をうけるため横浜の軍陣病院にむかわれました。きくところによりますと、その後、病いも癒え、医療にしたがっておられるうちに、その病院の頭取になられた由です。佐藤先生も喜んでおられました」

男が、おだやかな眼をして答えた。

頭取という男の言葉に、兼寛は、胸が熱くなるのをおぼえた。軍陣病院の頭取に推されたということは、日本を代表する洋方医の一人と見られているのを意味する。

兼寛は、偉大な医家に師事できたことを幸せに思い、歓喜が胸にあふれた。

「石神先生は、手術をなされたのですね」

かれは、はずんだ声で言った。

「いえ、手術がおできになるのは佐藤先生のみで、その門人の倉次元意先生が助手をされ、石神先生は、もっぱら種痘を担当しておられました」

男は、宇都宮一帯で疱瘡（天然痘）が流行していたが、軍医として宇都宮の仮病院にきていた石神が、積極的に種痘をほどこし、白河に来てからもそれをつづけて、負傷者の手当はほとんど手がけなかったという。

種痘をおこなっていたということに、いかにも石神らしい、と、兼寛は思った。

石神は、嘉永三年（一八五〇）に長崎への遊学を終えて鹿児島に帰ると、長崎から持ち帰った種痘具で早速、種痘をおこなった。これを知った漢方医たちは、恐るべき天然痘の毒を植えつけるなどということは人を死に追いやるものだ、と言って、激しく非難した。

藩医は漢方医が支配していたので、その訴えをいれた藩では石神に夜間のみの外出を許す慎みの罰を科した。それにもかかわらず、かれは尚もひそかに種痘をつづけたので座敷牢にとじこめられた。その後、種痘が天然痘予防の良法であることが徐々に知られて石神の罰もとかれたが、石神と種痘は密接な関係にあったのである。

「仕事がありますので……」

若い医生が、言いにくそうに言った。

「お引きとめして申訳ありませんでした」

兼寛は、頭をさげた。

医生は、院内に入っていった。

兼寛は、宿屋に通じる道を引返した。

ふと、平潟の奥羽出張病院に運んだ負傷者の樺山十兵衛、永田彦兵衛、税所雄之介のことが思い起された。かれらは、関寛斎の治療をうけた後、七月下旬、横浜の病院に船で送られたという。

師の石神良策がリュウマチ治療のため横浜の病院に行ったというのは六月初旬で、その後、医師として治療にあたっているというからには樺山たち三名も石神の手当をうけていることになる。兼寛は、樺山たちの傷の具合が気がかりであったし、石神とも会いたく、東京に出たらどうしても横浜の病院に行ってみよう、と思った。

宿にもどると、すでに隊員たちは賑やかに酒を飲んでいた。かれも、その席にくわわって杯をとった。横浜へ行くことを思うと気持がはずみ、かれは杯を重ねた。

翌日、隊は、私領一番隊、私領二番隊とともに白河をはなれた。

白坂をすぎると、道は下りになって大田原に入った。街道筋には、焼けた家が所々にあって戦火の痕が生々しい。喜連川、氏家をへて阿久津をすぎ、鬼怒川を舟で渡った。川風が冷く、河原の草は枯れていた。

白沢をすぎて宇都宮についた。白河を出てから二日後の午後であった。宇都宮は激戦がくりひろげられた地であると言われているだけに人家はほとんど焼けていて、その残骸がひろがっていた。旅宿もなく、町はずれの農家に分宿した。

二

兼寛は、隊員とともに宿をかさねて奥州街道を進み、十月十八日に東京へついた。

九番隊は、私領一番隊、二番隊とともに三田の薩摩藩邸に行き、その指示にしたがって品川の宿屋に分宿した。

宿屋の主人に横浜までの距離をたずねると、五里（約二〇キロ）ほどだという。同じ宿屋に監軍の相良吉之助が泊っていたので、その部屋に行き、横浜病院に送られた樺山十兵衛ら三名の傷の状態を知りたいので横浜に行かせて欲しい、と申し出た。

相良も樺山らのことを気にかけていたので、行ってくるようにと言い、路銀も渡してくれた。

翌朝、かれは、宿屋で作ってもらった弁当を手に品川をはなれ、東海道を進んだ。六郷川を渡し舟で越し、川崎、鶴見、生麦をすぎた。奥州街道では老女以外に女を見たことはなかったが、渡し舟の中には子連れの女がいたし娘もしばしば眼にする。

鉄砲をかついだ新政府軍の兵が連れ立って通りすぎることもあったが、だれも恐れる風はなく、女たちも気にはしていないようであった。

神奈川宿をすぎ、横浜に入った。小漁村にすぎなかった横浜が開国後、日本随一の貿易港になったと言うだけに、豪壮な作りの商家が並び、道は人の往来がしきりであった。

兼寛は、横浜軍陣病院が野毛町の漢学稽古所であった修文館の建物を利用しているのを知り、そこへの道をたどった。

大きな建物の前に立ったかれは、門柱に横浜軍陣病院と書かれた板がかけられているのを眼にした。大門はとざされていて、両側に槍を手にした兵が立ち、物々しい警戒ぶりであった。

兼寛は近づき、入院している樺山十兵衛、永田彦兵衛、税所雄之介の三名を見舞いに来たことを告げた。

兵は、険しい眼をして兼寛を見つめ、

「御印証をお見せ下さい」

と、言った。

兼寛は、懐から印証を取り出して兵に見せた。そこには薩州藩小銃第九番隊付医師高木兼寛と記されていた。

かれは、さらに、

「薩州の医師石神良策先生が、この軍陣病院の頭取をなさっておられるときいております。私は、先生の門人で、先生にもお眼にかかりたく参りました」

と、言った。

それまでかたい表情をしていた兵は、急に態度をあらためると、

「御苦労に存じます。お通り下さい。御頭取様は入口の右手のお部屋におられます」

と、言った。

かれは、印証を懐におさめると通用門をくぐった。

建物の入口に近づいた兼寛は、異様な臭いが漂っているのに気づいた。それは、関寛斎が頭取をしていた平潟の奥羽出張病院の海徳寺の本堂に入った時に嗅いだ臭いと同じで、西洋の薬品の臭いにちがいなかった。

玄関で草鞋《わらじ》をぬいだかれは、兵に教えられた右手の部屋の前に立ち、板戸をあけた。内部は板の間で机と椅子がいくつか置かれ、一人の男が坐ってなにか書き物をしていた。

その男に眼をむけたかれは、胸の動悸がたかまるのを感じた。

丁髷《ちょんまげ》を切って総髪にしていたが、白髪まじりの男は、石神良策であった。人の気配に気づいたらしく、石神が顔をあげてこちらに眼をむけ、立ち上ると、

「高木か」

と、驚いたような声をあげ、机の前をはなれて近づいてきた。

「先生」

兼寛は、それだけ言うと言葉がつづかなかった。

「色が黒いのですぐにはわからなかった。戦さに参加していたのか」

石神が、かれの顔を見つめた。

「はい」

兼寛は、眼に光るものをうかべ、九番隊付医者として鳥羽・伏見の戦い、平城攻略につぐ会津若松城の攻防戦に従軍し、戦さが終って昨日、東京に凱旋したことを述べた。さらに、白河の出張病院で若い医生から石神がリュウマチ治療のため横浜の病院に入院し、病い癒えて治療にあたり、頭取になったことも教えられたのでたずねてきた、と言った。

「そうか、よく来てくれた。大分苦労したようだな。無事でよかった」

石神は、兼寛をうながして机のかたわらにもどり、椅子をすすめると、

「白河の病院に赴任したのはよいが、持病のレウマチ（リュウマチ）がひどくなってな。堪えきれず、わが藩の手負いの者十三名と病んだ者六名に付添う形で、六月六日にこの病院に入った。幸い痛みもとれ、医者として働くようになった」

と、言った。

頭取になったいきさつについては、

「妙な成行きでな」

と、苦笑しながら説明した。

石神が入院した頃は薩摩藩医の有馬意運が頭取であったが、六月二十九日に補佐役の芸州藩医柴岡宗伯がその跡をついだ。しかし、七月十四日に石神が頭取に抜擢され、柴岡は長州藩医福田純一とともに補佐役にもどった。病院は薩摩藩の管理下にあったので、薩摩藩の石神が最高の位置に据えられたのである。

兼寛は、平城攻めの折に重傷を負って平潟の出張病院に運んだ樺山十兵衛、永田彦兵衛、税所雄之介のことが気がかりで、三人の姓名を口にし、

「平潟の奥羽出張病院から船で横浜のこの病院に送ったということを耳にしましたが、今でもこちらに入院しているのでしょうか」

と、たずねた。

石神は、

「私が頭取に就任してから半月ばかりたった頃、樺山十兵衛という藩士が他の手負人たちと肥後（熊本）藩の持船万里丸で港につき、当病院に入った」

と言って、机の上の治療日記を繰り、

「入院日は七月二十七日だ。薩摩藩十五名、柳河藩五名、大村藩四名のそれぞれ手負い人たち、それに薩摩藩の病人二名が入って、その手当でごった返した」

と言い、兼寛に樺山以外の二人の名前をただし、

「たしか、そういう名の藩士がいた。ここに書いてある。永田彦兵衛、税所雄之介」

と、日記を指さした。

「やはりそうでしたか。それらの方の傷は癒えましたのでしょうか」

兼寛は、不安そうにたずねた。

「樺山殿は、気の毒なことに亡くなられた」

石神は、言いにくそうに答えた。

兼寛は、体が凍りつくのを感じた。

「この病院には、薩摩藩の要請によってウイリス殿という英国の医師が毎日のように来て、治療をしてくれている。ウイリス殿が樺山殿を診察したところ、左足の膝下か

ら後ろにかけて弾丸がつらぬき骨がくだけていた由だ。もう一人、これも薩摩の藩士だったが、財部《たからべ》与八という者が右膝を射ちぬかれ、全く同じ症状だった。いずれも危険だというので、入院した翌日、ウイリス殿が外科道具でそれぞれ腿から切断した」

石神は、顔をしかめた。

兼寛は、恐しい話に顔を青ざめさせた。

石神は再び日記を繰り、視線を据えると、

「二人とも高熱を発し、一ヵ月近く苦しんでいたが、樺山殿は八月二十四日に息絶え、遺骸は恒例にしたがって船で東京に送った。その四日後に財部殿も亡くなられた」

と、暗い眼をして言った。

兼寛は、言葉もなく石神の顔を見つめていた。

平潟の関寛斎が手足の切断手術をしているときいたが、英国の医師も容赦なく同じようなことをしている。激痛に堪えて腿を切断された樺山が、その甲斐もなくこの世を去っていることに悲痛な思いがした。

「樺山殿と同じ日に入院した永田殿と税所殿は？」

兼寛は、二人も重傷であっただけにその安否が気づかわれた。税所は腿を射ちぬかれ、永田は胸に弾丸が食いこんでいて関寛斎の手で肉を切り裂かれ、それが摘出されるのを見た。

「たしか傷の経過が良く、退院したのではなかったかな」

石神は、日記を繰り、

「八月八日に出ているな。ここには帰隊する、と両名から届け出があったと書かれている」

と、言った。

兼寛は、安堵を感じた。永田は、平潟で関から弾丸の摘出をうけたので死をまぬがれたのだろうし、両名ともこの病院で適切な処置をうけ、傷が癒えたのだろう。二人が退院したことをきいた兼寛は、あらためて西洋医術が秀れているのを強く感じた。

かれは、石神に平潟で関の医療処置を眼にした時の驚きを口にした。

「寛斎殿か。あのお方は佐倉順天堂の佐藤泰然先生の高弟で、さらに長崎でポンペ先生に学び西洋医術に通じている。私も長崎に七年間いたが、ポンペ先生が来日する以前で、ポンペ先生に伝授をうけることができず、まことに惜しいことをした」

石神は、かすかに笑った。

「先生は、この病院で手術をなさっておられるのですか」

兼寛は、石神の顔をのぞきこむように見つめた。

「いや、いや。手術をするのは、もっぱらウイリス殿。その助手をしているのが英国公使館付医官のシッドール殿。病院頭取の私は、ウイリス殿が働きやすいように医療に要する道具や薬品を調達したり、入院者のふとん、着物などをそろえたりしているだけだ」

石神の顔に自嘲の色はなく、明るい声で言った。

兼寛は、尊敬する石神が手術に一切手をつけていないということに呆気にとられた。

石神は、表情をあらためると、

「西洋医術というものは、まことに驚くべきものだ。私は、ウイリス殿のなされる施術を驚き入って見つめている。まさに神技と言うべきで、私にとって毎日が勉強だ。その術を見ていられることを幸せに思っている」

と、言った。

ついで、石神は、ウイリスがこの病院で治療をするようになったいきさつについて説明した。

ウイリアム・ウイリスは、幕末の激動期に起ったさまざまな事件に関与した特異なイギリス人だった。

一八三七年（天保八年）アイルランドに生れたかれは、エジンバラ大学を卒業してロンドンの病院の医務局員となり、一八六一年（文久元年）、駐日英国公使館付医官として日本の土をふんだ。二十五歳であった。

翌年、かれは、生麦事件に遭遇している。

その年の八月二十一日、参勤交替で江戸から鹿児島へ帰る薩摩藩主島津忠義の父久光の行列が生麦（横浜市鶴見区）にさしかかった時、前方から婦人一人をまじえたイギリス人四名が馬に乗ってやってきた。上海の商人リチャードソン、横浜在住のウッドソープ・C・クラーク、ウイリアム・マーシャル、それに香港のボラデール夫人であった。

大名行列の通行には特権があたえられ、先払いは通行人に土下座を命じ、道が通行人で混雑している場合には、かれらに左右十間以内の耕地に入ることが許された。供先を横切ることは甚だ礼を失するものとして、斬り捨てても差支えないとされていた。武士も、馬に乗ってきた場合は下馬して道の端にひかえ、頭をさげるのが習わしになっていた。

むろん、イギリス人たちはそのような仕来りは知らず、行列の先頭に近づいてきた。

先払いの薩摩藩士がイギリス人たちに道の端に寄って下馬するように言ったが、言葉が通じず、イギリス人たちは行列のわきを乗馬したまま進んだ。警護の者たちは顔色を変え、馬が藩主の駕籠に近づいてゆくので、声を荒らげて引返すよう手ぶりをまじえて叫んだ。容易ならぬ気配に、イギリス人たちは馬の頭をめぐらせて引返そうとしたところ、馬が行列の中に突っこんだ。

駕籠を警護していた供頭当番奈良原喜左衛門が、激怒して先頭の馬に乗っていたリチャードソンを斬り、他の藩士もマーシャル、クラークに斬りつけた。

四人のイギリス人たちは動転して馬で横浜方面に走ったが、重傷を負ったリチャードソンは十町（一・〇九キロ）ほど行ったところで馬から落ちた。それを走って追っていった供頭非番海江田信義が、リチャードソンの咽喉をついて、とどめをさした。海江田は、桜田門外の変で大老井伊直弼の首級をあげた有村次左衛門の実兄で、尊王攘夷の信奉者であった。

傷を負ったマーシャルとクラークは、神奈川の本覚寺におかれたアメリカ領事館に逃げこみ、無傷のボラデール夫人のみが横浜まで馬を走らせ、海岸通り二十番地にあったイギリス公使館に急を報《しら》せた。当時、公使のオールコックはイギリスに帰っていて、ニール中佐が代理公使の任にあった。

イギリス公使館は騒然とし、その変事はフランス公使館にもつたえられた。公使館の騎馬護衛兵がただちに現場へむかったが、先頭をきって馬を走らせていったのはイギリス公使館付医官ウイリスであった。かれは、路傍の樹木の根元に横たわっているリチャードソンを見出し、下馬して走り寄った。斬られた上に咽喉も刺されて絶命していたので、かれは、つづいてやってきた護衛兵とともにリチャードソンの遺体を神奈川のアメリカ領事館へ運びこんだ。そこでは、クラークとマーシャルが傷の手当をうけていた。

その日、島津久光は程ケ谷宿に泊り、神奈川奉行阿部正久が久光に下手人の引渡しを求めたが、久光は同意せず、行列はそのまま東海道を進んだ。

八月二十六日に久光が府中（静岡市）につくと、イギリス艦隊が鹿児島にむかうという幕府の急報がとどいた。久光は、外国人が制止をきかず行列に馬を突き入れたので先供の岡野新助という足軽がこれに斬りつけたが、岡野は失踪した、と幕府に届出て、そのまま進み、兵庫から阿久根まで船に乗り、九月七日、鹿児島についた。

横浜に置かれる以前、イギリス仮公使館は江戸高輪の東禅寺があてられていたが、その頃、二度にわたって襲撃をうけていた。

一回目は、前年の文久元年五月二十八日夜で、水戸の脱藩士ら十四名が東禅寺に乱入した。公使オールコックは難をまぬがれたが、書記官オリファント、長崎駐在領事モリソンが傷を負った。警備の幕兵と郡山、西尾の両藩兵約二百名が必死になって防戦し、襲った水戸脱藩士三名を斬殺、三名に重傷を負わせ、一名を捕え、警備側も死者三名、負傷者十数名を出した。公使オールコックは、警備側の奮戦に満足の意を表し、幕府に抗議することはせず品川の御殿山に公使館建設を幕府に要求しただけであった。

さらに今年の五月二十九日には、再び東禅寺で事件が起った。その寺を警備する松本藩の藩士伊藤軍兵衛が、自藩がイギリス公使館員警備のため多額の支出を強いられ、さらに前回の事件でみられたように外国人を守るため日本人同士が殺し合ったことを憂え、公使の殺害をくわだてた。かれは、深夜、公使の寝室に近づいたが、二人の水兵に発見されたのでこれを斬殺し、自らも傷ついて番小屋で自刃した。

ついで生麦事件が起ったのだが、イギリス代理公使ニールは、第二回目の東禅寺事件と生麦事件の賠償金十万ポンドを幕府に要求した。同時に、薩摩藩に対して下手人の処刑と死者の遺族と負傷者に計二万五千ポンドの慰謝料を支払うよう求め、これを拒否した場合は強行手段に出ると警告した。

幕府は多額の賠償金要求に苦慮したが、結局、その支払いに応じ、一応、結着をみた。

残ったのはイギリスと薩摩藩の問題であったが、ニールは、直接、鹿児島に行って交渉することを決意し、司令長官キューバー少将のひきいるユーリアラス号以下七隻の軍艦を鹿児島にむかわせた。

イギリス艦隊の来攻を予測していた薩摩藩は、戦備をととのえ、鹿児島湾内で模擬戦を試みるなどしてそれにそなえていた。

文久三年（一八六三）六月二十七日夕刻、イギリス艦隊が鹿児島湾に入り、投錨した。艦隊側は藩と折衝したが、交渉は決裂し、砲戦が交された。藩の砲台に据えられた砲は一斉砲撃をし、これを避けるためパーシスース号は錨を切ってのがれたが、他の艦は突き進んで砲台を攻撃した。

藩の砲撃は旗艦ユーリアラス号に集中され、砲弾が命中して艦長ジョスリング大佐、副長ウイルモット中佐をはじめ水兵七名が即死、士官一名、水兵五名が負傷した。また、レースホース号も坐礁し、辛うじて僚艦の助けを得て離礁することができた。

艦隊は、鹿児島の町にむかって火箭を発射、これによって城下町の一〇パーセントが灰になるという大火災が起った。藩の死者五名、重軽傷者十数名であった。

イギリス艦隊は、ジョスリング艦長以下の戦死者を水葬にして鹿児島湾をはなれた。艦に乗っていたウイリスは、これら負傷者の治療に専念した。

この薩英戦争で、薩摩藩は、善戦したものの西欧の軍事力の威力をつぶさに知り、それまで堅持していた攘夷思想が非現実的な空論であることを知った。藩主忠義は、使者を横浜へ派遣して和議を申し入れ、薩摩藩の軍事力を知ったイギリス代理公使ニールは、将来のことを考えて協調するのが得策と判断し、喜んでこれに応じた。薩摩藩側は、扶助料支払いと下手人捜査をうけいれ、これによって和議が成立した。

薩摩藩とイギリスの友好関係は急速に進み、藩はイギリスと協定をむすんで軍艦購入を依頼し、またイギリスの協力のもとに元治二年（一八六五）三月に大目附新納久修を長として松木弘安（後の外務卿寺島宗則）、五代友厚らをイギリス留学生として出発させた。さらに翌年には、新任のイギリス公使パークスらが薩摩藩に招待されて軍艦三隻をひきいて鹿児島を訪れ、懇ろな歓待をうけた。

このようにイギリスと薩摩藩との関係が密になるにしたがって、ウイリスと有力な薩摩藩士らとの交流もさかんになり、親密さが増した。

やがて、薩摩、長州両藩を中心に倒幕の気運がつのり、慶応四年（一八六八）一月、鳥羽・伏見の戦いが開始されると、にわかにウイリスの存在が際立ったものになった。

当時、イギリスをはじめフランス、アメリカ、オランダ、プロシアなどの領事館は、開港されたばかりの兵庫におかれていたが、鳥羽・伏見の戦いがはじまると、幕府軍の負傷者がぞくぞくと大坂に後送されてきた。幕府は、兵庫にいるイギリス公使パークスに負傷者の治療を依頼し、パークスはそれをいれて医官のハリスを大坂に派遣して手当をさせた。

やがて、幕府軍は総崩れとなり、大坂城を脱出した将軍徳川慶喜は軍艦「開陽」に乗って江戸へのがれた。兵庫は幕府軍の敗報に大混乱におちいり、奉行柴田剛中、代官斎藤六蔵らもイギリス船オーサカ号をやとってあわただしく江戸へむかった。

倒幕軍の死傷者も多く、その主力であった薩摩藩の負傷者たちは、京都の相国寺内の養源院にもうけられた仮病院に収容されていた。負傷者が送りこまれて百人以上に達し、それらは大半が銃砲撃による傷であった。手当をする薩摩藩の漢方医たちは、傷口をそのまま縫ってしまうので化膿し、高熱を発して苦しみながら死ぬ者が多かった。

これらの負傷者の中に、薩摩藩二番大砲隊差引隊長大山弥介（後の陸軍元帥・公爵大山巌）もまじっていた。大山は藩の内部抗争によって起った伏見の寺田屋事変に関与したことから謹慎を命じられた後、薩英戦争には決死隊となって参加した。その戦闘で洋式兵術の必要性を痛感したかれは、江戸に出て江川坦庵（太郎左衛門）の江川塾に入り砲術の免許皆伝をうけ、研究の結果、わが国ではじめての臼砲を製造し、それは弥介砲と称された。

大山は、右耳に貫通銃創をうけていたが、傷は軽かった。仮病院に入院中、死んでゆく者たちを眼にしたかれは、西洋医術の治療をうければかれらも命が助かったはずだ、と考え、従兄の西郷隆盛と大久保利通にこれを訴えて、兵庫港に碇泊中のイギリス軍艦に乗っている医官ウイリスを招くことになった。

大山は、京都の仮病院を出て兵庫におもむき、その地にいた参与外国事務掛の寺島陶蔵（松木弘安を改名）と五代友厚に斡旋を依頼した。

寺島と五代は、ともに英語に通じていて、ただちにイギリス公使パークスに協力を求めた。イギリスは薩摩藩と親密な関係にあったので、パークスは快諾し、ウイリスに通訳官サトウとともに京都へ行くことを命じた。

しかし、神聖な京都へ外国人を入れるのは国体をけがすものだという強硬な反対意見があり、ウイリスの京都行きは危ぶまれた。大山は、人命にかかわることだと主張し、責任は自ら負うと言ってウイリスとサトウを三十石船に乗せ、淀川をさかのぼって伏見についた。

朝廷の入京許可もあって、薩摩藩五番隊長野津七左衛門が九十名近い藩兵とともにウイリスらを護衛し、京都に入ることになった。（野津は、日露戦争に第四軍司令官として出征し陸軍元帥ともなった野津道貫の兄で、自らも後に陸軍中将となっている）

一泊後、大山弥介はウイリスとともに竹田街道を京都に入った。しかし、外国人を嫌う薩摩藩兵は、前を歩く者たちは足をはやめ、後方にいる者は故意におくれて、ウイリスのかたわらをかためたのは野津隊長ら数名のみであった。

ウイリスは、仮病院の養源院につくと、ただちに負傷者の治療に手をつけた。

「私は、その時、仮病院の医者として、藩医の上村泉三殿、山下弘平殿と手当をしていた。そこにウイリス殿がこられたが、その治療法には、上村殿たちとともに、ただ呆気にとられていただけだった」

石神は、思い出すような眼をして言った。

ウイリスというイギリスの医師に石神は京都ですでに出逢っていたのか、と、兼寛は思った。

「深傷を負った者もウイリス殿の外科手術で何人も一命をとりとめた。西郷隆盛殿の弟である信吾殿（後の従道・海軍大臣・元帥）も、左耳から首にかけて貫通銃創を負う重傷だったが、手術をうけて助かった」

石神は、煙管を手にして煙をくゆらした。

さらに石神は、ウイリスについて言葉をつづけた。

西郷隆盛らは、ウイリスに深く感謝し、謝礼として五百両を渡そうとしたが、ウイリスは英国官公吏の服務規定にそむくと言って、受取ろうとはしなかった。西郷はもとより藩主島津忠義はそれに好感をいだき、また、ウイリスの医療行為をつたえきいた明治天皇も、感謝の意をこめてウイリスを公使パークスとともに謁見した。その間、ウイリスは、土佐藩の請いをいれて重病におちいっていた前藩主山内容堂の治療もおこない、幸いにも山内は快方にむかった。

鳥羽・伏見の戦いで圧勝した新政府軍は東へ進撃し、江戸城を手中におさめた。

その頃、ウイリスは横浜に来ていて、神奈川の領事館副領事の辞令をうけていた。

やがて、彰義隊の戦いがあって負傷者が多く出た。その処置に困惑した新政府軍は、公使パークスがかねてから新政府に全面的な助力を惜しまないと申し出ていたので、ウイリスに江戸に来て戦傷病者の治療をして欲しい、と要請した。パークスは快諾し、その指令をうけたウイリスは、いったんは江戸に来たが、病気であったパークスの息子の治療をしてやらねばならぬ事情があったので、横浜に引返した。新政府軍は、江戸の赤羽根（港区）に軍陣病院を設置しようとする予定を立てていたが、横浜をはなれられぬウイリスの事情を考慮して、横浜野毛町の修文館に横浜軍陣病院を開設したのである。

上野の戦争で負傷した者や、それにつづく房総方面の掃討戦で傷ついた者たちが、ぞくぞくと横浜病院に送りこまれてきた。さらに、戦場が関東北部から奥羽地方にひろがるにつれて、それらの戦線からも負傷者が後送されてくる。

奥羽地方への新政府軍の攻撃の基地であった白河の軍陣病院と平潟の奥羽出張病院からも、横浜に陸路または海路で負傷者が送られてきて、横浜の軍陣病院で治療をうけていた。

ウイリスは、新任の公使館付医官シッドールと連日のように軍陣病院に来て、治療をおこなっているという。

「わが藩の益満休之助という方を知っておるであろう」

石神良策は、兼寛に眼をむけた。

兼寛は、むろんその名を知っていた。新政府軍が江戸攻撃直前、幕府の使者勝海舟を案内して西郷隆盛との会見に成功させた藩士で、いわば江戸の町を戦火からまぬがれさせた功績者の一人であった。

「益満殿も腕に傷を負って入院していたが、破傷風にかかり、五月二十七日夕刻、死去された」

石神の言葉に、兼寛は茫然とし、すぐれた人物が戦さで数多く命を断っているのを感じた。と同時に、ウイリスによって死をまぬがれた者も多いのを知った。

石神が絶讃するウイリスが神のような存在に思え、遠くからひと眼でも見たい、と兼寛は思った。

「そのウイリス殿と申される英医は、ここにおられるのですか」

かれは、石神の顔を見つめた。

「いや、おらぬ。越後方面の戦さで負傷兵がおびただしく出ているので、八月二十日、政府のたっての願いで私の補佐をしていた柴岡宗伯殿を助手に江戸を出発し、越後方面にむかった。その後任にシッドール医師が任ぜられている」

石神は、さらに感慨深げな眼をすると、

「ウイリス殿は、人間としても立派なお方でな。政府は謝礼として月に六百ドルを渡すことにきめたが、ウイリス殿は何度押問答をしても受取らず、代りにシッドール殿に百五十ドルずつやって欲しいと言って……。まさに神医と申すべき方だ」

と、言った。

「実は、この横浜軍陣病院の使命は終り、患者は一人残らず退院した。東京の下谷にある藤堂様御屋敷を東京大病院とし、まだ治療を要する者は昨日までにそこへ送った。私も近々のうちに東京の病院へ行くことになっていて、今は後片付けをしているところだ」

石神は、言った。

そう言われてみると、部屋の床には書類でも入っているのか梱包したものがいくつもおかれている。病院なので静かなのだと思ったが、すでに患者は一人もいないという。

兼寛は、戦争がすでに終ったことを実感として感じた。

「先生は、東京の病院に行かれてから、いつ頃、鹿児島へもどられますか」

兼寛は、ウイリスの治療をつぶさに見た石神が医学理論のみならず技術も身につけたはずで、その伝授をうけたかった。

「さて、鹿児島へもどるのはいつのことか。東京大病院の取締は緒方惟準《これよし》殿でな、私は監察兼医師を命じられている。英医のシッドール殿も招かれていて、ウイリス殿も越後からもどれば、当然、東京大病院に来て下さるはずだ。この横浜軍陣病院より規模は大きなものになる。恐らく、このまま東京へとどまるのではないかな」

石神は、兼寛におだやかな眼をむけた。

「左様でござりますか」

兼寛は失望したが、石神が、日本医学のために重要な役目を果していて、それに身を挺するのは喜ぶべきことだ、と思った。

部屋の入口の障子が開き、医師らしい三十年輩の男が入ってくると、

「これより夜具、蚊帳を東京へ運び出します。港より舟で送るよう手配いたしました」

と、言った。

「よし。後にはどんなものが残っている」

石神が、声をかけた。

「雑具のみで、それを明日送りますれば、院内はなにもありませぬ」

「それでは、明後日、私も予定どおりここを出られるな」

「はい。ここを引払い、頭取様は、本町五丁目の料亭幾松に御一泊いただき、それより東京へむかわれますよう手筈をつけてあります」

「そうか」

石神がうなずくと、男は、部屋の外に出ていった。

兼寛は、東京への移転にともなう雑事が多いことを知り、

「それでは、これにて……。先生といつの日にかお眼にかかれますことを楽しみにしております」

と言って、頭をさげた。

石神は、建物の入口まで送りに出てきた。敷地には、馬車が十台近くとまっていて、すでに院内から運び出されたふとんが車に積みあげられていた。

兼寛は、石神に再び頭をさげて門の外に出た。

海ぞいの道を足をはやめて歩いた。丘陵から吹きおろす風は冷く、海は西日をうけて輝きはじめている。海上には帆をおろした千石船がうかび、蒸気船が二隻並んでいるのもみえた。

品川の旅宿にもどったのは、すでに灯がともった頃であった。

かれは、監軍の相良吉之助の部屋に行った。相良は隊員にかこまれて酒を飲んでいた。

兼寛は、樺山十兵衛が片足の切断手術をうけたが、経過が悪く死去したことを告げ

た。

「私も、今日、藩邸に行き、そのことをきいた。死去の報せをうけて藩邸の者が棺桶を持って引取りに行き、舟で運び、埋葬したそうだ」

相良は沈痛な眼をして言い、他の者も暗い表情をして杯を手にしていた。

「永田彦兵衛殿と税所雄之介殿は、傷も癒えて退院し、奥州にいるわが隊のもとにもどると言っていた由ですが……」

兼寛は、二人がどこへ行っているのか気がかりだった。

「八月初めに、永田と税所が二十人近くの退院者と藩邸に来て、それぞれの隊にもどりたいと言ったという。しかし、傷がなおったと言っても足をひいている者もいるし、指が欠けた者もいるので、お前たちは十分に働いたのだから戦場へ行かなくともよい、と口をきわめて説得したそうだ。ようやく納得して、半月ほど藩邸にいてから鹿児島へ帰っていった由だ」

相良が、杯に酒をついだ。

兼寛は安堵をおぼえ、相良に渡された杯を手にした。

相良たちは、にぎやかに酒を飲みはじめた。他の部屋でも、笑い声や甲高い声が起っている。宿屋は藩兵たちの声にみちていた。

兼寛も酔いが体にまわってきて、手酌で杯をかさねた。深傷を負った樺山ら三名を戸板にのせて運んだ時のことや、激しい銃撃をあびながら長い間突っ伏していた折の土の臭いなどが次々によみがえる。

平潟の出張病院で眼にしたざん切り頭の関寛斎の自信にみちた鋭い光をおびていた眼と、手術具を操る手の動きも思い起された。

さらに、石神良策からきいたイギリス医のウイリスの治療。それは、まばゆく光り輝くものに思え、自分の修めた医術など戦場ではなんの意味もなかったことをあらためて感じ、かれは、少し眼に涙をにじませながら杯を口にはこんでいた。

三

兼寛が小銃九番隊とともに鹿児島に帰還したのは、十一月三十日であった。凱旋してきた隊に町民たちは歓声をあげ、家の前に酒樽を置いて飲むのをすすめる商家の者もいた。

城内に入り整列すると、重役が出て来て戦場の労をねぎらい、ことに武勲顕著なりとの言葉があった。ついで、前月の下旬、藩主島津忠義から家老に対し、戦功に対して十分な恩賞をするよう命じられたので、なるべく早くそれを実施する予定である、と述べた。それにつづいて一同に酒が振舞われ、解隊式がおこなわれた。

その夜、兼寛は指定された宿屋に泊り、翌朝、郷里の日向国東諸県《もろかた》郡穆佐《むかさ》村（宮崎県高岡町）への道をたどった。

海ぞいの道を桜島を望みながら進み、加治木をへて国分で宿をとった。さらに都城をすぎ、峠を越え、三日後に浦之名川を渡って穆佐に入った。

大淀川の川の匂いに故郷へ帰った喜びが胸に満ち、白土坂をのぼった。前方に生家が見え、かれは足をはやめて家の土間に入った。

窯の前に坐って薪を補っていた母の園が、気配に気づいたらしく振向いた。立ち上った母は、無言でよろめきながら近寄ってくると手をのばして兼寛の体にしがみついてきた。小さな温い体であった。かれは立ったまま母の背をなでた。母は幼児のようにかれの胸に顔を押しつけ、体をふるわせて泣いている。

父の喜介が、板の間に姿を見せた。

「帰ってきたか」

立ちつくした父の眼に光るものが湧いている。

「そんな所に立っていないで、あがれ、あがれ」

喜介のふるえをおびた声に、ようやく兼寛の体をはなした母が、かれの顔を見上げ、

「神仏にお祈りしていた甲斐があった」

と、泣きじゃくりながら言った。

かれは、涙ぐみながら板の間に腰をおろして草鞋をぬいだ。一人息子である自分のことを両親がどれほど心配していたかと思うと、胸が熱くなった。母が水をみたした

桶を運んできて、かれは足を洗い清め、部屋に入った。

小さな仏壇の前に坐り、頭を垂れて合掌した。

喜介の前に坐ったかれは、

「只今、もどりました」

と言って、手をつき頭をさげた。

「無事でよかった。激しい戦さだったようだな。この穆佐《むかさ》でも八人が死んだ。お前と同じ年の長友次郎左衛門、二歳上の入田新左衛門、松下新蔵、海老原直一も……」

喜介の言葉に、かれは体をかたくした。

父の口からもれる戦没者の名に、兼寛は、かれらの顔を思いうかべ眉をしかめた。穆佐郷からは郷士たちが領内の郷士によって編制された外城一番隊、番兵一番隊、番兵三番隊に志願して参加し、さらにそれらの隊に荷物運搬などをする軍夫としてくわわった者もいる。死傷者が出たにちがいないと思ってはいたが、八名も戦死していたとは想像もしていなかった。

「藩からの使いで死んだという報せをうけた親の嘆きは、見てはいられなかった。妻子のある者も四人いて、慰めようにも慰める言葉もない。お前も死んだのではないか、と、園などは飯も咽喉を通らず、ただただ神仏に祈願するばかりだった」

喜介の眼には、深い安堵の光がうかんでいた。

部屋の中が薄暗くなりはじめた。

兼寛は土間におりると、母に制しられながらも井戸で桶に水を汲み、大きな甕との間を往復して水をみたした。土間には飯のたかれた甘い匂いがただよっている。

行灯《あんどん》をともした部屋で、親子三人そろって夕食をとった。

喜介は、兼寛に酒をすすめ、

「めでたい、めでたい」

と、涙ぐみながら何度も言って、自らも杯をかたむけていた。

兼寛は、喜介から問われるままに故郷を出てから九番隊とともに各地を転戦した経過を口にした。

鳥羽・伏見の戦いの後、緊急命令をうけて江戸へおもむき、蒸気船で平潟に上陸したこと。それから、平城攻めにつづいて二本松、そして会津若松での凄絶な戦い。その間、戦死する者もいれば、深傷を負った者もいる。

さらに、平潟で関寛斎の治療を眼にした折の驚きと、横浜で石神良策からきいたイギリスの医師ウイリスの手術内容について茫然としたことなどを話した。喜介と園は、かれが石神と会ったことに驚きの声をあげていた。

「私が習いおぼえた医術など、戦さの場ではなんの役にも立ちませんでした。私だけではなく、薩摩の藩医の方々ですら、その手当がかえって傷口を悪化させるばかりで、それで命を落した人が数限りなくおりました」

兼寛の言葉を意外に思ったらしく、喜介も園も恐しい話をきくように顔をこわばらせていた。

「私は、あらためて勉学しようと思います。家の暮しの助けをしなければならぬ身ですが、もうしばらく学問をさせて下さい。親不孝であることはまことに申訳ありませんが、なにとぞ……」

兼寛は、姿勢を正して手をつくと喜介に深々と頭をさげた。

兼寛は、嘉永二年（一八四九）九月十五日に生れ、藤四郎と名づけられた。父の喜介は大工で、百姓の北袈裟一《けさいち》の娘である園を妻にした。腕の良い喜介は、棟梁として豪農の家を建てるなど仕事に追われる身であったので収入には恵まれていた。

藤四郎は、喜介の手伝いをしていたが、母の園は、かれに喜介の仕事をつがせる気はなかった。幼い頃から読み書きをおぼえたいとせがむかれを尋常な子供ではないと考え、出来るならば学問を身につけさせてやりたいと思ったのだ。

園にくどかれた喜介は、生活にゆとりがあることから園の言葉をそのまま受けいれた。

穆佐《むかさ》には中村塾という私塾があって、中村敬助が子弟に漢学と書を教えていた。藤四郎は、八歳になると中村塾に通い、四書五経を学んだ。勉学熱心で、記憶力もすぐれていたのですぐにそれらをそらんじるようになった。また、村の年寄である郷士の阿万《あまん》孫兵衛が撃剣の道場をひらいていたので、そこに行って剣術の手ほどきもうけた。

穆佐には、明堂館という格式の高い漢学塾があった。入塾を許されるのは苗字帯刀を許された郷士の子弟たちで、かれらは小刀を腰におびて出席し、館内の刀掛けに置いて授業をうける。中村塾の中村敬助も郷士で、その長男の儀《ただし》も明堂館に通っていて、藤四郎は、それがうらやましくてならなかった。敬助は、時折り明堂館に出向いていって漢学を教えていた。

明堂館の専任教師に、三折という号をもつ黒木了輔という人物がいた。黒木は漢方医で、高齢であったが身だしなみが良く、歩く姿は気品があった。病人の治療もすぐれていて、貧しい家の者には無料で診察をしていたので村人の尊敬の的であった。

藤四郎は、厳然とした階級制度が人間の将来を規定していることを強く感じるようになっていた。たとえ天賦の才に恵まれていても藩士になるなどということは到底不可能で、郷士に推されるのも庄屋であるか、または藩に多額の寄金をした富裕な家の者にかぎられている。

かれは、自分の行末に暗澹とした思いがしたが、そうしたかれの眼に黒木は一条の光をみるような感じであった。医学を修めて秀れた医者になれば、上質の衣服を身につけ、人の敬意をうけられるようにもなる。そこには階級制度に拘束されぬ道がひらけている。かれは、黒木が往診したり書物をおさめた風呂敷包みをかかえて明堂館におもむく姿を眼にして、医者になることを夢みた。

藤四郎は、願望をおさえきれず、師の中村敬助に医者になりたい、と告げた。学問に熱心なかれの才に感嘆していた中村は、即座に賛意をしめしてくれた。しかし、藤四郎は十五歳で、塾に通うかたわら父の喜介の大工仕事を手伝っている身で、医学修業の余裕はない。喜介が藤四郎を中村塾へ通うことを許していることすら異常で、そのことを思うと、中村も医学修業を藤四郎にさせてやって欲しいと喜介に言う勇気はなかった。

中村は、時機を待つように藤四郎をさとし、ひそかに藤四郎をどのようにして医学の道に進ませるべきかを考えた。医者と言えば漢方医をさすが、オランダから長崎に導入された西欧の医術を学んだ蘭方医がわずかながらもその数を増していることを知っていた。藤四郎の将来を考える時、従来の中国医学を習得させるよりも、蘭方医を師とすべきではないか、と考えた。

薩摩藩領内での医学修業の中心は、むろん鹿児島であった。そこには著名な漢方医が多くいるが、かれらとは別に石神良策という蘭方医がいることを中村は知っていた。

かれは、石神のことについて人づてに調べた末、藤四郎を託すのに適した人物であると判断した。

石神は、文政四年（一八二一）八月、薩摩藩領の川内石神堂村の藩士石神伊左衛門の子として生れた。伊左衛門は藩内の紛争に連座して藩士の座をうばわれ死亡し、良策は漢学の造詣が深かったので学問所御指南番助手となった。かれは僧侶となろうと思ったが、神官であった師のすすめで医者を志し、天保十四年（一八四三）、長崎に遊学した。二十三歳であった。紹介者もないかれは、独学で蘭方医学をまなび、七年後の嘉永三年（一八五〇）に鹿児島にもどり医塾をひらいていた。

中村は、藤四郎を石神良策の塾に入れるべきだ、と思った。

かれは、地頭の毛利強兵衛と親しかった。

穆佐《むかさ》は宮崎、国富の天領地と隣接している重要な地である。北東部を大淀川がかすめる天然の要害で、南北朝の頃には南朝、北朝側で互いにその地の争奪が繰返され、さらに島津氏、伊東氏の間でもその地を支配地とするための激しい戦いがつづけられた。このような意味をもつ地であったので、薩摩藩では鹿児島から有力な地頭を派遣して治め、また、他領からくる者を阻止するためにもうけられていた厳正きわまりない去川《さるかわ》の関所の管理にも関与させていた。

毛利強兵衛は、地頭であった兄の周右衛門の死後、中村敬助らの藩に対する熱心な陳情で、その役目をついでいた。

慶応二年（一八六六）、毛利が任期満了になって鹿児島へもどることになった。

中村敬助は、その支度に追われている毛利の屋敷におもむいた。

座敷に通された中村は毛利と対坐すると、藤四郎がすぐれた頭脳に恵まれている上に勉学熱心で、蘭方医を志していることを熱心に話し、鹿児島で蘭学塾をひらいている石神良策の門に入れさせたいので力を貸して欲しい、と懇請した。

毛利は、在任中、しばしば明堂館におもむいて授業を視察するなど教育に強い関心をいだいていたので、中村の願いを即座にうけいれた。かれは、鹿児島に帰る折に藤四郎を連れてゆき、自分の家に寄食させて石神塾に通わせてやる、と約束してくれた。

中村は喜んで毛利の屋敷を辞して家にもどったが、問題は藤四郎の父喜介が承認するかどうかであった。藤四郎は十八歳になっていて、喜介とともに家の建築などに従事している。藤四郎を手放すことは、喜介にとって大きな痛手になるはずだった。

中村は、その夜、喜介のもとを訪れた。

不意の訪れに驚いた喜介に、かれは、藤四郎がたぐい稀な秀れた頭脳と学問に対する情熱をもっていることを口にし、学問で身を立てさせてやるべきだ、と説いた。さらに、藤四郎が医者を志していることを告げ、鹿児島の蘭学塾に入れるのが最も好ましい、と言った。

「地頭の毛利様が、鹿児島の自分の家に寄食させ、塾にも通わせて下さる、と仰言っている。藤四郎は働き手で、あなたも手放すことが辛いのはよくわかっている。しかし藤四郎の行く末を思い、承諾しては下さらぬか」

中村は、喜介に視線を据えた。

喜介は、思いがけぬ話に驚いたように眼を大きくひらいて中村の顔を見つめている。

藤四郎は、毛利がそのような破格の好意をしめしてくれたことに驚きをおぼえた。

また、中村が毛利に頼んでまで自分の志を果させようと努力してくれたことに感動した。

　しかし、父の横顔に眼をむけたかれは、体をかたくした。喜介は放心したように中村の顔を見つめている。

　やがて、喜介が視線を落した。眼に激しい狼狽の色がうかんでいる。藤四郎は、母とともに黙っていた。長い沈黙が流れた。

　しばらくして顔をあげた喜介は、藤四郎に眼をむけると、

「鹿児島へ行きたいのか」

と、言った。

　藤四郎は絶句した。父の眼には動揺の色がうかび、それは悲しげな眼でもあった。藤四郎は、父の顔を見ているのが堪えられず視線をそらせた。

　建築現場で自分と一緒に働いている折の父は楽しそうで、昼、弁当を使っている時にも漬物などを黙ってかれの弁当包みの中に入れてくれる。機嫌よさそうに鼻唄をうたっている時もあった。

　知り合いの大工の倅《せがれ》たちは、十歳近くになると見習いとして働き、大工道具の扱いにも徐徐になれる。父親である大工が倅に激しい怒声を浴びせかけ、拳で頭をたたく

のを見ることもしばしばで、倅たちは、涙ぐみながらも黙々と働いている。しかし、喜介は決して自分にそのようなことはせず、注意する時もかんでふくめるように説明し、道具の扱い方を教えてくれる。それによって、藤四郎は、父の指示どおりに鉋《かんな》を操り、鋸をひくこともできるようになっている。仕事が終って夕食後、中村敬助の塾に通うようになったのは父の好意で、倅にそのようなことを許している大工はいない。

大工の倅たちは、読み書き算盤《そろばん》を一応身につけるため寺子屋へゆく程度で、大工に漢学など必要ない。大工仲間たちは、漢学塾に藤四郎を通わせている喜介を、親馬鹿も程がすぎる、と酒の勢いで言う者もいる。喜介は、若いうちに身につけたいものを身につけさせてやる方がいい、とおだやかな笑いの表情をうかべて答え、機嫌をそこねる風もない。

そうした父に甘えて中村塾に通っているが、鹿児島へ行くのは父を捨てることである。自分には、そのような非情なことはできない、と思った。医学を修業したい気持は強いが、それ以前に人間らしい人間であるべきだ、と胸の中でつぶやいた。常に温く見守ってくれてきた父にそむく気にはなれなかった。

中村の好意は感謝しても余りあるが、父を置いて去ることはできない。

「先生」

という父の声がし、藤四郎は顔をあげた。

「よくわかりました。お言葉どおりにいたしましょう。よろしくお願いいたします」

喜介がかすれた声で言うと、中村に頭をさげた。

藤四郎の顔を一瞥した喜介は、中村に視線をむけると、

「私もまだ四十歳で、十年やそこらは働けましょう。倅が望んでいる通りにさせてやりたく思います」

と、言った。

父の眼には、おだやかな光がうかんでいた。

藤四郎は、不意に嗚咽が突き上げるのを意識し再び顔を伏せた。膝をつかんだ掌がふるえ、その上に涙が落ちた。

「よく承知してくれました。藤四郎、ありがたい父親様だ。礼を言え」

中村の声も、涙声だった。

藤四郎は手をついた。胸にあふれる感謝の念と心の底から申訳ないという思いを言葉に託したかったが、声にはならない。かれは、ただ頭を深くさげているだけだった。

三日後の朝、藤四郎は、身のまわりの物を入れた風呂敷包みを手に、従者をしたがえた毛利とその家族の後から道を歩いていった。村はずれまで喜介と園が、中村とともに見送ってくれた。

振返って頭をさげた藤四郎の眼に、たたずんでいる父が、いつもより老けこみ、体も痩せているようにみえた。かれは、顔を伏せぎみにして毛利一行の後についていった。

宿をかさねて鹿児島に入ったかれは、耳にしていたよりはるかに賑やかな町の情景に眼をうばわれた。家並がつづき、道には人や馬が往き来し町駕籠も過ぎる。町全体が沸騰しているように雑然とした人声や物音がみちていた。かれは、いかめしく美しい城を陶然として見つめた。

毛利の家は西田町にあり、かれは従者の住む棟つづきの家の小部屋をあたえられた。

毛利は、藩庁におもむいて任期満了となった地頭職としての報告をしたりしていたが、それも一段落した頃、藤四郎を石神良策のもとに連れて行ってくれた。

石神は髪を総髪にした小柄な男で、明るい眼をし声が大きかった。

毛利の話をきき終った石神は、

「よくわかりました。明日からでも通ってきて下さい」

と、入塾を許し、授業は午前八時より正午までなどという塾の規則を口にした。

石神は、毛利と雑談を交した。

七年間の長崎遊学で最大の収穫は、嘉永元年（一八四八）にオランダ商館医モーニッケが西洋流種痘術を導入したことだ、と、石神は言った。かれもそれを習得して、種痘の医療具と痘苗を鹿児島に持ち帰り、初めは激しい反対にあったが、ようやくこの頃は理解されて種痘に応じる者も増しているという。

薩摩藩主の洋学奨励は、軍備強化を目的としたもので自然に兵術関係に集中されていた。天保八年（一八三七）七月にアメリカ船モリソン号が山川沖にあらわれて大騒動となって以来、異国船の接近が相つぎ、西洋流の防備強化が積極的に推し進められた。むろん、医学の面でも西欧の知識の吸収がおこなわれていたが、それは二の次という傾きがあった。

そのため、イギリスのジェンナーが開発した西洋流の種痘についての理解も乏しく、それを実施した石神は、主として漢方医の激しい反対によって苦労を強いられたのである。

藤四郎は、種痘について熱っぽい口調で話す石神に西洋医学に対する強い情熱を感じ、畏敬の念をいだいた。

翌日から、かれは石神の塾に通うようになった。

石神の塾生たちに対する教授法は一貫していた。新たに入門した者たちには、漢方医学の初歩から教える。中国から伝来した漢方医学は日本医学の主流で、まずその優秀性を身につけさせる。その知識を十分に得た後に、はじめて西洋医学の講義をする。そのようにしなければ西洋医学の特徴がわからぬという。

「私は蘭方医だが、西洋医学だけを信じるという偏った気持は持っていない。漢方医学は、皆も知っている通り中国からつたえられたが、われらの先人である医家たちが新たな発明をし創意をくわえて、日本独自のものに育てあげた。医学を学ぶ者は、まず漢方医学を身につける。秀れた漢方医術を学ばなければならぬのだ」

石神は、じゅんじゅんと説いた。

そうした塾の方針にしたがって、藤四郎は塾の師範代から初歩の漢方医学の教授をうけた。

毛利家に寄食させてもらっている藤四郎は、雇人よりも早く起きて井戸の水を汲んだり掃除をしたりする。午前中の授業を終えて塾からもどると、再び小まめに働いた。

かれが大工職の腕をもっているので、毛利の妻に頼まれて家の修復に鋸や鉋をつかい、庭の隅に物置小屋を新たに作ったりもした。そうした労を惜しまぬ働きをしていたので、毛利の家族にも雇人たちにも好感をいだかれた。

毛利は、

「働くのも程々にし、勉学に精を出すように……。立派な医者になってくれるのが私の願いなのだ」

と、言った。

兼寛は、毛利の温情に感謝し、仕事のない時には狭い部屋におかれた小机で塾で教わった授業内容の整理にはげんだ。

石神塾には漢方医学の書物が数多くそなえつけられ、石神は、授業の進度に応じて、それらの中から書物を選び出しては貸しあたえてくれた。それを持ち帰った藤四郎は、丁寧に筆写することにつとめ、漢方医書を次から次へと借り出して写本の量は次第に増していった。

塾生の中で、かれの勉学ぶりはひときわ際立っていた。塾の往き帰りや毛利の使いで出掛ける時も歩きながら暗記をし、厠に入っても書物をはなさない。石神は、その勉学ぶりに満足そうな眼をむけていた。

一年がたった頃、藤四郎は、石神の部屋に呼ばれた。

「よく励んだな。私も嬉しい。一応、漢方医学の手ほどきは終えた。これを筆写せよ」

石神は、手にした書物を渡してくれた。表紙には解体新書と記されていた。

「この書物の原書は、ドイツの医家が書いたターヘル・アナトミアという解剖書だ」

石神は、そのオランダ語訳の医書を小浜藩の蘭方医杉田玄白を中心にした医家たちが和訳につとめ、解体新書と題して出版した経過を話した。

「漢方医学では人体の臓器を五臓六腑としているが、事実はちがう。それをこの解体新書は正しく説明している。漢方医学にはこのような誤りがあり、それを西洋医学が補っている。解体新書は医学の基本だ」

と言って、石神は筆写し保存することを命じた。

藤四郎は、ようやく西洋医学を教授してくれる段階に入ったことに興奮し、押しいただいてもどると、それを筆写することにつとめた。

毛利家では、石神のもとで学ぶ藤四郎の塾生費を出してくれていたが、紙や筆墨の費用は自分でまかなわなければならず、思い悩んだ末、母に手紙を出した。父に直接、頼む気にはなれなかった。折返し喜介から金が送られてきて、手紙には、遠慮せず所要の金を要求するように、と書かれていた。

その月の下旬、石神は、

「この鹿児島に、岩崎俊斎殿という蘭学者がいる。岩崎殿にお前のことを話しておいた。岩崎殿は、私よりも新しい蘭方医学を修め、知識も豊かだ。岩崎殿の塾にも通って勉学につとめるように……」

と、言った。

藤四郎は、師のすすめなのでそれにしたがったが、同時に石神の度量の広さを感じた。

藤四郎は、岩崎塾でオランダ語の授業をうけるようになった。

薩摩藩は西欧文明の吸収に積極的で、嘉永四年（一八五一）十月には藩主島津斉彬《なりあきら》が三人の俊秀にオランダ医学修業を命じた。小姓組の有馬洞運、谷山の郷士小倉玄昌と郡山郷士の岩崎俊斎であった。

岩崎たちは、鹿児島をはなれて萩の長州藩医青木周弼《しゅうすけ》のもとにおもむき、入門した。青木は、長崎に遊学してオランダ商館の医官シーボルトの教えをうけ、さらに江戸に出て坪井誠軒、宇田川榛斎の門に入ってオランダ医学の研究に専念し、再び長崎に行って医業を開き、名医としての評判がたかまった。それをつたえきいた長州藩主が、天保九年（一八三八）六月に萩に呼びもどし禄二十五石をあたえて藩医にくわえた。

かれは、天保十三年に藩に建言して好生館という医学教授所をもうけ、医生に教授したため長州藩の蘭方医学は大いに興った。その名声を耳にした斉彬は、岩崎ら三人に遊学を命じたのである。

岩崎たちは、青木のもとで蘭方医学の学習につとめたが、嘉永七年春に参勤途上の藩主斉彬の内命で大坂の緒方洪庵が主宰する適々斎塾に移った。すでに緒方塾には斉彬の命令で藩医の八木称平が入門していたが、二年間の遊学を終えて辞することになっていたので、代りに岩崎ら三人が入門したのである。

そのような経歴をもつ岩崎だけに洋学の知識は深く、藤四郎は、熱心にオランダ語の勉学にはげみ、やがてオランダ書を読解できるまでになった。

その頃、鹿児島の空気は騒然とし、武器をのせた大八車や牛馬の往来がしきりで使者のまたがる馬が城にあわただしく出入りしていた。長州征伐に兵を出動させた薩摩藩は、幕府の長州再征には出兵を拒否し、これによって幕府に対する反撥が表面化していたのである。

藤四郎は、勉学にいそしみながらも時代のめまぐるしい動きに不安をいだいていたが、そのうちに薩摩藩が敵対関係にあった長州藩と提携し、にわかに倒幕の気運が支配的になった。かれは、藩の動きに注目していたが、慶応三年（一八六七）の年末に突然、藩から京都方面へ出兵する小銃九番隊付の医者として従軍することを命じられ、あわただしく鹿児島を出立した。その折に藤四郎を兼寛と名をあらため、先祖の姓とつたえられる高木姓を名乗り、鳥羽・伏見の戦いに参加したのである。

故郷に帰って両親と一夜をすごした兼寛は、翌日の夜、師の中村敬助のもとへ帰還の挨拶に行った。

奥から出てきた中村は、

「おう、無事だったか。案じていたぞ。あがれ、あがれ」

と、はずんだ声をあげた。

兼寛は、うながされるままに部屋へ入った。

「よく、傷も負わず……。両親も心配しておったろうが、私も生きた心地はしていなかった」

中村は、嬉しそうに兼寛を見つめた。

「村では多くの方が戦死し、元気で帰ってきたことが申訳なく、姿をみられぬよう日が没してから参りました」

兼寛は、低い声で言った。

中村の表情が曇り、

「これほど多くの者が死ぬとは思いもよらなかった。戦さとはむごいものだ」

と、つぶやくように言った。

兼寛は、視線を落した。

「兼寛」

中村の声に、かれは顔をあげた。

「お前の両親にはまだ告げていないことがある。お前の安否を日夜気づかっていた両親にこのことをつたえると、お前も同じ運命におちいったのではないかと心配すると思ってな。実は……」

兼寛は、中村のこわばった表情に不吉なものを感じ、体をかたくした。

「お前が恩になった毛利強兵衛殿は、お気の毒にも戦死なされた」

思いがけぬ言葉に、兼寛は、

「まさか」

と言ったまま絶句し、眼を大きく開いた。

毛利は、兼寛を自分の家に寄食させて石神の塾に通わせてくれた恩人であり、その毛利が戦死したとは予想外のことであった。

「毛利殿は、外城一番隊の監軍として鳥羽の戦さに出陣した」

中村の眼には、沈痛の色がうかんでいた。

慶応四年（一八六八）正月三日、鳥羽口に進出した外城一番隊ほか諸隊は圧倒的に優勢な幕府軍と衝突し、激烈な銃砲戦が開始された。薩摩軍は苦戦を強いられながらも進撃をつづけ、その夜午後八時頃には幕府軍を敗走させた。外城一番隊は、翌四日未明から再び鳥羽街道を進み、そこで有力な幕府軍と遭遇した。

隊は散開して進撃中、指揮をとっていた監軍の毛利が銃撃をうけて倒れ、ただちに兵二名が抱えて後方に退いた。かれは京都の養源院にもうけられた薩摩藩の仮病院に収容され手当をうけたが、傷は重く十四日に絶命した。遺体は相国寺林光院に葬られたという。

「その戦いは激しく、城下六番隊長市来勘兵衛殿、十二番隊長伊集院与一殿、五番隊監軍椎原小弥太殿も戦死なされた由。毛利殿には、この村でひとかたならぬお世話になったので、私も庄屋たちと鹿児島のお宅に参上し弔問をした。享年三十四歳であられた」

中村は、眼をしばたたいた。

兼寛は、顔を青ざめさせて坐っていた。

藩士である毛利が、出征したのは当然のことであった。しかし、監軍は指揮者であり、それが戦死したことは戦闘がいかに激烈であったかをしめし、また、毛利が隊員に率先して行動したあらわれでもある。

かれは、おだやかな眼をした毛利の顔を思いうかべ、涙があふれるのを意識した。

中村の家を辞したかれは、家にもどると仏壇に灯明をあげ、長い間、合掌した。両親は、村の戦死者の死をいたんで兼寛が頭をたれていると思っているらしく、かれの後ろで手を合わせていた。

喜介にむかって坐り直したかれは、毛利の死を告げた。驚いた喜介と園は涙をうかべ、あらためて仏壇の前に坐って合掌した。

翌朝、兼寛は村を出て鹿児島へむかった。辛い旅であった。毛利の家に行くと、顔見知りの老いた雇人に焼香をしに来たことを告げた。

家に入っていった雇人がすぐに出てきて、かれを奥座敷に案内してくれた。大きな仏壇のかたわらに、黒い着物を身につけた毛利の妻が端然と坐っていた。かれは深く頭をさげ、とぎれがちの声で悔みを述べた。

「あなたは無事でよかった。主人も喜んでおりましょう」

夫人の言葉に、かれは肩をふるわせて泣いた。

焼香を終えたかれに、夫人が毛利の遺した辞世をみせてくれた。

すゝみ出てあらしに向ふ武夫は
　今日をかぎりの死出の山みち

兼寛は、涙もみせぬ夫人に藩士の妻の毅然さを感じ、毛利の家を出た。

空を仰いだ。澄みきった空であった。

かれは、郷里への道をたどっていった。


兼寛は、うつろな気分で日を過した。

一年近い従軍の疲れが一時に出たらしく夕食後には激しい眠気におそわれ、朝も遅くまで目ざめない。父も母も、そうしたかれを黙って見守っていた。

かれは、母の実家である北家に無事帰還の挨拶をしただけで外出はせず、家にとじこもっていた。傷も負わず帰ってきたことが申訳ないような気がしていたのである。村から出兵して帰還した郷士たちも戦死者の遺族の心情を思って、ごく内輪の宴をはるにとどめているようだった。

兼寛は、思い切って戦死者の家々をまわって焼香したが、遺族たちの眼には生きて帰ってきた自分への羨望と嫉妬の色がうかび出ていて、それを見るのが辛く、言葉少く辞去した。

年の暮れが近づき、兼寛は、父とともに新しい竹を組んで垣根を修復し、正月を迎える準備をととのえた。墓を母とともに清め、父と門松を立てた。母も父も身近に兼寛がいることが嬉しくてならぬらしく、やわらいだ眼をしていた。

大晦日には年越しそばを食べ、早目に寝に就いた。

明治二年（一八六九）の正月を迎えた。

戦死者が出たことで村は喪に服し、恒例の年始まわりはつつしみ、わずかに神社に詣でる姿がみられるだけであった。

その日の夕方、中村敬助から使いの者が来て、親戚である豪農の家へ往診して欲しいという依頼をうけた。その家の娘が高熱を発しているという。

かれは、医療箱を手にその家に行った。症状からみて感冒にちがいなく、かれは香蘇散をあたえ、汗で濡れた下着を替えるように注意して患家を辞した。

夜道をもどるかれは、暗い気分になっていた。患家ではお医者様と言われたが、かれは身のすくむような思いであった。たしかにかれは、二年近く石神良策に漢方医学の基礎を習い、自分でも習得につとめて一応、知識と治療法は身につけ、石神の代診をしたこともある。

しかし、戦場ですごしたかれは、医者としての激しい無力感をいだいていた。血を流した戦傷者の姿に狼狽し、手当の方法も知らず、ただ医療具をかついで隊とともに行動したにすぎない。それは、自分だけではなく薩摩藩をはじめ他藩の医者たちも同様であった。

銃創者の手当など漢方医である従軍医は知るはずもなく、兼寛も手当は一切せず、負傷者を病院に送ることだけを心がけた。それは医者としての恥辱であった。

かれの胸には、関寛斎のことが焼きついてはなれなくなっていた。床几に坐っていた断髪の関の姿が、まばゆいもののように思い起される。メスで肉を切り裂き、鋏状のもので摘出した弾丸。その機敏な操作が神技に思えた。

また、凱旋途中に立ち寄った白河の軍陣病院で、医生からきいた佐藤進という頭取の治療法にも驚きをおぼえた。佐藤も関と同じように弾丸をぬき取り、手足の切断手術もしていたという。

さらに、横浜の軍陣病院で師の石神良策からきいたウイリスの話は、一層、衝撃的であった。連日、病院にやってきては、おびただしい負傷者の治療にあたり、一日に二人も三人も手足の切断手術をしていたという。石神すらただ手術を傍観するのみで、医療はウイリスに託している、と言っていた。

長崎からオランダを通して西洋医学が導入され、医書も翻訳されている。中国医学をそのままうけついでいた日本の医学界に、それは新たな刺戟をあたえ、蘭方医と言われる西洋医学の知識を得た医者が全国にひろがっている。石神もその一人で、長崎に七年間遊学して蘭方医として塾もひらいた。しかし、戦傷者の治療で石神は手を下すことはできなかったという。

なぜだろうか。それは、石神がただ知識としての西洋医学にふれただけで、実技に縁がなかったからにちがいない。さらに、石神の得た西洋医学の知識はすでに時代おくれで、ウイリスの身につけた西洋医術は最も新しいものであるのだろう。そして、関寛斎も佐藤進も積極的な研究心で外国の医師に直接伝授をうけ、ウイリスに近い医術を戦傷者にほどこしていたのではないのか。

兼寛は、自分とは遠くかけはなれた新しい医学の世界がひらけていることに激しい苛立ちを感じた。医者を志したかぎり、負傷者の手当もできぬ医者で終りたくはない。ウイリスとまではゆかなくとも、平潟で眼にした関寛斎のようになりたかった。

かれは、翌日の夜、中村敬助のもとを訪れた。

中村と対坐した兼寛は、実際に眼にした関の療法と、つたえきいた佐藤進、ウイリスの治療法について話し、戦場で漢方医は銃創者に対して全く無力どころか、その手当が逆に害をおよぼしていたことを述べた。

中村は、思いもかけぬ話に眼を大きくひらいて聴き入っていた。

「私は、新しい西洋医術を学びたいのです」

兼寛は、しぼり出すような声で言った。

中村は腕を組み、口をつぐんでいた。西洋医術を身につけたいと言っても、蘭方医の石神ですらその域に達してはいないという。それを学びたいと言われても、中村には返事ができるはずはなかった。

しばらく思案していた中村は、

「そのような望みがあるなら、穆佐《むかさ》にいても仕方があるまい。鹿児島に出て開成所に入学したらどうか。学生になると言っても藩の認可を得なければならぬが、一応、藩に願書を出してみたらよい」

と、言った。

兼寛は、むろん開成所のことは知っていた。

開成所は、元治元年（一八六四）六月、薩摩藩が洋式軍制拡充のため海・陸軍諸学科と英・蘭学の教授機関として創立した。洋式の兵法学、天文、地理、数学、測量、航海、造船、物理の各学科とともに、医学も科目にくわえられていた。教授は薩摩藩の蘭学者たちであったが、漂流民としてアメリカに長期間滞在し帰国した中浜（ジョン）万次郎が招かれ、教授をしたこともある。中浜が去った後、林謙蔵（安保清康）、牧退蔵（後の前島密《ひそか》）ら英学者らが招かれ、さらに蘭学者、仏学者も教授となったが、大勢は英学の授業に傾いていた。

その後、海軍所、陸軍所が創立されて、兵学の授業は海・陸軍所の教育機関に分離され、開成所はもっぱら英学、数学を教える学問所になった。

前年の藩制改革で開成所は藩校の造士館に併合され、和学、漢学、洋学の三学局がもうけられていた。洋学局では英語、オランダ語の授業をしていて、そこで語学を学ぶことは将来、西洋医術を修める上での基礎になるはずだった。

中村の意見をもっともだと思った兼寛は、開成所に入ろう、と思った。

かれは、気持が浮き立ち、中村の家を辞すと家への道を小走りに歩いていった。坂を登ってゆくと家の淡い灯がみえた。再び両親を残して家を出てゆくのかと思うと、気持が重くなった。

土間に入り部屋に行くと、父が酒を飲み、母がかたわらに坐っていた。

兼寛は、只今、帰りました、と言って頭をさげ、父の前に坐った。

「一杯、やらぬか」

父が、茶碗を差出した。

「いただきます」

かれが茶碗を手にすると、父が酒をついでくれた。

「明日、鹿児島へ参ります」

酒をひと口飲んだ兼寛は、父の顔に眼をむけて言った。

父の顔に一瞬ひるんだような色がうかんだが、

「そうか。明日か」

と言って、弱々しげに眼をしばたたいた。

いつ、そのようなことを兼寛が口に出すのか、父は毎日、おびえたような気持でいたのだろう。そのような父の気持を察していただけに、兼寛は少しのためらいもなく鹿児島へ、しかも明日行くと言った自分に驚きを感じていた。

かれは、無言で酒を飲みながら、一年近く戦場から戦場へ渡り歩いたことで自分の内部に変化が生じているのに気づいていた。最初の戦いであった鳥羽・伏見の戦いでは、砲弾で足が吹きとんだ重傷者に動転し手を出すこともできなかった。が、平潟に上陸して平、二本松、猪苗代をへて会津若松の攻防戦に参加した頃から、血をみても平気で、路上や耕地にころがった兵や一般の者の死体を眼にしてもなんの感情もいだかなかった。常に死が身近にあり、死というものに麻痺していたのかも知れない。

鹿児島へ父母を残して去るのは申訳ない気はするが、医学修業のためには、そのような感傷は無用だ、と思った。戦傷者の手当もできぬような医者は、医者ではない。

このまま穆佐《むかさ》にとどまっていれば村医として暮してゆけるはずで父も母も、そうした生き方を望んでいるにちがいない。しかし、自分は、平潟で関寛斎という医者を眼にし新しい医学の世界があるのを知った。重傷者の胸から摘出された弾丸が皿に音を立てて落ちた情景が今でも胸に焼きついてはなれない。関と同じように負傷者の体から弾丸を除去し、手、足を的確に切断手術して命を救うような医者になりたい。その目的を遂げるためには、父も母も辛いだろうが堪えてもらわなければならないのだ。

「明日とは余りにもあわただしい。もう二、三日後にしたらどうだね」

母が、驚いたように言った。

「いや、明朝早く」

強い口調で答えた兼寛は、眼に少し涙がにじみ出るのを意識していた。

翌日の朝早く、かれは母が渡してくれた弁当包みを手に家を出た。家の前に立っている父と母に手をふると、足早に坂をくだった。

鹿児島についたかれは、九番隊の監軍であった相良吉之助の家に行った。相良は外出していて、家の前で待っていると夕方になってもどってきた。

兼寛は、中村敬助に告げたと同じように戦場での苦い体験から西洋医術を学びたいという希望を述べ、その第一歩として開成所の洋学局に入りたいので藩に申請して欲しい、と懇請した。

相良は、兼寛の趣旨は十分にわかるが、としながらも、

「難題だな」

と、言った。

開成所の和学、漢学、洋学の三学局のうち最も評判が高いのは洋学局で、資格審査はきびしい。学生には藩から稽古扶持米が支給され、学寮もあって、いわば学生は生活費の心配をせずに勉学にはげむことができる。そのような恩典があるので志望者は多く、入所できるかどうか疑わしいという。

しかし、相良は、申請だけはしてみる、と言って、翌日、藩庁に書類を提出してくれた。入所者は原則として藩士の子弟とされているので、兼寛はほとんど絶望的であると思っていた。

やがて、藩庁から相良に出頭命令があり、そこで渡されたのは申請を許可する旨の書面であった。その理由は、兼寛が蘭方医の石神良策と蘭学者の岩崎俊斎に師事した経歴から推して学力十分と認められ、さらに藩の隊付医師として戦場を行動した功績により藩士の子弟扱いとして許可されたのである。

「藩では、戦場で働いた者の労に対して出来得るかぎり報わねばならぬ、という御趣旨だ。従軍して辛い思いをしただろうが、何事も無駄というものはないものだな」

相良は、許可書を兼寛に渡しながら頬をゆるめて言った。

兼寛は、相良に厚く礼を述べた。

翌日、かれは開成所洋学局におもむき、入所の手続きをとって学生寮に入った。早速、中村敬助と父に手紙を書き、開成所に入所でき扶持米もあたえられるので働くことをせずに勉学に専念できる喜びをつたえた。

学生は大半が藩士の子弟であったが、当然のことながら学力が支配していた。岩崎俊斎にオランダ語を教えてもらっていたので、兼寛はたちまち学生たちの注目を集めた。かれは、これからは語学の中心となると言われている英語の授業に強い興味をいだいた。

かれは、開成所が藩の伝統的な洋学に対する深い理解によって設立されたものであるのを感じた。

それは、八代藩主島津重豪《しげひで》の蘭学に対する強い関心から端を発した。かれは、若い頃から蘭学に興味をいだき、オランダ商館長、通詞とも親しくシーボルトとも親交があった。その知識をもとにして殖産興業につとめ、蘭学を奨励する目的もあって藩校の造士館を設立した。

さらに十代藩主斉彬《なりあきら》は、蘭学の導入に一層積極的で集成館という工場施設をもうけ、藩邸内に反射炉をつくって大砲製造をおこなった。その他、ガラス、陶磁器などの製造所を設立し、ガス灯をともしたりモールス式器械で電気通信を試みたりした。また、西洋式帆船「伊呂波丸」についで帆走軍艦「昇平丸」その他を建造し、蒸気船雛形も完成させ、洋学奨励の教育に積極的であった。

このような洋学に対する藩の気風が開成所の基礎となっているが、兼寛は、入所してから藩が開成所の学生を中心に留学生をヨーロッパにひそかに派遣していたことを知って驚きを感じた。それは四年前の慶応元年（一八六五）のことで、薩摩藩士五代友厚の建議によるものであった。

かれは、世界情勢を知るには海外に留学生を派遣するのが最も効果があると説き、藩もこれをいれ、大目附新納久修を監督、大目附開成所掛町田久成を学頭に任命し、一行十九名が選出された。その中には、五代をはじめ松木安右衛門（弘安・後の寺島宗則・伯爵・外務卿）、鮫島尚信（後にフランス特命全権公使）、森有礼（後に文部大臣）、市来和彦（後に海軍中将）らがいて、十四歳の磯永彦助、十五歳の町田清次郎もくわえられていた。幕府には秘密の海外渡航なので全員が変名を使い、行動は極秘とされた。

五代は、長崎でイギリス商人トーマス・グラヴァーに相談し、グラヴァー所有の香港行き汽船オースタライエン号を長崎出港後、鹿児島の北西方十里（約四〇キロ）の羽島浦に寄港させる契約をとりつけた。五代は長崎に来ていた松木と打合わせをした末、英・仏語に堪能な堀荘十郎を通訳として同行を依頼し、承諾を得た。堀は、ペリー艦隊が初めて浦賀に来航した折の主席通詞であった堀達之助の次男であった。

三人は、三月十九日、オースタライエン号に乗って長崎を発し、羽島に至った。そこで、ひそかに集っていた留学生一行を乗せ、二十二日、同地を発航した。一行は、香港でヨーロッパ行きの汽船に乗りかえ、シンガポール、ボンベイをへてスエズから汽車でアレクサンドリアに至り、さらに汽船に乗って、五月二十八日にロンドンに着いた。

一行は、イギリスの化学教授ウイリアムソンの斡旋で二人ずつ一般家庭に分宿し、英語をまなぶかたわら、それぞれ学校で海軍測量術、機械術、陸軍兵術、文学、医学、化学を専攻した。また、新納と五代は、堀をともなってイギリス各地を視察し、機械、武器購入の交渉をおこなったりした。学校の夏期休暇には、ロシア、アメリカ、フランスに視察旅行をする者もいた。その後、幕末の動乱期に入り、学費も不足してきたので大半の者が帰国したが、数名の者は学費の安いアメリカに移った。

この渡航は藩に大きな影響をおよぼし、慶応二年（一八六六）にはパリ万国博覧会に四百余箱にも達する展示品を出品するなど、藩の世界情勢に対する視野は大きく拡大された。

開成所での洋学授業は初めはオランダ語であったが、次第に英語が重視され、留学生一行の帰国によってもっぱら英語が中心になった。ペリーの来航によって開国された日本には、アメリカ公使、イギリス公使が駐在し、外交折衝、貿易に英語は不可欠のものとなり、それを学ぶ者が急増していたのである。

このような傾向にこたえてオランダ通詞堀達之助が本格的な英語辞書である「英和対訳袖珍辞書」を編纂し、出版したりした。

開成所で英語授業をうけるようになった兼寛は、オランダ語の時代が去り、西欧の学術を吸収するには英語を身につけねばならぬのを知った。と同時に、西洋医学と言えばオランダ医学をさしていたが、それがすでに過去のものとなっているのも感じた。

　師の石神良策は、蘭方医として病院頭取の地位にまでなっていながらイギリス医官ウイリスの手術をただ傍観しているにすぎない、と言っていたが、それも無理はない、と思った。石神は、長崎に七年も遊学してオランダ医学を学んだというが、それはオランダ医書を理解するにとどまっただけで、しかも、その医学は世界の医学水準よりはるかに低い一時代前のもので、最新の医術を駆使したウイリスの前では、ほとんど意味も持たぬものだったのだろう。開国によって、オランダ一国のみから導入されていた医学知識は、欧米各国からふんだんに入ってくる医学の知識の前でたちまち色あせたものになっているのだ。

　そのことを敏感に察した順天堂創設者佐藤泰然は、積極的に西欧の医学知識の吸収につとめ、その門から関寛斎、佐藤進らが輩出した。

　兼寛は、奥羽戦争に従軍したことを幸せに思うようになった。平潟で関寛斎の治療ぶりを眼にし、ウイリスの医術を感嘆する師の石神の言葉を耳にしたことによって、新しい医学の時代が到来しているのを知ったのだ。

　かれは、情熱をいだいて勉学にはげんだ。

鹿児島の町には、活気がみちていた。

幕府を倒壊させた中心は薩摩藩で、その誇りが町の者たちの表情にあふれていた。戦争にともなう物資の調達で商品は注文がさばききれず、諸物価、ことに米価が高騰し、その余波が町々にも残っていた。藩では、新しい時代に応じるため全国にさきがけて古い機構を改める決意をかためていた。改革によって明治新政府の基盤をかためたいと願っていたのである。

明治二年二月十八日、薩摩藩は、藩政改革の布告を発令した。旧来の藩政を支配、独占していた高い門閥の者たちは一掃され、倒幕に功労のあった西郷隆盛を中心とした下級武士の家の出の者が要職につき、藩政を完全に掌握した。これらの実力者によって改革は急速に推し進められ、その年の一月下旬に薩摩藩をはじめ長州、土佐、肥前四藩主の上奏していた版籍奉還が、六月中旬に朝廷のいれるところとなって、各藩領は奉還され、藩主は藩知事に任ぜられた。また、藩士は士族となって、長い間つづいていた武家階級は崩壊した。

これらの目まぐるしい改革に、兼寛は自分の将来に明るい希望をいだいた。武家社会は世襲によってきびしい階級制度を形づくり、そこに庶民の入りこむ余地は全くなかった。しかし、その崩壊によって、才能と努力次第では社会の上層部に身をおき存分に力をふるうことができるようになった。

藩士の子弟にひけ目を感じていたかれは、その垣根が取りはらわれたことに歓びを感じていた。

かれは、一層、精を出して勉学にはげんでいたが、十一月に入って間もなく、藩からまとまった金をあたえる旨の通知をうけ、藩庁に出頭して受取った。それは、戦争に従軍した者たちにあたえられる功労金で、戦死者は階級によって三十年間十八俵から百五十俵までの米を、重傷者、病死者にもそれに準じた米が下賜された。兼寛は従軍した医者として、米の代りに金があたえられたのである。

かれは、それを手にしたことに喜びをおぼえながらも、石神良策のことが気がかりであった。石神が頭取をしていた横浜軍陣病院が廃され、その組織が東京大病院に移管されたことは鹿児島でも知られていた。また、石神が、その頭取の補佐役として東京大病院で医療に従事していることもつたえられていたが、石神がどのような動きをしているのか、かれにはわからなかった。

石神の消息は、その後も耳にできなかったが、その頃、東京を中心に日本の医学の将来を左右する激しい動きが起っていて、石神はその渦の中に巻きこまれていた。

戊辰戦役で、佐倉順天堂の出身者関寛斎と佐藤進が新政府軍側の従軍医であったのに対し、順天堂の創立者佐藤泰然の次男松本良順は、将軍の侍医、医学所の頭取として常に幕府軍の負傷者の治療にあたった。

江戸城が明け渡された後、松本は幕府に対する忠節の念やみがたく、江戸を出て船で平潟に上陸し白河をへて会津に入った。

やがて新政府軍が会津若松に迫り、かれは、孤立した若松で会津藩の負傷者の治療に専念していた。

若松城の落城がせまった頃、会津藩主松平容保は、松本の尽力に深く感謝し、

「陣は各所においてやぶられ、戦い利あらず。危険が急迫しているので他の土地に脱出して欲しい」

と告げ、記念として由緒ある小刀と牧谿筆の手長猿の一軸を贈った。

容保のすすめにしたがった松本は若松をひそかに脱出し、米沢から庄内にむかったが、途中、旧幕府軍の榎本釜次郎（武揚）から仙台にくるようにという手紙を受取り、予定を変更して仙台におもむいた。しかし、榎本と行動を共にしていた新撰組の土方歳三は、江戸にもどるよう熱心にすすめ、その説得に屈したかれは、入港してきたオランダ船「ホルカン号」に乗って仙台をはなれ、ひそかに横浜に上陸した。

かれは、オランダ人スネルの商館に潜伏していたが、幕府軍残党狩りの捕吏にその所在を探知されて捕縛された。明治元年（一八六八）十二月六日であった。

新政府軍の越後口の戦いは苦戦を強いられ、多くの死傷者が出た。柏崎、高田にもうけられた軍陣病院に多くの負傷者が送りこまれてきたが、各藩の従軍医は、適切な治療ができず死亡する者が相ついだ。

この報告をうけた新政府は、横浜の軍陣病院で積極的な治療をおこなっていたウイリスに越後口に行って欲しい、と要請した。

ウイリスは快諾し、政府は謝礼を贈ろうとしたが、かれは固持して受けなかった。ウイリスの唯一の条件は、横浜軍陣病院の頭取補佐であった芸州藩医柴岡宗伯を助手として同行することであった。むろんそれはうけ入れられ、新政府は、柴岡に横浜病院での功労金と越後出張の支度金として計四十両をあたえた。

八月十八日朝、ウイリスは、柴岡とともに横浜から船に乗って品川に上陸し、東京に入った。かれは、打合わせをした後、翌々日に東京を発して越後にむかい、九月一日に高田（新潟県上越市）についた。

軍陣病院は寺町の来迎寺があてられていて、ウイリスは、ただちに柴岡を助手として傷病者の治療にあたった。各藩医の見守る中で壊疽《えそ》になった負傷者の手足を切断するなどの手術をおこない、また、弾丸の摘出もした。傷口の消毒には携帯してきた過マンガン酸カリを使用し、骨折した手足には鉄製の副木をあてて固定した。

かれは、十日ほど治療につとめた後、高田藩士の警護をうけて柴岡とともに柏崎の軍陣病院におもむいた。その軍陣病院の頭取は、佐倉順天堂で西洋医学をまなんだ赤川玄櫟であった。また、医師団の中には洋方医の越前藩医橋本綱維、綱常兄弟もいた。

綱維は、元治元年（一八六四）、長崎に行ってオランダ陸軍軍医ボードインに医学をまなび、さらにオランダ医師マンスヘルトにもついた藩の奥医師格で、越後出兵の隊付医長として従軍していた。また、弟の綱常も、松本良順の塾に入り、さらにボードインにも師事した洋方医であった。二人の兄は、安政の大獄で刑死した越前藩屈指の俊秀であった橋本左内である。

橋本兄弟は、携帯した西洋の医書を参考に手術もしていたが、目立った治療効果はみられなかった。外科手術に要する医療具を横浜の輸入商に発注して取り寄せたが余りにも大きすぎ、医療具に記されたフランス文を読んでみたところ獣医用であることが判明し、苦笑したこともあった。そこにウイリスが到着し、橋本らはその治療法に驚嘆し、熱心に教えをうけた。

十日間、柏崎で昼夜をわかたず治療をおこなったウイリスは、新発田におもむき、城内で越後口総督仁和寺宮嘉彰親王に拝謁し、その労をねぎらわれた。明治元年（一八六八）十月五日であった。

かれは、その地でも治療につとめ、十月二十九日に柏崎にもどって宿舎にあてられた聞光寺に入った。すでに雪が来ていて、山間部はかなりの積雪であった。

ウイリスの療法は、従軍していた各藩の医家に大きな衝撃をあたえた。洋方医もいたが、かれらの知識は西洋の医学書によるもので、ほとんど実技をともなわないものであった。それだけに負傷者を次々に治療するウイリスに眼をみはったのだ。

その旅でかれが手がけた手足の切断手術は、十六回にもおよんでいた。かれの任務は終り、柴岡とともに冬の道をたどって十一月十六日に東京へもどった。

横浜の軍陣病院は東京に移されて東京大病院と名づけられ、下谷にある津藩の藤堂家屋敷がそれにあてられ、医学所も附属していた。頭取は緒方惟準《これよし》であった。

緒方は、大蘭方医緒方洪庵の次男で、十六歳の折に長崎に行ってオランダ医官ポンペに師事した。父洪庵は医学所頭取であったが、その死後、惟準が医学所頭取となった。

かれは、幕府の命令で帰国するポンペに同行してオランダに留学した。帰国したのは幕府崩壊の直後で朝廷の典薬寮医師に任ぜられ、さらに新政府に招かれて東京大病院頭取となったのである。

頭取の補佐をする監察兼医師には石神良策が就任し、重傷者の治療はイギリス公使館付医官シッドールがあたっていた。

そうした折にウイリスが、越後口の負傷者治療を終えて東京へ帰還してきた。労を惜しまず遠隔の地までおもむいて治療をし、しかも謝礼を固辞するかれの評判はきわめて高かった。

かれの献身的な行為は、自然にイギリスの日本における国際的な地位を向上させることにつながった。長州藩出身者とともに政府の要職を占める薩摩藩出身者は、薩英戦争以後、イギリスと友好関係をむすび、さらにウイリスの医療行為によって一層その緊密度を深め、それは同時にイギリス公使パークスの新政府に対する発言力を強めていた。

明治二年（一八六九）が明け、正月に頭取の緒方惟準が、病気にかかった母の手当をしなければならぬという理由で辞表を提出して大坂に去った。その後をうけて、緒方の補佐役であった薩摩藩出身の石神良策が取締に昇進し、東京大病院は薩摩藩の支配下におかれる形になった。

白河口、平潟口のそれぞれの病院頭取であった佐藤進と関寛斎は、戦場から帰還して褒賞をうけたが、すでに東京大病院は石神が取締になっていたので、佐藤は佐倉に、関は徳島に去った。

東京大病院で治療に従事していたシッドールは、横浜のイギリス公使館にもどることになり、明治政府はウイリスをその後任に招いた。

政府は、医学の充実をはかる必要性を痛感して医療制度の改革に手をつけ、その年の二月に東京大病院を医学校兼病院と改称し、神田和泉《いずみ》橋旧藤堂邸に移して石神を取締に任命し、医療をウイリスに一任した。これはイギリス公使パークスの強い運動によるものだが、政府も維新戦争の大功績者であるウイリスに報いたかったのである。

かれは、正午まで病院で傷病者の治療にあたり、午後は医学校で医師たちに四肢切断の手術法やクロロホルムによる麻酔法を懇切に教えた。名実ともにかれは医学の指導者的存在となり、かれの説くイギリス医学が将来の日本医学そのものになることは疑いの余地がなかった。

その年の一月二十三日、新政府は新しく医学校取調御用掛という役職をもうけ、旧佐賀藩医相良《さがら》知安《ともやす》と旧越前藩医岩佐純を任命した。御用掛は、本格的な医学校を創設するための調査、研究を目的としたもので、西欧に準じた総合病院を医学校に附属させるものとして設置したいという構想にもとづくものであった。

そのような重要な役職に二人を抜擢した第一の目的は、新政府が苦慮していたボードインの問題を解決するのに好適だと判断したからであった。

ボードインはオランダ陸軍一等軍医で、オランダ海軍軍医ポンペの後をついで西洋医学の学校兼病院であった長崎の医学所と養生所を主宰していた。

維新前、幕府は、海軍を創設することを決定し、同時に東京に海軍病院を設立する計画を立ててボードインに協力を求めた。快諾したボードインは、海軍病院設立に必要な医療器具、薬品、医書をはじめ病院建設の設計図等を入手するため、留学する緒方惟準らをともなって故国オランダへもどった。

かれは、依頼されたそれらの医療具などを購入して日本に送り、再び日本にやってきた。しかし、幕府はすでに崩壊していて、到着していた医療具等は明治政府に没収されていてボードインは無視された。

政府の冷い態度に憤りをいだいたボードインは、いったん上海に去った後、大坂にいる門下生の緒方惟準のもとに身を寄せていた。

日本の西洋医学は、ポンペにつぐボードインによって大きく開花していた。二人の教えを受けた医家は多く、ボードインを冷遇したままにしておくことは政府の医療計画を推進する上でいちじるしい障害になることはあきらかだった。

ボードインの機嫌を直させるには、それ相応の社会的地位につかせることが必要で、政府は、それを医学校取調御用掛の最初の仕事と考えた。適当な人物を物色した結果、佐賀前藩主鍋島閑叟（斉正）が藩医の相良知安を、また福井前藩主松平春嶽(慶永《よしなが》)が藩医の岩佐純を推薦し、決定した。相良も岩佐もボードインの教えをうけた医家で、その調整をはかるのに適した人物だと判断されたのである。

両人が就任すると、太政官代は、すぐに大坂へ下って学校弁事の千種《ちぐさ》有正の指示を得てボードインに会うよう命じた。二人はただちに大坂へむかい、千種に会い、大福寺に住むボードインを訪れた。

ボードインは門人が来たことを喜び迎え入れたが、政府の医学校取調御用掛としてボードインの処遇問題解決のため来たことを告げると、かれの表情はにわかに険しくなった。

ボードインは、日本の医学向上のために努力し、わざわざオランダに帰って病院設立に必要な医療具なども送ったのに、新政府は幕府と自分との約束を無視し、まことに冷い態度をとっている、と、激しい口調で言った。

相良と岩佐は、ボードインの不満をやわらげることにつとめ、大坂の鈴木町代官所跡に建設される仮病院と医学校で教鞭をとって欲しい、と懇請した。頭取はボードインの教えをうけた緒方惟準が就任し、ボードインを教授として招くというのである。このことは、相良と岩佐がボードイン問題のきめ手として政府に進言し、内諾を得ていたのである。

ボードインは、容易にはそれに応ずることをせず、オランダに去ることを憤りをこめて繰返し口にした。しかし、相良と岩佐は日本の医学に対するボードインの業績をたたえ、ボードインを失うことは日本にとってきわめて不幸であると述べた。真情あふれた二人の説得に、ボードインはようやく機嫌を直して協力することを約束した。

相良と岩佐がこの問題を解決したことで新政府は二人の手腕を認め、本来の役目である医学校改革を推し進めるよう指示した。

政府は、旧幕府の教育機関であった昌平黌《しょうへいこう》（儒学・国学）を昌平学校に、医学所（西洋医学）を医学校に、開成所（洋学）を開成学校とそれぞれ改めていた。さらにその年の六月には昌平学校を大学校とし、これに医学校兼病院と開成学校を所属させた。

相良と岩佐の改革の対象はむろん医学校兼病院で、政府は、これに腕をふるえるよう二人を大学少丞に任命した。相良が医学校、岩佐が病院の整備、充実を検討する任務をあたえられたのである。

医学校兼病院を主宰しているのはウイリスで、石神が取締としてその運営をつかさどっていた。

ウイリスは、医学校で医学を教授するかたわら病院で治療にあたり、その診療をねがう者が跡をたたず、入院患者は三百名にも達していた。政府の要人たちの中にはかれの治療をうけた者も多く、高潔な人格者であるウイリスを日本医学の最高指導者とすべきだという声が高かった。戊辰戦役で献身的な治療につとめて多くの負傷者の生命を救った功績は偉大で、それに報ゆるためにもかれを最高の地位につかせるのが当然だ、という意見が大勢を占めていた。

政府は、やがて総合医科大学を創設し、それに病院を附属させる構想をいだいていたが、その長にウイリスを任命しよう、と考えていた。ウイリスが医学教育の指導者になることはイギリス医学が日本医学の主流になることを意味し、それは、ほとんど確定したものになっていた。

このような空気の中で、相良知安が突然のようにそれに対して激しい反対の動きに出た。

相良は、天保七年（一八三六）、肥前国佐賀城八戸町で藩医の子として生れた。十七歳の折に藩校弘道館に入学し、翌年、西欧の医学知識を身につけるべきだという父の強いすすめにしたがって蘭学校に移った。そして、二十三歳の折には新設された佐賀藩医学校に入り、たちまち生徒長となり教官の補助をつとめた。すでにかれが非凡な才に恵まれていることは藩内でひとしく認められていた。

文久元年（一八六一）、二十六歳になっていた相良は、洋学に熱心であった藩主の命令で江戸に遊学し、下総国（千葉県）佐倉におもむいて順天堂の佐藤舜海の門に入った。

順天堂は、天保十四年、舜海の養父佐藤泰然が佐倉で開いた蘭学塾であった。泰然は、蘭方医足立長雋《ちょうしゅん》から西洋医学の教えをうけ、それにあきたらず長崎に遊学してオランダ通詞末永甚左衛門についてオランダ語の修得につとめると同時に、オランダ商館長ニーマンと交わり西欧全般の知識を得た。かれは、三年後に江戸へもどって、薬研堀で医業を開くかたわら蘭学塾である和田塾をひらいた。

その後、佐倉に移って順天堂を興したが、順天堂は大坂の緒方洪庵塾と並ぶ蘭学塾として、その名声を慕って多くの門人が集り教えをうけた。泰然が最も情熱をかたむけたのは外科で、西洋の医書を参考にして積極的な手術をおこない、いつしかかれは西洋流外科の最もすぐれた医家と称されるに至った。相良は順天堂で二年間熱心にまなび、その折の同門に岩佐純がいた。

さらに、相良は佐藤舜海の紹介状をもらって長崎に行き、ボードインの教えをうけた。ボードインは相良の学才を高く評価し、しばしばオランダ留学をすすめたが、かれは佐賀に帰り、その後、前藩主鍋島閑叟の推挙で医学校取調御用掛に抜擢されたのである。

相良が、なぜ、日本医学の主流となることが確実視されていたイギリス医学に激しい反対の態度をとったのか。

かれは、それまでの西洋医学と言えばオランダ医学で、そのオランダ医学がドイツ医学の系統をふんだものであることを知っていた。前野良沢、杉田玄白が日本で初めて「解体新書」と題して和訳した解剖書も原本はドイツの解剖学者クルムスの著したものであり、その他、外科、内科、病理、薬学等のオランダから日本に移入された医書もドイツの医書をオランダ語にしたものが多かった。日本人が身につけた異国語の中心はオランダ語で、それはドイツ語に近似している。オランダ語の修得につとめてきた日本の蘭方医の伝統を考えれば、オランダ医学に代るものとしてイギリス医学よりもドイツ医学を採用するのが自然ではないか、と、相良は考えたのだ。

相良は、佐倉順天堂で学んでいる間、師の佐藤舜海のもらす言葉から世界で最も秀れているのはドイツ医学であることを感じていた。舜海が蘭方医と言われながらも、ドイツ医学に強い関心をいだいているのに気づいていたのである。それを裏づけるように舜海の養嗣子である佐藤進は、ドイツへ留学するため六月末にアメリカ商船で横浜を発っている。戦場で多くの負傷者の治療にあたったかれは、自分の力不足を強く感じ、養父の舜海にドイツへの留学を願い出て許されたのである。

佐藤進がドイツに留学したことを考えても、相良はドイツ医学を最高のものとするのは常識だという思いを深めた。さらに、かれの気持を決定的なものにしたのは、開成学校の教頭であったフルベッキの言葉であった。

フルベッキは、ドイツ人を父にオランダ人を母として生れたオランダ国籍の工業技師で、アメリカに渡って宣教師になった。安政六年（一八五九）に長崎に来たが、日本のキリスト教禁制がつづいていたので伝道を断念し、長崎奉行の依頼をうけて日本人に外国語や法律を教えた。その学生のなかには新政府の要人となった旧佐賀藩士の副島種臣や大隈重信らがいた。かれは、広い視野をもつ人物であったので、新政府はかれを東京へ招き、開成学校の教頭に任ずると同時に教育、法律、国防、技術、資源などあらゆる問題での顧問格とした。

副島や大隈からフルベッキが公正な思考の持主であることをきいていた相良は、どこの国の医学を採用すべきか意見をきくのに最も適した人物であると考え、フルベッキを訪れた。

相良は、

「私は、この度、医道改正の大任を命ぜられました。将来の日本医学の進むべき道をきめるきわめて重要なお役目です。この大任を果す上で、率直な御意見をおうかがいしたい。あなたは、欧米諸国の中でどこの国の医学が最もすぐれていると思われますか」

と、問うた。

フルベッキは、即座に、

「それはドイツです。ドイツは、世界各国の中で最も科学の全分野で進んだ国です。私が知っている医学者だけでもシュワンは細胞学説を樹立、デュ・ボアレイモンは電気生理学を開発し、ウイルヒョウは細胞病理学を大成しております。日本が求めているのは基礎医学でしょうが、その分野についてもドイツは世界の最高峰に位置しています。これは一般常識です」

と、答えた。

相良は、フルベッキの言葉に自分の考えが正しかったのを知り、興奮した。フルベッキが医師であれば自分の学んだ医学を推賞する恐れがあるが、かれは工業技師で医学には縁がない。それだけに欧米各国の医学水準を客観視できる立場にあり、公正な判断力をもつフルベッキの言葉は確実に信頼できると思った。

相良の胸に闘志が盛りあがった。大勢を占めるイギリス医学採用の風潮をあくまでもくつがえし、ドイツ医学を主流とすることが日本医学の飛躍的な進歩をうながすものだ、と確信した。

しかし、それが容易ならざる大事業であることをかれも熟知していた。政府内で最も発言力の強いのは旧薩摩藩出身者で、かれらによってすべてが動かされていると言っても過言ではない。イギリスは薩摩藩と親密な関係にあり、イギリス医学を日本の医学の主流とする気運は薩摩藩出身者の意向を反映したものでもある。

イギリス医学を排してドイツ医学を採用するのは、薩摩藩閥と対立することを意味する。それは巨大な権力に立ちむかうことであり、到底勝算はなく、相良自身が職を追われるおそれも多分にあった。

しかし、生来、物に屈しないかれは、この大事業に全精力をかたむけることを決意した。

かれは、フルベッキに、

「あなたの今の言葉を文章にして欲しい」

と、依頼した。

応じたフルベッキは、ペンをとるとドイツ医学は世界の最高峰にある旨をしたためてくれた。

その書面を手にフルベッキのもとを辞した相良は、まず文教の責任者である知学事の旧土佐前藩主山内容堂のもとをおとずれた。

対面した山内は、フルベッキの言葉を記した書面を見せてドイツ医学を採用すべきだという相良の言葉に、顔色を変えた。すでに政府部内ではイギリス医学を採用することが決定し、それに対する異論はなかった。

鳥羽・伏見の戦いでウイリスが京都で負傷者の治療をおこなって神戸にもどった直後、山内は重病にかかった。土佐藩はウイリスの診断を要請し、ウイリスはただちに大坂から淀川を舟でさかのぼって、京都にいた山内に治療をほどこし、それがいちじるしい効果をしめして一命をとりとめた。そのような恩義のあるウイリスに、山内は、やがて開設される医科大学と病院の長に推す内意をもつたえていた。

ドイツ医学を採用することは、ウイリスを日本医学の中枢から排除することになり、山内には到底容認できるものではなかった。

山内は、顔をひきつらせながら、

「その方の意見をいれれば、ウイリス殿をないがしろにすることになる。ウイリス殿は大功績者だ。その恩義にそむけと申すのか」

と、強い口調で言った。

「やむを得ませぬ。日本医学の将来をまずお考えいただきたい」

相良は、旧土佐藩主に対しての遠慮はなかった。新しい時代に入って武家階級はくずれ去り、自分の信念をはばかることなく主張するのは時代に即した正しい態度なのだ、と思った。

山内の眼が光り、

「参議の大久保（利通）も、ウイリス殿に日本医師総教師になるようつたえた由。私もそれに賛同している」

と、感情を押し殺した声で言った。

相良は絶句し、山内の顔を見つめた。憤りがつきあげてきた。かれは藩医であった頃、武士たちが医師を低い身分のものとして軽視するのを感じ、強い不満をいだいていた。その武家階級がくずれて新しい時代を迎えたというのに、医学の問題を医にたずさわる者の意見を全く無視し、山内と大久保が勝手にウイリスを日本医師総教師に任ずる、と約束してあるという。医学に知識をもたぬかれらが日本医学の将来を左右することは断じて許せぬ、と思った。

かれは、山内の無思慮をなじり翻意をうながしたが、山内は首をふりつづけた。

相良は、憤然として山内のもとを辞した。

かれは、自分の前に立ちはだかった壁が途方もなく厚いのをあらためて感じた。山内は学校教育をつかさどる地位にあり、大久保も参議の要職にある。むろん大久保の背後には旧薩摩藩の巨大な権力がひかえ、それを突きくずすことは不可能に近い。しかし、至難であるだけに、かれの闘志はさらに燃えあがった。

かれは、精力的に要職にある者たちを歴訪してドイツ医学を採用すべきである、と激しい口調で説いた。

相良の言葉をきくかれらの顔には、例外なく当惑した表情がうかんでいた。相良の意見に同調することは薩摩藩閥と対抗することであり、また、友好関係にあるイギリスとの間に亀裂を生じさせるおそれもあって、賛意をしめす者はなかった。

さらに相良のドイツ医学採用に対して、学問の立場から強く反対する者もいた。それはイギリスの学問を信奉する者たちで、福沢諭吉はイギリス医学を推奨し、坪井為春、石井信義、島村鼎甫等の医学界の権威も福沢と同意見であった。

そうした中で、わずかに相良の言葉に耳をかたむけたのは、フルベッキに教えをうけた相良と同じ佐賀藩出身の参議副島種臣と大隈重信であった。

相良は、狂ったように政府の有力者たちをつぎつぎに訪れて自分の主張を説いた。高鍋藩世子であった秋月種樹は、豊かな学識をそなえていたことから知学事につぐ正権判事の地位にあったが、医学行政の担当者として相良の意見に理解をしめしていた。かれは、要人を歴訪している相良の動きを無視できず、閣議とも言うべき廟議にはかって相良を公けの場に呼んでその意見をきくべきだ、と主張した。

廟議は、それを受け入れ、相良と岩佐純に出席を命じた。しかし、岩佐は腹痛のため出頭しがたしという届出を出したので、相良が単身で廟議におもむいた。

その席には、最高首脳者の三条実美《さねとみ》をはじめ政府の閣僚たちが集っていた。

まず、大久保利通が口をひらいた。

「政府は、イギリス国医師ウイリス殿を日本医師総教師としてお雇いになることを内定している。これについて、その方は、なにかと異議を唱えている由だが、何故、ウイリス殿お雇いについて反対するのか。意見をこの席で述べよ」

と、言った。

つづいて、山内容堂が発言した。

「ウイリス殿は、学識そなわる医学の道の達人である。ことに奥州征伐にあたって無報酬で誠心誠意治療に専念してくれた。このような功績いちじるしいウイリス殿を排除するには、相応の理由がなければならぬ。イギリスとわが国とは特に親密な友好関係にある」

山内は、一段と声を強めて、

「その方の言葉次第では、一大事になることをあらかじめ覚悟の上で申し述べよ」

と告げた。

一大事とは、むろんイギリスとの関係に破綻をきたすことだが、同時に相良が処罰される意もふくまれていた。秀れた医師としてウイリスに敬意をいだいていた山内は、ウイリスを中心に医療行政を進めたいと切に願っていたので、それに激しく反対する相良を牽制したのだ。

しかし、相良は屈しなかった。生来の頑なな性格からその医学校取調御用掛官職から追われるような処罰をうけても主張はあくまでも通したかった。

かれは、姿勢を正して口を開いた。

「物事には筋道というものがあります。ウイリス殿お雇いのお約束があると申されますが、それは廟議で決定されたものなのでしょうか。そうだとすれば、私に医学校取調御用掛を命ぜられたことを、私はどのように理解したらよろしいのでしょうか」

閣僚たちは、相良の顔を無言で見つめていた。

「私が岩佐殿とともに任ぜられた医学校取調御用掛のお役目は、将来の日本医学の進むべき道をさだめるための調査、研究にあると指示されました。私も岩佐殿も、その御命令にしたがって鋭意調査、研究して参りました。しかるに、私どもが知らぬうちにウイリス殿を日本医師総教師に内定していると言われる。それでは、私たちのお役目はなんの意味もないではございませぬか」

相良は、臆することなくよどみない口調で言った。

席に並んで坐る閣僚たちは、口をつぐんでいる。

相良は、山内に視線をむけた。

「この度のことは、知学事山内様の御一存でイギリス公使館側とお約束なされた御様子。私は、甚だ理解に苦しみます。もしも、このことを廟議で決定したのであれば、医学校取調御用掛など無用のものとお考えになられたわけで、私と岩佐殿を解任するべきです。あえて申せば、これは知学事とウイリス殿との間でおこなわれた個人の約束にすぎません。公私混同です」

相良の鋭い言葉に、山内は顔をしかめた。

廟堂に、気まずい沈黙が流れた。

相良が言葉をつづけた。

「私が調査したことを申し上げます。ウイリス殿は、たしかに外科に長じてはおりますが、決して驚くほどのものではなく西洋医としては普通の医師です。日本医師総教師に任ずる器ではありませぬ」

人格の点についても、横浜に居留しているイギリスの商人たちとしばしば会って金儲けの話をしていることも述べ、

「このような者を総教師に任ずるとは、非常識と申すべきです」

と、激しい口調でなじった。

列座している閣僚たちは、身じろぎもせず相良の顔を見つめていた。

かれらは、相良の論調に筋道が通っているのを感じていた。薩摩藩出身の政府首脳者たちと、その治療をうけて一命をとりとめた山内は、ウイリスの技倆をほとんど神格化し深い敬意をいだいている。しかし、医学全般の知識をひろくもつ相良は、それを錯覚だという。

相良は、世界の医学界の現状を客観視できる立場にあるフルベッキの意見をきき、

ドイツ医学が最も秀れているという言葉を得ている。それを根底においた相良の言葉は確信にみちていた。

閣僚たちが、一官僚にすぎない相良の前で押し黙っている情景は異様であった。山内と大久保は、顔をしかめていた。

不意に、佐賀前藩主鍋島閑叟が、

「知安、さがれい」

と、甲高い口調で言った。

鍋島の顔には、憤りの色があらわれていた。かれは、政府の首脳者たちを前に少しも恐れる気配もなく一方的に激烈な自論を展開する相良の態度に、前藩主として身分をわきまえぬ者として腹立たしさを感じたのだ。さらに、難詰されながら一言もない山内の立場を気づかい、同時に相良がそれ以上言葉をつづければ、必ず諸公の怒りを買い、それによって相良が職を追われ罰せられる恐れもあると考えたのである。

相良は、鍋島の鋭い声に平伏し、後ろへさがって退出した。

廟議の席には、重苦しい沈黙が流れた。腕をくんで煙草をくゆらす者もいれば、天井や壁に眼をむけている者もいた。

やがて、三条が、

「この件は、次の廟議で討議いたすことにしたいが、御意見は」

と、問うた。

これに対して異議をとなえる者はなく、

「それでは、次回の廟議までに諸公も十分お考えをまとめておいていただきたい」

三条は、ゆっくりした口調で言った。

次の議題に移り、夕刻、散会となって、かれらは席をはなれた。

廟議での相良の発言は閣僚たちの口から周囲の者たちにもれ、大きな波紋となってひろがっていった。政府の首脳者たちを前に少しのためらいもなくきびしい口調でとうとうと自説を論じた相良に、強い不快感をいだく者が多かった。しかし、その論調はたしかな根拠にもとづくもので、それに反論する余地は見出せない。

廟議の後、相良を自分の屋敷に呼びつけた鍋島は、

「身のほどを知らぬ無礼なやつだ」

と叱ったが、その顔には笑みがうかんでいた。鍋島も、相良の理路整然とした意見に同調していたのだ。

相良の主張について、廟議に参席した者たちの間でさかんな意見交換がおこなわれた。

政府にとって日本の医学の将来をきめることは、きわめて重要な問題であった。漢方医学を排して西洋医学を本道とすることは確定していたが、欧米のどの国の医学を採用するかによって、その将来が左右される。ウイリスをその中心に据えることに最も熱心である山内容堂は、たしかに相良になじられたように、その基本が私情にあることは事実であった。また、旧薩摩藩士の大久保利通も、山内同様にウイリスを日本医師総教師に任ずるという口約束までした背景には、薩摩藩とイギリスとの友好関係がある。ウイリスの日本医師総教師就任によってイギリス医学が採用されることは、公使パークスを大いに喜ばせ、薩摩藩とイギリスとの関係を一層親密にさせることはあきらかだった。

山内は私情、大久保は政治的配慮によるもので、それは医学とは無縁のことであった。相良の意見陳述は、そのような二人の不純さを的確についたものであった。

政府の内部で再検討の声があがり、ウイリスを総教師に任命する件は白紙にもどされ、あらためて相良の主張するドイツ医学の優秀性について、政府は各方面の意見をもとめた。その結果、フルベッキをはじめとした有識者がドイツ医学を世界に冠絶したものだと述べ、相良の意見が正しいという空気が支配的になった。

政府は、その年の六月十五日、教育行政の官庁として大学校をもうけ、これに開成学校と医学校兼病院を附属させた。ついで七月八日の官制改革では大学校の長を別当とし、その下の事務官に大監、少監、大丞、少丞等をおき、医官として大博士、中博士以下をもうけた。

この改正で、相良は岩佐純とともに大学少丞に任命された。これは相良の意見具申が認められたことを意味していた。さらに、当然、大学別当の地位につくと思われていた山内容堂が除外され、福井前藩主の民部卿兼大蔵卿の松平慶永《よしなが》が就任した。この人事によって、事実上、ドイツ医学の採用が確定した。

相良は、岩佐とともに積極的に動き出した。ドイツ医学を本道とするためにはドイツから優秀な外科医と内科医を招いて雇い入れる必要があり、別当松平慶永に進言した。松平はこれをいれて、外務卿にドイツ公使へ働きかけてくれるよう求めた。

また、相良と岩佐は、大学校の大博士に西洋医学随一の医家である佐倉順天堂の主宰者佐藤舜海の就任を松平に要請し、承諾を得た。これらの働きによって、相良と岩佐は十月に大丞へ栄進した。

ドイツ医学採用決定は、排除されたウイリスをどのように遇するかという難問を政府に負わせることになった。

政府は、苦境に立たされた。戊辰戦役でいちじるしい功績をあげたウイリスを解雇することは非情のそしりをまぬがれず、日本医師総教師にすると約束しながらそれを破った政府の態度に、イギリス公使パークスが激怒することはあきらかだった。

政府部内で最も苦境に立たされたのは、旧薩摩藩出身の要人たちであった。戊辰戦役でウイリスは、京都の薩摩藩の仮病院に出張して治療をし、さらに横浜軍陣病院でも多くの薩摩藩の戦傷者を死から救っている。そのように恩義のあるウイリスを政府の医療行政の中心からはずし解雇するのは忍びがたかった。

大久保利通は、ウイリスの処遇について苦慮した。ウイリスをあたかも追放するように排除することは、イギリスとの外交関係を悪化させ、日本にとって好ましくない事態に発展する恐れが多分にあった。

大久保は、藩の東京公用人である内田仲之助と田中清之進を招いて協議をくり返し、医学の問題であるので医学校取締の石神良策にも意見を求めた。

石神は、医師としてのウイリスに深い敬意をいだいていただけに、ウイリスが解雇されることに大きな驚きと憤りをいだいていた。石神は、ウイリスを失うことは日本にとって大きな損失になると考えていた。

大久保の前で、かれは、ウイリスが偉大な医師であることを強調し、政府が解雇するなら鹿児島に招くべきではないか、と進言した。東京の医学校でウイリスが学生に医学を講義するだけでなく実地に治療法を丹念に教えこむ様子をつぶさに眼にしてきた石神は、ウイリスが単なる医師であるだけでなく教師としての卓越した才にも恵まれていることを知っていたので、鹿児島に招いて医学の教授をしてもらえば、鹿児島の医学の進歩は目ざましいものになるはずだ、と主張した。

思いがけぬ石神の提案に、大久保は大いに心を動かされ、鹿児島にもどっている藩の最高実力者である西郷隆盛にすぐに書簡を送って指示を仰いだ。西郷からは折返し返書がきて、そこには全面的に賛同する旨が記されていた。

しかし、果してウイリスが、東京をはなれて遠く鹿児島へゆく気になってくれるかどうかは疑問であった。もしも鹿児島に行くとしたら、当然、かれはイギリス公使館付医官兼副領事の職を放棄しなければならない。かれを頼りにしているパークスがそれを容認するとは思えなかった。

しかし、石神は、全く脈がないわけでもない、と大久保に言った。西洋医学を学んだ日本の医師と言えば、すべてがオランダ医学を学んだ者ばかりで、イギリスの医師であるウイリスは強い孤立感をいだいている。それをウイリスは常々嘆いているので、鹿児島でイギリス医学を自由に教えることをむしろ喜ぶのではないか、という。

いずれにしても最もウイリスに親しい石神が、まず打診してみることになった。

石神は、ウイリスの門人である林卜庵をともなってウイリスのもとにおもむき、鹿児島へ招きたいが承諾して欲しいと申し入れた。雇用期間は二ヵ年で、月給八百五十ドルという条件を提示した。

ウイリスは、想像もしていなかった申出に驚きながらも、考えてみる、と言って即答を避けた。

ウイリスに脈があるという石神の報告に、大久保は、内田仲之助と田中清之進を正式の使者としてウイリスのもとに差向けた。

ウイリスは、かなり日本語にも通じていて、内田たちとの間で言葉がやりとりされた。

「石神の申したごとく、ぜひとも鹿児島へ御出張の上、学生に医術を御伝授いただきたい」

と、内田が申し入れ、これに対してウイリスは、

「石神殿に言われ、驚きました。私は考えました。行ってもいいと思います。年限二ヵ年と石神殿は言いましたが、二年ではとても医術を伝授できません。四年ならばお引受けしてもよい」

と、答え、さらに月給を九百ドルにして欲しい、とつけくわえた。

内田たちは、ウイリスのもとを辞して、この旨を大久保に報告した。

喜んだ大久保はウイリスの条件をすべていれ、外務卿を通じてイギリス公使パークスにウイリスを鹿児島に招きたいので承諾して欲しい、と申し出た。

パークスは驚き、ウイリスにただしたところ、その要請をうけるつもりであるのを知り、やむなく承諾した。

十二月三日、ウイリスの鹿児島行きについて薩摩藩とウイリスとの間で契約がむすばれることになった。

その日、薩摩藩側からは内田仲之助と田中清之進が、またイギリス側はウイリスが公使館付通訳官アストンにともなわれて出席した。両者で話し合いの末、左のことがまとまり、正式な契約書が作成された。

一、雇用期間ハ四年トシ、ソレハ鹿児島へ向ケテ東京ヲ出発スル十日前カラ効力ヲ発スル。

二、月給ハ、メキシコドルデ九百ドル。

三、鹿児島デハ快適ナ住居ヲ、ウイリスニ提供スル。

四、最初ノ一年間ニ、十分ナ理由モナクウイリスヲ解雇シタ場合、藩ハ補償金二万ドル、二年目ニハ一万五千ドル、三年目ハ一万ドル、四年目ハ五千ドルヲ支払ウモノトスル。
五、ウイリスが正当ナ理由モナク辞職シタ場合、ウイリスハ罰金トシテ一年目ニ五千ドル、二年目四千ドル、三年目三千ドル、四年目二千ドルヲ藩ニ支払ウ。
六、モシモ契約条件デ紛糾シタ場合ハ、政府トイギリス公使館トノ間デ決着ヲツケル。
この契約書を通訳官のアストンが読み上げ、英文、和文二通をつくり、ウイリスと田中、内田がそれぞれ署名した。

契約書の交換後、内田が立ち、

「只今、契約相成り、まことに慶賀に堪えません。ウイリス殿の寛大なお気持に薩摩藩を代表し感謝いたします」

と、挨拶した。

ついでウイリスが立ち、

「今後は、私は薩摩藩士と考えて医術を教えます」

と、日本語で答え、契約を終えた。

契約と同時に、ウイリスは、パークスに対して館員辞職届を提出した。

パークスはそれを受理し、本国の外相宛に左のような至急公文書を送った。

「この辞任は領事館にとり損失であることは十分承知しておりますが、ウイリス医師の決心をご承認賜わりますようお願い申しあげます。このような環境下で彼が医業を継続するにあたり、彼はすぐれて公益性のある地位を保持し、日本人と外国人との親善友好を深めるのに大いに寄与するものと信じられるのであります」(ヒュー・コータッツイ著・中須賀哲朗訳「ある英人医師の幕末維新」)

すでに明治政府は、ドイツ医学採用を前提とした教育行政改革の態勢をかためていた。

ウイリスの主宰していた医学校兼病院は解体されて、大学東校とすることも決定していた。その主宰として、ドイツ医学の採用を成し遂げた相良知安と岩佐純の推挙で佐倉順天堂の佐藤舜海が選ばれていた。佐藤は会津藩主松平容保と親しかったので、養父泰然の次男松本良順が会津藩に身を投じて戦傷者の治療をし、そのために捕われている。そうしたことから、佐藤は政府との間に一定の距離をおいていたが、松本が許され、その年の八月に蝦夷地病院頭取に月給二百両で任ぜられたこともあって、大学東校の主宰となることを承諾したのである。

その年の十一月十九日、佐藤は、佐倉藩知事堀田正倫《まさとも》のもとにおもむいて上京する旨の挨拶をし、下旬に門人の大滝富三、井上寅三と駕籠かきの辰五郎を連れて佐倉をはなれた。東京についた佐藤は、渋谷にある堀田藩の下屋敷（現在の日本赤十字病院の地）に入り、そこでしばらくすごした後、相良の用意した下谷美倉橋通りの中屋敷に移った。

新たにもうけられる大学東校は、教育機関であると同時に全国の教育行政をつかさどるもので、文部省に相当していた。

十二月五日、佐藤に辞令が発せられた。

「任大学大博士　佐藤舜海
　右宣下候事　十二月　太政官」

また、佐倉藩知事堀田正倫宛に、

「佐藤舜海儀　被任大学大博士候間、此旨相達候也
　　　　　　　　　　　　　　弁官
十二月五日
　佐倉藩知事殿」

という公文書が送られた。

大博士は医科大学長とも言える地位で、この任命とともに佐藤は舜海を尚中と改名

した。

その辞令が下された二日後の十二月七日、鹿児島へむかう一隻の汽船が横浜沖をはなれた。その船には、案内役の石神良策に付添われたウイリスが、門人の林卜庵とともに乗っていた。

船は東京湾を出て、南へむかって遠ざかっていった。

四

明治三年（一八七〇）正月を迎え、兼寛は二十二歳になっていた。

開成学校で一年近くをすごしたかれは、医学を学ぶとともに英語の学習にはげんだ。岩崎俊斎にオランダ語を教えてもらったことが基礎になって英文の読解力は進み、日常会話もできるようになっていた。

かれは、学生の間で年末にイギリスの医師が鹿児島にきたという話が流れているのを耳にした。

鹿児島には明治元年十月に医学院が設置され、藩では、戊辰の役で漢方医が負傷者に拙い治療しかできなかったことから西洋医術の修得を命じた。しかし、戦場で西洋医学の真髄を見聞した兼寛は、その医学院で学ぶ気はなく少しの関心もいだいていなかった。西洋医術を教えてくれると言っても、教授はそれについての本格的な知識はもたず、漢方医学が依然として重視されている。かれの胸に描く西洋医学とは程遠いものであった。

そうしたかれに、イギリス医師が来たという話は大きな衝撃であった。噂によると、その医師を主宰者として西洋医学を教える学校が鹿児島に新設されるという。

かれは、落着きを失った。その教えをうけられる学生の数は限られるにちがいなく、その一人にどうしても選ばれたかった。

そのうちに、かれの耳に思いがけぬ話がつたわってきた。

イギリス医師を東京から案内してきたのは、石神良策だという。とすると、石神が横浜軍陣病院で口にしていたウイリスが、そのイギリス医師ではあるまいか、と思った。

しかし、かれはすぐにその想像を打消した。天下の名医として賞讃の的になっていたウイリスがこの鹿児島にくることなど考えられなかった。石神は、ウイリスが東京に新設された大病院の院長に迎えられる予定だと言っていたし、恐らく中央で西洋医術の教授と治療に忙殺されているにちがいなかった。

いずれにしても英人医師というのだから、ウイリスに準じたイギリスの医師が来たことはまちがいなく、しかもその案内役が師の石神であることに、かれは興奮し、突然、眼の前に明るい天地がひらけたような胸のときめきをおぼえた。

石神に頼みこめば、そのイギリス医師の門人にさせてもらえるのではないだろうか。学寮を出たかれは、石神の家に半ば走るように歩いていった。

石神の家に行くと、雇い女が出てきて、留守だ、と言った。

兼寛は、門の前に立って待っていた。西日が樹木の梢を明るく輝かせていたが、夜の色がひろがり、空には星の光が浮び出た。

夜道を人影が近づいてきた。小柄な体つきと歩き方で石神と気づいた兼寛は、

「先生」

と、声をかけた。

足をとめた石神が星明りにこちらをうかがうようにしていたが、

「高木か」

と、なつかしそうに言った。

石神は近寄ると、

「入れ」

と、かれをうながし、門をくぐった。

兼寛は、石神の後から玄関の敷台にあがり、座敷に通った。

雇い女が行灯《あんどん》に灯を入れ、部屋を出て行った。

兼寛は手をついて挨拶した。行灯の明りに、石神が断髪しているのを知った。筒袖に腿引《ももひ》きのようなものをつけている。

「ぜひともお願いしたきことがありまして、参上いたしました」

かれは、すぐに用件を切り出した。

鹿児島の医学院で西洋医学を教えているとは言っても、それは旧態依然としたもので魅力はなく、いつか東京へ行って本格的な西洋医術を学びたいと考えていた。ところが、イギリスの医師を石神が鹿児島へ連れてきて、医学を教える稽古所を創設するという話を耳にしたので狂喜した、と述べた。

「当然のことながら学生の数に限りがありましょうが、どうしてもその一人にくわえていただきたく、なにとぞお力ぞえを……」

かれは、深く頭をさげた。

顔をあげたかれは、石神が頬をゆるめているのを眼にした。

「いつくるか、と待っていた。必ずぜひにと言ってくるはずだ、と。ウイリス殿にもお前のような若い者に御伝授いただきたい、と言ってある」

「ウイリス殿?」

兼寛は、甲高い声をあげた。

「知らなかったのか。横浜で話したウイリス殿が来てくれたのだ」

石神は、おだやかな眼をして言った。

もしやとは思ったが、そのようなことはあり得るはずはない、と考えていた。なぜ、ウイリスが遠く鹿児島まで来てくれる気になったのか。

石神は、かれのいぶかしそうな表情に気づいたらしく、新政府のドイツ医学採用によって解雇されたウイリスが、藩の大久保利通と西郷隆盛の要請をうけいれ、鹿児島に来た事情を話した。

「四年間契約だ。その間に、わが薩摩の医学水準はいちじるしく向上する。それが楽しみだ」

石神の眼が光っていた。

石神は、ウイリスを迎え入れるための医学校兼病院の職制と機構をさだめる準備を進めている、と言った。

「先生。私をぜひとも学生の一人におくわえ下さい」

興奮した兼寛は、額を畳にすりつけた。

夜道を学寮にもどるかれは、思ってもみなかったウイリスから西洋医学を教えてもらえることに、体が宙に浮いているような気分であった。

それから間もなく、石神の言っていた通り浄光明寺跡におかれた西洋医院が鹿児島医学校兼病院と名を改め、職制がさだめられたことを兼寛は耳にした。校長兼病院長はウイリスで、その教育、治療を円滑に推し進めるために医学校御用掛兼病院掛がおかれ、それに石神を筆頭者として足立慎吾、山下弘平が任命されたという。学生は開成所や西洋医院などから推薦された者たちで、その中に兼寛もくわえられていた。

医学校は、本科と別科に分けられていた。

本科は英語を正科とし、世界地理、解剖学、生理学の原書を用い、すべて英語で授業をうける。別科は英語の初歩を教え、実習と薬品の調剤方法を教えることになっていた。学生は石神が面接試験をして、学力に応じて本科、別科に振りわけられた。

兼寛は、英文の書物を十分に読解し、さらに妙な訛りではあったが英会話も一応できるので、三田村一《はじめ》、加賀美光賢らとともに本科生に選ばれた。

かれは緊張した。岩崎俊斎にオランダ語を学び、さらに開成所に入って英語の学習につとめたが、果して英語だけの授業についてゆけるかどうか自信はなかった。

翌日、かれは、本科生に選ばれた者たちと医学校におもむき、石神の部屋に集った。

しばらくすると、異国人が部屋に入ってきた。

「ウイリス殿だ」

石神の言葉に、兼寛たちは姿勢を正して頭をさげた。

驚くほど背が高く体の大きな男であった。石神の話によると三十四歳だというが、頭髪が薄れ地肌が広くあらわれている。

石神が、いつの間にか身につけたらしい英語で学生の一人一人をウイリスに紹介した。ウイリスは、一々うなずいて学生をおだやかな眼でながめ、兼寛にも視線をむけた。

これが四肢切断の手術までする高名なウイリスか、と兼寛は頭をさげながらも、体が小刻みにふるえるのを意識していた。

紹介が終ると、ウイリスは、

「私の名前はウイリアム・ウイリスです。医学を教えます。貴方たちは勉強して下さい」

と、妙な抑揚の日本語で言った。

かれは、部屋の鴨居をくぐるようにして出ていった。

その日、兼寛は、髪結床にゆくと後ろで束ねていた髪を短く切ってもらった。

鹿児島の町にも断髪にしている者が眼にできるようになっていた。それは戊辰の役に参加して帰還した兵たちからひろまったようだった。戦場では丁髷《ちょんまげ》を結うゆとりなどなく、月代《さかやき》も伸び放題で髪を無造作に後ろで束ねていた。中には髪を短く切って蓬髪にしていた者もいた。薩摩の兵は他藩のそれより大胆な戦いぶりをしめしたが、髪をそのようにしておくのが強兵の象徴であるようにみられていて、兵たちもそれを得意がっていた節があった。

帰還した兵たちは、再び髷を結う者はなく髪を後ろになでつけて紫色の組紐などで束ねていた。また、思い切って断髪にしている者もいた。それは、戊辰の役で奮戦し凱旋した者であることをしめすもので、かれらは歴戦の勇士であることを、そのような髪形で誇示していたのだ。

しかし、老いた者や町民たちは相変らず丁髷で、町の男たちの髪形はさまざまだった。

翌日、医学校にゆくと、兼寛の頭髪に眼をむけたウイリスが、

「ヨロシイ。医者ハ、ソノヨウナ髪ガ良イ」

と、英語で言った。

髪を短くした方が清潔で医師にとって好ましいという意味なのだろう、と兼寛は解釈した。

に姿をみせた。

ウイリスのこの言葉で本科生に選ばれた三田村らも、翌日には全員髪を切って教場

医学校の本科学生の生活がはじまった。

学生には扶持米が支給され、学業に専念できる恩典があたえられていた。授業は、一日おきに午前七時から夕方までおこなわれた。科目は二種類あって、英会話、英文解釈、薬物学、解剖学それに地理学、幾何学で、その二は英文法、英会話、英文解釈、解剖学、薬物学、包帯法、小手術、医学書翻訳などで、それが交互におこなわれた。

これらをウイリスは、すべて英語で講義する。英会話が或る程度身についていると思っていた兼寛は、ウイリスの口からもれる言葉に狼狽した。開成所の蘭学者から教えられた英語とはかなり異なっていて、なめらかな発音なので理解できない。かれは、開成所で教えられた英語の発音が本格的なものとは全く別であるのを感じた。

かれは、その驚きと困惑を石神良策に訴えた。石神は、笑いながらもうなずき、蘭学者たちの発音はオランダ語のそれから発しているのでオランダ訛りが強く、通用しがたいのだ、と言った。

「私も最初は大いに途惑ったが、いつの間にかなれた」

石神は、慰めるような眼をして言った。

兼寛は、英会話の学習に真剣になってはげんだ。

ウイリスの口からもれる単語の発音は開成所で習ったものとはかなりの差があり、かれは授業を終えると発音することを繰返した。医学の授業でウイリスの言葉の意味がつかめぬと、かれはためらうことなく問いただす。ウイリスは不快がるどころか、その度に石板に綴りを書いて発音してみせてくれた。

一ヵ月がたち二ヵ月がすぎると、かれはようやくウイリスの口にする英語の内容を理解できるようになった。医学用語をおぼえると、それが多用される授業に途惑うことも少なくなった。開成所で英文の解釈は熱心に学んでいたので、英文の医学書の読解は苦にならなかった。

本科の学生の中でウイリスが特に注目するようになったのは、兼寛と三田村一だった。

授業日のつぎの日は、ウイリスは病院で患者の治療にあたる。附属病院には多くの患者が入院していて、ウイリスは九時から十時半までかれらの治療にあたり、つづいて十二時半までは外来患者の診察、治療をする。さらに四時半からは往診に出掛けた。

ウイリスは、それらの診察、治療を学生たちに見学させ、説明する。つまり、講義だけではなく実習もさせたのである。むろん、説明は英語であった。

初めの頃、ウイリスは患者に病名や薬の飲み方、食事などの注意をたどたどしい日本語でつたえていたが、そのうちに兼寛と三田村に通訳させるようになった。時には他の学生を指名して通訳させることもあり、学生たちの英語理解は進んだ。

梅雨が明け、夏がやってきた。

ウイリスは、鹿児島の暑さに驚いたらしく、しきりに暑い、暑い、と言って汗を拭っていた。

かれは、その頃から憂鬱そうな眼をして黙りこんでいることが多くなった。

東京を追われるように鹿児島へただ一人で来たかれが望郷の念にとらわれているのだろう、と兼寛は思った。しかし、それもあるが、ウイリスが憂鬱そうにしているのは一つの不満をいだいているからであることを、石神からきいた。

ウイリスが鹿児島に来たのは藩の強い要請によるものなのに、赴任後の藩の態度はきわめて冷淡であった。西郷隆盛は戦乱の疲れをいやすため鹿児島藩領内で静養し、また大久保利通も一月十九日に東京から鹿児島へ来て二月下旬まで滞在したが、ウイリスを訪れることもしない。二人が新政府の態勢がために忙殺されてその余裕がないことは理解できるが、天皇の拝謁もうけているウイリスを知藩事である島津忠義が全く無視していることに淋しさを感じているという。

薩摩藩がウイリスに対して冷い態度をとっていた原因の一つは、衰退したかにみえた漢方医たちの巻き返しが功を奏したからであった。

漢方医学を教える学校は前年の六月に廃止されたが、ウイリスが鹿児島医学校兼病院を開設した翌二月に再び漢方医学を教える漢方医院がもうけられた。これは、漢方医によって占められた藩医たちが知藩事の島津忠義とその父である久光に強く働きかけた結果で、かれらは伝統をうけつぐ漢方医学こそが医学の本道であると主唱していた。そうした声を背景に漢方医院は知藩事の侍医が監督に就任し、藩医や町医の子弟たちが集って授業をうけていた。

また、薩英戦争の余波もウイリスを軽視することにつながっていた。

薩摩藩の砲撃によってイギリス艦隊に損傷をあたえたことが誇大視され、それは勝ち戦さとされて、外国人に対して勝利をおさめたという自負からイギリス人であるウイリスを蔑視する風潮があったのである。

そうした冷やかな空気の中で、かれは、馬、犬、羊、豚、あひるなどを飼って淋しさをまぎらわせていた。家には東京から運んできた西洋の机、椅子が置かれ、ベッドも据えられていて、食事も石神が鹿児島の料理人に特に指示してつくらせたパンを食べ、横浜からとり寄せたバターやコーヒーも使っていた。肉も食べてはいたが、余りの硬さに顔をしかめていた。

連日つづく暑さで、かれは食欲を失い体がひどく痩せた。生活になじめぬためか、頭髪もさらに薄れたようにみえた。それでもかれは熱心に病人の治療にあたり、すでにその数は千人にも達していた。

兼寛は、かれがおこなう手術を必ず見学した。腕、足の潰瘍、頭の脂肪性腫瘍の切開と除去や重症の痔疾にメスをふるう。ことに評判であったのは白内障の手術であった。一人は失敗したが、二人は視力をとりもどして人々を驚かせた。癒えた患者は、ウイリスに手を合わせ涙を流して喜んでいた。

授業は、本格的なものになっていた。

ウイリスは解剖学を医学の基礎であると言って重視し、東京から持ってきた人体模型を教場に運びこませて臓器その他の機能を説明し、手術方法も教える。さらに、動物を利用して学生たちに解剖させ、メスの扱いにもなれさせるようにした。

兼寛にとっては毎日が新鮮な驚きの連続だった。クロロホルムによる麻酔法も教わったし、止血に結紮《けっさつ》やゴム管をはめることも知った。ウイリスは、大根おろし器ですった人参を手術痕にのせて包帯で巻くのが常であった。

夏の暑熱が去った頃、兼寛の英会話はかなり上達し、同時に医学の学習にも寸暇を惜しんではげんだ。

その進歩を認めたウイリスは、医学校御用掛の石神に、兼寛と三田村を訳語科、簡易科を正科とする別科の学生の教授にするよう提議した。石神は喜んでこれに応じ、二人を第六等教授に任命した。

兼寛は、ウイリスの口にする「教えることは習うことである」という英語のことわざを胸に、別科におもむいた。学生たちはほとんど医者の子弟で、二年間で卒業する。兼寛は、訳語科の授業では英文法、英文解釈を教え、簡易科では西洋医学の基礎と薬品についての講義をした。

秋色が濃さを増し、気温が低下した。

石神は、ウイリスの要請をうけいれて汽船で鹿児島をたち、東京へむかった。医学校で使う医学書購入のためであった。ウイリスの治療効果がいちじるしく、評判になっているのを藩でも無視できなくなり、戦争で財政は窮迫し諸経費の削減がおこなわれていたが、医学校の充実のため、というウイリスの希望をいれ、石神を東京に派遣したのである。

石神は、年が明けた明治四年（一八七一）正月にかなりの種類の英文の医学書を持ち帰った。

ウイリスが鹿児島へ来てから一年が過ぎ、その間にかれは三千五十人の外来患者、百十人の在宅患者、四十六人の入院患者の計三千二百六人の診察、治療をおこなっていた。

患者の中で最も多い病気は、性病であった。戊辰戦役で各地に転戦した薩摩藩兵は、その間に娼婦と接することも多く、帰還したかれらによって鹿児島一円に性病がひろがっていたのである。

皮膚病も流行していたが、症状があらわれている時には絶対に皮膚を洗ってはならぬと信じられていて、ウイリスは、逆に皮膚をよく洗って清潔にしておかなくてはならぬ、と、その度に注意していた。

ウイリスは、患者の栄養状態を好転させるため牛肉を煮て食べることもすすめた。それまで牛肉を食べる習慣はなかったので、ウイリスのすすめに応ずる者は少なかったが、薬になると言われて口にする患者もいて、食用肉が売られるようになっていた。しかし、牛を殺すのに下水だめに追い込んで溺死させるという方法をとっていたので、それを知ったウイリスは、そのような不潔な牛肉は害になると警告した。これをいれた藩では横浜に人を派遣して、カービイ商会で正しい処理方法を習得させ、それ以来、清潔な食用肉が出廻るようになった。

その他、ウイリスは、不純な飲料水と不完全な排水設備が病気発生の原因になると言って、その改善を訴えたりした。

また、かれは藩に対して、妊産婦の治療をする用意があることを書面で上申した。難産で死亡する妊婦が多いが、胎児を取り出す器具を横浜から取り寄せれば、母子ともに生命を救うことができる、と記した。

藩では、ただちに人を横浜に派してその器具を購入し、ウイリスにあたえ、領内に、「御藩内産科療術未だ相開かず、難産にて斃《たお》る者少からず候処、医学校御雇入之教師ウイルス（ウイリス）右之手術器械（を購入し、病院に）医師鮫島嘐斎、渡辺昌斎両人江《え》産科掛（を命じたので、今後）難産候者は勿論、産婦療治望之者は」病院に申し出でて治療をうけるようにせよ、という布令を出した。つまり、鮫島、渡辺両医師が治療し、それでも手に負えぬ際には、ウイリスが器具を使って胎児を取り出すというのである。

それまでは助産婦が出産に立会っていたが、医師が治療にあたるということは日本では稀有のことで、その方法は画期的なものであった。

また、正月十二日に、ウイリスは、藩の監察総裁大山綱良に死体解剖の申請書を出し、五月十五日に再び提出した。人体模型や動物解剖では解剖学の実習効果がないので、人体の解剖を願い出たのである。

申請書には、戦争で傷ついた者を救えるのはすぐれた外科医のみであり、そのような外科医を育てるには死体解剖を実習させなければ不可能である、と記されていた。藩では異例のことであり、反対する声も高かったが、鳥羽・伏見の戦いについで奥羽の戦いに鎮撫総督府参謀として各地に転戦して多くの負傷者の死をみてきた大山は、これを許可した。

その日の経験は、兼寛に強い印象をあたえた。

無縁墓地に兼寛たち学生は、ウイリスに連れられて足をふみ入れた。墓地係りの男たちが、埋められたばかりの男女一体ずつの死体を掘り起し、ウイリスは、それらの体をメスでひらき、臓器を一つずつ指さして説明した。すでに腐臭を発している死体を少しのためらいもなく切り開く情景に、発掘した男たちは恐れをなして逃げ、学生たちも後ずさりする者が多かった。

ウイリスは、そのような学生に鋭い視線をむけると、

「ナニヲ恐レルノカ。人ノ命ヲ救ウタメニシテイルノダ。良イ外科医ニナルタメニハ、正シク人体ヲ知ラネバナラヌ。近クデ、シッカリ見ツメルノダ」

と、強い語調の英語で言った。

兼寛は、ウイリスが鬼のようにも感じられたが、その毅然とした態度に圧倒される思いで筆を動かして臓器の形を描き、ウイリスの説明を書きとめた。その日の死体解剖の経過は、同道していた石神良策によって筆記され、それが印刷されて学生の教材として配布された。

ウイリスは、藩の許可を得て行楽のため鹿児島を発して、薩摩半島南端にある開聞岳に登った。

絶佳な風光を楽しんだかれは、帰途、温泉めぐりをして泉質を調査し、結果を書面で藩に報告した。温泉は、たしかに傷や皮膚病に多少の効果はあると認められるものの、一般的に湯の温度が高すぎ、衰弱した者には却って害がある。この点について十分に研究の上、温泉療法を医療として役立てるべきだ、と進言した。

また、巡回した地の印象として、耕作物の成育がきわめて良く、ことに甘薯は「充満」している観がある、と記した。この甘薯を食べる折に、バターとか牛乳を共にとるようにすれば健康増進にはこの上ない。野菜と動物質のものをあわせて食べるのは、健康を長く保つ上で必要である。

兼寛は、このウイリスの報告内容をきいて、医師たるものは病人の治療にあたるとともに、日常生活の指導もしなければならぬのを感じた。

ウイリスが開聞岳への旅から鹿児島にもどって間もない夜、兼寛は、石神の家に呼ばれた。

酒肴が用意されていて、かれは杯をとった。

「東京へ行くことになった」

石神は、つぶやくように言った。

「どのような御用で」

前年の十二月に医学校教材の医学図書購入に上京した石神は、今回は医療具でも求めに行くのか、と思った。

「藩の御用ではない。新政府に御出仕を命じられたのだ」

石神は、眼を光らせて言葉をつづけた。

二年前の明治二年（一八六九）七月に海軍、陸軍を総理する兵部省が設置され、三年二月九日に海軍掛、陸軍掛が置かれ、兵部大丞に任命されていた川村純義《すみよし》が海軍掛の総轄者となった。川村は薩摩藩士で、オランダからつたわった砲術を学び、安政二年（一八五五）に藩から選ばれて長崎海軍伝習所に学んだ。鹿児島にもどった川村は、戊辰戦役に薩摩四番隊長として参加し、鳥羽・伏見の戦いの後、東山道、宇都宮をへて白河口攻撃に際立った戦功を立て、さらに会津若松城攻撃の指揮をとった。新政府は、海軍について造詣の深い川村を兵部大丞兼兵学頭として海軍掛の長に任じ、かれはさらに兵部少輔に昇進していたのである。

兵部省海軍掛には医務機関として軍医寮がもうけられていて、その責任者の選択にあたっていた川村は、横浜軍陣病院頭取についで東京医学校兼病院の取締を歴任して着実な業績をあげた石神を適任者として選んだ。石神は、藩の許可も得て鹿児島医学校御用掛を辞し、兵部省奏任出仕として東京へむかうという。

「おめでとうございます」

兼寛は、新政府に迎え入れられる石神の歓びを察し、表情をあらためて頭をさげたが、石神とはなれることを思うと心細かった。

「ありがとう」

石神は、杯をかたむけた。

「ウイリス先生にも、そのことは……」

「つたえた。私を置き去りにするのか、まことに淋しい、と言っていた。ウイリス殿をこの鹿児島に連れてきたのは私だからな。その私が東京に行ってしまうのだから、淋しく思うのも無理はない。ただし……」

石神は顔を兼寛にむけ、妙に光る眼をすると、

「ウイリス殿も、やがて淋しくはなくなる。近いうちに結婚する」

と、言った。

「結婚？」

兼寛は、思いがけぬ言葉に杯の動きをとめて石神を見つめた。

「そうだ、結婚するのだ」

石神は、頬をゆるめた。

相手は鹿児島城下の二本松馬場に住む江夏十郎の三女である十八歳の八重子だという。

江夏は、島津重豪《しげひで》の侍医江夏喜安の養子となり、十代藩主島津斉彬に重用され、さらに十一代藩主忠義の父久光の御側役をつとめた。ウイリスは、病いにかかった江夏を往診し、さらに八重子の治療もした。八重子は美貌で才気もあり、ウイリスは結婚を申し出て江夏家でも承諾したという。

「医師の上村剛介殿夫妻と上村泉三殿が媒酌することもきまった由。ウイリス殿は、

鹿児島に来て以来、大分気持がふさぎこんでいたが、これで気分も明るくなるだろう」

石神の頬のゆるみが、さらに増した。

兼寛は、呆気にとられた。嫁ぐ八重子という女性も、それを許したという江夏夫妻も大胆だ、と思った。鹿児島では、相変らず異国人に対する偏見が根強く、珍奇なものでも見るような眼をむける。ウイリスは、すぐれた西洋の医家として重んじられているものの、異国人であることに変りはない。そのようなウイリスのもとに八重子がなぜ嫁ぐ気になったのか。またそれを許した両親の気持も推しはかりかねた。

兼寛は、石神と杯を交し合った。

「東京へ行ったら手紙を出す」

石神は、何度も繰返し言った。

兼寛は、かなり酔い、夜遅くなって石神の家を辞した。

数日後、石神は、汽船に乗って鹿児島を去った。

兼寛は、海岸に立って船が遠ざかってゆくのを見つめていた。

石神の言った通り、ウイリスは、江夏十郎の三女八重子と結婚した。

異国人との結婚は鹿児島で初めてのことであり、町での大きな話題になった。医学校兼病院の近くにあるウイリスの住居には、町の者はもとより近在からやってきた者たちが好奇の眼を光らせて見物にくる。巨軀のウイリスが姿を現わすと、かれらはその後ろからぞろぞろついてゆく。八重子は家の中にひきこもっていた。

兼寛は、別科教授をしている三田村とウイリスの家に茶に招かれて、初めて八重子を見た。目鼻立ちの整った華奢な体つきをしている物静かな人で、笑みをたたえながらチョコレートミルクをつくってくれた。日本女性としては背の高い方だったが、ウイリスの肩にもおよばない。彼女は夫をウイリスと呼び、ウイリスは、彼女を八重子さんと言っていた。

結婚したウイリスの顔が別人のようにおだやかになり、教授にも治療にも一層精を出した。かれは八重子と連れ立って外出するようにもなり、二人は人の視線も気にせず笑って話をしたりしながら歩いてゆく。その姿に、蔑みの眼をむける者も多かった。

七月十四日、廃藩置県の詔書が宣せられ、鹿児島はあわただしい空気につつまれた。

全国諸藩を解体するという大改革は、動乱の起る危険をはらんでいた。しかし、なんとしても断行しなければならぬというかたい決意をいだいた西郷隆盛は藩論をまとめ、大久保利通とともに西郷従道、川村純義をしたがえて山口におもむき、長州藩の同意をとりつけた。さらに西郷と大久保は、長州藩の木戸孝允とともに高知に行き、土佐藩大参事板垣退助に改革の趣旨を説き山内容堂の諒解を得た。ここに至って薩摩、長州、土佐三藩を代表する西郷、大久保、木戸、板垣が上京した。政府は三藩の兵約一万を親兵とし、その武力を背景に、天皇は在京の五十六藩の知事を召して廃藩置県を宣したのである。

突然の発令で人心の動揺は激しかったが、薩摩藩領では十一月に鹿児島、都城、美美津の三県がおかれた。

そのような激しい変革の中で、兼寛は、三田村とともにウイリスの助手として治療に協力し、通訳として働いた。また、別科学生への教授にもつとめ、その地位も昇進して三等教官になり、それに応じて俸給もあがった。

かれは、両親にしばしば手紙を送って近況をつたえていたが、故郷に帰ることはしなかった。

明治五年（一八七二）正月を迎え、一月五日、各府県におかれた学校は文部省の管轄となり、鹿児島医学校もそれに属した。

ウイリスは、病院の設備改善を県に訴え、二月二日には、文部省に対して医学校教官の報酬増額を上申した。ウイリス自身は高給だが、その補佐をする日本人の教官の給与が余りにも低いというのだ。これに対して、文部省から善処するという回答があった。

三月に入って間もなく、兼寛は、東京にいる石神から長文の手紙を受取った。兵部省に出仕した石神は海軍掛軍医寮の事務を掌握していたが、その年の二月二十七日、兵部省が廃止されて海軍省、陸軍省が設置され、軍医寮も海軍病院に所属し、その医務担当者となっていた。

そうした事情が記され、ついで、海軍病院の医員として兼寛を推挙したのでそれに応ずるように、と書かれていた。

兼寛は、茫然とした。ウイリスの信頼を得て三等教官にまでなったかれは、これからも医学の研鑽と英語の修練につとめ、鹿児島医学校の教官としての地位をかためたいと思っていた。俸給はわずかではあったが、ウイリスが待遇改善を要請していることもあって進級とともに十分な報酬も得られる、と期待していた。

父の喜介は四十六歳で、まだ棟梁として働けるが、それも大儀になったら母の園とともに鹿児島へ引取ろうとも考えていた。そうしたかれにとって、石神の上京をうながす文面は思いもかけぬことであった。

さらに手紙の文字を追っていった兼寛は、そこに驚くべき内容が書かれているのに愕然とした。

明治政府は、欧米先進国から急流のように流れこんでくる商品に対抗するため企業をおこす必要に迫られ、その技術を導入しようとして欧米各国に留学生を派遣している。また、近代的な武力をそなえるには、欧米の兵制、兵器生産方式を採り入れることが不可欠で、陸・海軍省ともに有能な人材を海外に派遣している。ことに海軍省はそれに積極的で、むろん、その目的は軍事面に集中しているが、当然、軍陣医学も必ず重要視されることはまちがいなく、その分野での海外留学生の派遣も予想される。

石神は、兼寛がウイリスに学ぶ医学には限界があり、広く海外に出て最新の医学を身につけるべきだ、という。西洋医学の知識を身につけている上に英語に習熟している兼寛は、留学生としてふさわしく、その第一段階として海軍病院の医員になるべきだ、と熱っぽい筆致で説いていた。

読み終った兼寛は、体にかすかなふるえが起っているのを意識していた。

石神は、海軍へ入るようにすすめ、それは海外留学のための第一歩だという。上京するだけでも破天荒のことであるのに、海外へという石神の手紙に、かれは放心したように坐りつづけていた。

かれは、うつろな気分で日を過した。鹿児島にとどまって医学校の教官をつづけるか、それとも上京するか。自分の大きな岐路になる、と思ったが、考えはまとまらず、夜になっても眼が冴えて、かれは、寝返りをうちつづけていた。

相談するには、ウイリスしかいなかった。

ウイリスの往診についていった帰途、かれは、

「御意見ヲ伺イタイコトガアリマス」

と、英語でウイリスに言った。

ウイリスは、兼寛の真剣な表情に重要なことと察したらしく、

「家ニ来ナサイ」

と、言った。

その夜、兼寛は、ウイリスの家に行き、部屋に通されて椅子に坐った。

やがて部屋に入ってきたウイリスは、椅子に腰をおろし、足を組むと、

「何デスカ」

と、言った。

兼寛は、眼を伏せ加減にして石神からの手紙の内容を話した。

「私ハ、先生ニツイテ西洋医学ヲ学ビ、医学校ノ教官トシテ過スツモリデシタ。私ハ毎日ガ幸セデス。鹿児島デ一生ヲ過シタイノデス」

かれは、思っている通りのことを口にした。

ウイリスは、少し思案するように黙っていたが、

「ソレモ一ツノ生キ方デス。シカシ、ソレガスベテデハアリマセン」

と、言った。

兼寛は、顔をあげ、ウイリスを見つめた。

「私ノコトヲ話シシマショウ」

ウイリスは、神妙な表情をして言葉をつづけた。

一八三七年（天保八年）、アイルランドで生れたウイリスは、グラスゴー大学医学部予科をへてエジンバラ大学に移り卒業した。

「私ノ少年時代ハ決シテ恵マレマセンデシタ」

その原因は父だという。残忍な性格の持主であった父は、酒癖が悪く母や姉に暴力をふるい、かれにも太い棍棒をふりあげた。

「私ハ、ドウゾ殺サナイデ、ト哀願シマシタ」

ウイリスは、言った。

兼寛は、ウイリスの眼に光るものが湧いているのを見て、体をかたくした。憎しみにみちた眼であった。

ウイリスは、父と少しでもはなれた地に行きたいと思い、駐日イギリス公使館付医官の試験を受け、合格して文久元年（一八六一）に日本の土をふんだという。

「アナタハ、何歳デスカ」

ウイリスが、たずねた。

「二十四歳デス」

兼寛は、答えた。

「私ガ日本へ来タノハ二十五歳デス。ワズカ一歳上デス」

ウイリスの顔に、かすかな笑みがうかんだ。

「祖国ノアイルランドヲ離レテ日本ニ来タ私ガ、サラニ鹿児島へ来テイマス。私ハ、少シモ後悔シテイマセン。素晴シイ妻ノ八重子サンモイマス。医学ヲ教エ病人ヲ治療デキルコトヲ幸セニ思ッテイマス」

兼寛は、ウイリスの明るい眼がまぶしく思え、視線をわずかにそらせた。

「石神良策殿ハ、アナタノ良キ師デス。石神殿ノ言ウ通リニシナサイ。タメラウコトハアリマセン。アナタハ若イノデス」

「ハイ」

兼寛は、胸に熱いものがつき上げるのを感じながら、力強く答えた。

八重子が茶を持って入ってくると、茶を置き、ウイリスのかたわらの椅子に静かに腰をおろした。

「シカシ……」

ウイリスは息をつくと、

「私ハ淋シイ。良イ助手ハ、三田村（一《はじめ》）ダケニナル。コレモヤムヲ得マセン。私ハ堪エマス」

と言って、茶碗に手をのばした。

兼寛は、頭を垂れた。

「八重子さん。高木は東京へ行きます。海軍に入ります」

ウイリスが、日本語で声をかけた。

「それは、おめでとうございます」

八重子は、明るい眼をむけた。

兼寛は、八重子に頭をさげると立ち上った。

かれは、ウイリスに、

「スグニ石神先生へ手紙ヲ出シマス。御助言ヲ感謝シマス」

と言って、深く頭をさげた。

ウイリス夫妻は、家の入口まで見送ってくれた。

兼寛は、夜道を宿舎の方へ歩いた。

因習の強く残る鹿児島で、ただ一人異国人として生きているウイリスのことを思うと、東京へ行くことなど取るに足りない。遠く会津若松まで兵とともに行動し、激しい銃砲火の下をくぐった自分は死んでいても不思議ではなく、今後は死んだつもりで逞しく生きていかねばならぬのだ、と思った。

ウイリスの妻が、即座におめでとうと言ってくれたが、新政府に設置された海軍省に雇い入れられることは幸運というべきなのだろう。廃藩置県によって封建社会の階級制は崩れ去り、これからは実力のある者が社会の表面に出て働く時代を迎えている。かれの胸に、急に歓びがふくれあがった。

宿舎にもどったかれは、机の前に坐ると、すぐに筆をとって石神への手紙を書いた。

悩みはしたが、ウイリスの励ましによって石神のすすめにしたがうことを決意し、上京する旨をしたためた。

翌日、かれは、ウイリスを通じて医学校御用掛に事情を説明してもらい、退学届けと別科教官辞職願いを提出した。

それらの手続きをすませたかれは、久しぶりに故郷の穆佐《むかさ》に帰り、石神のすすめで海軍の医務関係の仕事につくことになったので上京することを両親に告げた。父も母も遠い地にはなれることを淋しく思ったらしいが、新政府に仕える身になったことを喜んでくれた。

かれは、三日間、生家ですごした。幸い両親は元気そうで、父も大工仕事に忙しそうだった。夜になると、兼寛は父の酒の相手になり、母の肩を揉んでやったりした。

別れの朝が来た。

「くれぐれも体を大切にな」

母は、涙声で言い、父は黙っていた。

かれは、故郷を後にした。

鹿児島にもどると、世話になった人々への挨拶まわりをした。共に別科教官としてウイリスの治療の助手兼通訳をしている三田村一は、

「医学校の人材も育ってきた。後のことは心配せぬように……」

と言ってくれた。

別れを告げにウイリスのもとに行くと、かれは、

「石神良策殿ハ、イギリス医学ヲ尊重スル、ト言ッテ東京ニ去ッタ。アナタモ同ジデアッテ欲シイ」

と、言った。

兼寛は、

「先生ノ御期待ニソウヨウ努メマス」

と、答えた。

港には、三田村と学生たちが見送りに来てくれた。

艀から汽船に移ったかれは、三田村たちに手をふった。

船が錨をあげ、港口にむかってゆく。いつまでも手をふっている三田村たちの姿が小さくなり、やがてみえなくなった。

かれは、遠ざかる鹿児島の町とその背後にせりあがる山なみを見つめていた。

五

汽船が横浜港に入り、錨を投げた。

甲板に立った兼寛は、四年前に会津戦争から凱旋して訪れた横浜とは別の地に来たような錯覚をおぼえた。港には、外国の国旗をかかげた多くの汽船や帆船が碇泊し、日本の船もみえる。町の家並は密集していて、左手方向には商館らしい洋風の二階、三階の建物が並び、そこには外国の旗がひるがえっていた。

艀で桟橋にあがったかれは、家並の間を進んだ。真鍮張りの屋根の豪壮な商店がつらなり、洋風の蔵も所々に建っている。異様な音を耳にしてふり返ると、外国人の乗った車が馬にひかれて近づき、かたわらを過ぎていった。

かれは、にぎわいをきわめた横浜の町と馬車に、新しい時代を迎えたことをあらためて感じた。

横浜をはなれると、東海道を東京にむかって歩いた。海ぞいの道の情景は四年前に見た時と変らず、品川宿ももとのままで、九番隊の宿所となった宿屋もあった。

かれは、通行人に道をたずねながら芝高輪西台町にある海軍病院に行った。そこは、旧熊本藩の中屋敷で、静かなたたずまいであった。

広い玄関に立って、案内を請うと、かたわらの部屋から若い男が出てきて、すぐに廊下を奥の部屋に連れて行ってくれた。

そこは板張りになっていて、大きな机を前に軍服を着た石神良策が坐っていた。

「よく来たな」

石神が立つと、嬉しそうに言った。

兼寛は挨拶し、すすめられた椅子に坐った。

石神は、なつかしそうに鹿児島のことや医学校のことをたずねた。兼寛は、廃藩置県で一時は動揺した空気も鎮静化したこと、三田村一がウイリスの助手としてつとめるから心置きなく上京せよ、と励ましてくれたことなどを話した。

「ウイリス殿はお達者か」

石神の問いに、兼寛は、昼は学生への教授と病院での治療をし、夕方からは往診という日課を休むことなくつづけている、と答えた。

しばらく黙っていた石神が、

「お前には報《しら》せなかったが、東京へ来て間もなく女房が死んでな」

と、低い声で言った。

兼寛は、驚いて石神の顔を見つめた。

「病気がちであったから仕方がないが、鹿児島で静養させてやればよかったと思っている。東京に連れてきたことを後悔している」

石神は、遠くを見るような眼をした。

石神の妻は臥せていることが多く、兼寛が訪れていっても姿をみせることはほとんどない。稀に茶をはこんでくれたこともあるが、痩せていて顔は青白かった。

兼寛は、言葉もなく坐っていた。

「今日は、私の家に来て泊れ」

石神は、顔をあげて言った。

夕方、兼寛は石神の家に行き、仏壇の前で合掌した。家事は老いた雇い女がしていて、遺された一人娘の幼女の世話もしていた。

夜、酒を飲みながら石神は、ウイリスを鹿児島に赴任させた後の政府の医療教育機関について話した。

医学校兼病院は大学東校と改称され、佐倉順天堂の佐藤尚中が大学大博士としてその長に就任した。ドイツ医学を採用したことで、政府は、明治三年（一八七〇）二月十四日、ドイツ北部連邦公使フォン・ブラントとの間でドイツから医学教師二名を三年間雇う契約をむすんだ。しかし、普仏戦争の影響でドイツ教師は来日せず、それを不満とした学生の間で騒ぎが起った。そのため、オランダ陸軍軍医ボードインが横浜から祖国へ帰ろうとするのを無理に押しとどめ、大学東校で二ヵ月ほど講義をしてもらった。

その間、ボードインは大学東校の移転地について政府の計画に反対意見を述べた。大学東校は和泉橋通りの元藤堂邸を使用していたが、相良知安らの建議で上野の山に新たに建設することが決定していた。これに対して、上野の山を散策したボードインは、このように樹木の多い閑寂な地は公園地とすべきで、たとえ教育機関であろうと建物を建てるべきではないと強調し、すでに棒杭などを打って建設準備に入っていたが、ボードインの意見をいれて中止した。このため他に適当な地を物色し、後に本郷の加賀藩屋敷跡に建設されたのである。

大学東校は、昨年の八月にさらに東校と改称され、その月に待望のドイツ人教師二名が来日した。陸軍軍医少佐レオポルド・ミュルレルと海軍軍医少尉テオドール・ホフマンで、いずれも夫人をともない、アメリカ経由で汽船アメリカ号に乗って横浜についた。

予科教師のフンク騎兵大尉が随行していて、騎兵一小隊がミュルレルにしたがって行進し、校門をくぐった。ミュルレルは、東校の玄関に立って出迎えの学校関係者を前にドイツ語で演説した。この演説に出迎えの者たちはドイツ語がわからず呆然としていたが、教官の司馬凌海が校長の佐藤尚中の許可を得て通訳し、ミュルレルを驚かした。凌海は、半商半農の家の子として生れたが、医家を志して佐倉順天堂に入門し、ついで長崎のポンペに学び、語学の才に恵まれていたので蘭・英・独・仏・中国の五ヵ国語に通じ、ことに英語、ドイツ語は自在に通訳ができたのである。

ミュルレルは外科、ホフマンは内科をそれぞれ担当し、学校の制度をドイツ流に改め、予科、本科をもうけて授業を開始した。

「わが国の医学教育は、完全にドイツ医学になった。しかし、海軍は軍制の範をイギリスにとっているので、軍医はイギリス医学を学ぶことになるはずだ」

石神は、思案するような眼で言った。

翌日、兼寛は、石神にともなわれて築地にある海軍省に行った。

築地は、江戸城を類焼させ十万七千余人を焼死させた明暦三年（一六五七）の大火後に埋め立てられた地で、海岸に築かれた地ということからその名がつけられていた。明治維新後、外人居留地に指定されたその地には異国風の建物が多くみられ、一種独得の雰囲気であった。

海軍省は、その地の七万七千四百坪の敷地を使用していた。その広大な敷地には、海軍提督府、海軍用所、海軍裁判所等の建物が点々と建てられていて、その中でひときわ目立った洋館があったが、それは海軍兵学寮で、その一部が海軍省になっていた。

兼寛は、石神が紹介してくれた担当官に挨拶し、履歴書を提出した。履歴書に眼を通した担当官は、その内容に満足したらしくしきりにうなずくと、早急に手続きをとるので海軍病院で待命するように、と言った。

兼寛は、石神と海軍省を辞した。

その日からかれは、石神の家に世話になって日を過した。

やがて、四月十五日に辞令が出て、かれはそれを海軍病院で受領した。海軍九等出仕に補す、とあり、海軍病院勤務を命じられ、軍医の制服、制帽を支給された。

かれは、石神から将軍徳川慶喜の侍医でもあった蘭方医として名高い戸塚文海が、海軍卿勝安芳（海舟）の斡旋で海軍省に入り、五等出仕の辞令を受けたことも報された。

兼寛は、病院に勤務するようになった。

病院には、石神の努力で横浜の輸入商から納入された新しい医療器具がそなえつけられ、洋薬も数多く貯えられていた。

軍医は西洋医学を学んだ者が多かったが、戸塚など一部を除いては知識が乏しく実技も幼稚で、たちまち兼寛は注目される存在になった。ウイリスについて原書で西洋医学の講義をうけ、その上、多くの病人の治療にも立ち会い、ウイリスの外科手術の助手もつとめてきただけに、それは当然のことであった。東京での最高の医学教育機関である東校では一年前からドイツ人医師の講義がはじめられているというが、自分は二年半も前からウイリスの実地教育をうけていて、少くとも西洋医学を身につける上で東校で学んでいる学生たちよりも自分の方が恵まれていたのだ、と思った。

海軍に入るまでは不安もいだいていたが、自分より秀れた者がいないのを知って、かれは、自信をもって勤務にはげんだ。海軍省九等出仕に補せられたことは、ウイリス、三田村そして父にそれぞれ手紙を書いてつたえた。

明治五年（一八七二）五月七日、工事が進められていた品川、横浜間の鉄道が開通し、海軍病院でもその話題で持ちきりであった。所要時間は三十五分。運賃は、下等五十銭、中等一円、上等一円五十銭で、子供は四歳まで無賃、それ以上十二歳までは半額であった。犬は箱に入れるか車長の車にのせ、その上首輪をはめて縄をつけねばならない。一匹につき二十五銭の運賃であった。

新聞には乗車心得が紹介されていたが、それには、

「乗車セント欲スル者ハ、遅クトモ此表示ノ時刻ヨリ十五分前ニ（ステイション）ニ来リ、切手買入其他ノ手都合ヲ為スベシ」

と、ある。これは、イギリスの鉄道規則にならったもので、兼寛は鉄道もイギリス流であるのを愉快に思った。

品川、横浜両駅と鉄道の沿線には、見物人が蓆《むしろ》を敷いて坐ったりしてむらがり、黒煙を吐く機関車が客車をひいて走る姿に驚きの声をあげ、病院内でも品川まで見にゆく者も多かった。

兼寛は、文明開化という言葉どおり、社会生活が急速に西欧化しているのを感じた。丁髷は非文明の象徴とされ、西洋風に断髪する風潮が一般化し、丁髷をつけている者は少くなった。散髪屋が各所に出現し、丁髷で入っていった男が総髪になって出てくる。

諸官庁、病院では、机と椅子が常用され、洋服も目立つようになっていた。西洋風

の煉瓦や石でつくった建物が増して、東京では、中央を車道、左右を人道と区別する布告も出された。肉食は忌み嫌われていたが、外人にならってそれを食べることが一般にもひろがりはじめ、東京、横浜などに牛肉料理屋ができ、好奇心をいだく客でにぎわっているという。

海軍病院の近くにも牛の処理場がもうけられていたが、肉は高価であったので、病院では滋養をつけるために病人に牛乳をあたえていた。しかし、ほとんどの者たちは、それを飲むのを嫌い、鼻をつまんで顔をしかめて飲みくだすような状態だった。

西欧にならって、飛脚に代る郵便事業がはじめられ、ついで京都、大阪、神戸の間では電信が開通した。

兼寛は、すでに漢方医学が過去のものとされ、西洋医学が正当なものとして評価されているのも、時代の当然の要請だ、と思った。

かれは、毎朝、制服、制帽をつけ、海軍病院に通勤した。

着物を着なれたかれは、初めて制服を着た折には、体がかたくしめつけられるようで肩や背中がしこった。靴も窮屈で豆ができ、皮膚が破れて出血し、かれは足をひきずって歩いた。しかし、なれるにつれて、制服、制帽をつけ靴をはくと、身がひきしまるような気分になり、軍医としての誇りも感じた。

かれは、病院に行くと、勤務日程にしたがって病院内で自分が引受けている傷病兵たちのベッドをまわる。一人一人に気分を問い、聴診器を胸にあて、眼、口の中の状態をみる。発熱している者には、つきしたがっている看護卒に氷囊をあたえることを命じ、薬の指示もした。

病人たちは、かれの親切な態度に感謝し、家族からの見舞いの手紙などを見せる兵もいた。

午後になると、新たに入院してきた兵たちの診断を他の軍医たちとおこなった。傷の状態や症状を討議して治療法を定め、ベッドに収容する。

病人の中で最も目立ったのは脚気患者で、入院患者の四分の三近くを占めていた。重症の者も多く、これと言った治療法もないままに死を迎える者もいた。

仕事は多忙で、それが終るのはいつも夕刻近くであった。かれは、そのまま病院に残ってランプの灯の下で英文の医学書を読みふけった。

その日も診療を終えて自分の部屋にもどり、医学書をひらいた時、石神が部屋に入ってきた。

兼寛は立ち、頭をさげた。

「相変らず勉強だな」

石神は、口もとをゆるめた。

兼寛が椅子をすすめると、石神は手で制し、

「今夜、家へ来ぬか。話がある」

と言い、兼寛が、はい、と答えると、そのまま部屋を出ていった。

なんの話か、思いあたることはなかった。鹿児島のことを話題にして酒を飲もうというのか、それとも今後の海軍病院の運営のありかたについて語ろうとでもいうのか。

海軍病院は、旧熊本藩の中屋敷を使用しているが、軍医を養成するための機関をもうけることが決定していて、その学舎を敷地内に新築するという計画がある。石神は、当然、鹿児島医学校を参考にすることを考えているはずだった。医学校は病院に附属していたが、学舎も海軍病院に所属したものとしたいのだろう。そのことについて自分の意見をきこうとしているのではないか、と思った。

その夜、かれは病院を出ると、石神の家を訪れた。

座敷に酒肴が用意されていて、石神がかれの杯に酒をつぐと、

「妻を持たぬか」

と、言った。

思いがけぬ言葉に、ききまちがえではないか、と思った。杯から酒がこぼれた。

「いくつになった」

「二十四歳です」

「所帯を持ってもいい年齢だ。腰を据えて仕事をするには、妻の支えがいる」

石神は、杯をかたむけた。

結婚するなどとは、夢にも思ったことはない。医学の研鑽につとめ、英語に習熟することだけを念頭に日を過し、それ以外は考えたこともない。

「或る方に頼まれてな。娘の婿にいい青年はいないか……と。お前のことを話したら、ぜひに、というのだ」

石神は、淡々とした口調で言った。

兼寛は、狼狽した。妻を持たぬか、というのは、その心構えをそろそろするように、という助言か、と思ったが、それが具体性をもつものであるのに驚きをおぼえた。上京し出仕してから一ヵ月しかたたず、仕事にようやくなれはじめたにすぎないのに、所帯をもつことなど考えられない。

「私は、まだ、とてもそのような……」

兼寛は、それだけを辛うじて口にした。

「決して早すぎはしない。書生ではないのだ、海軍省九等出仕の軍医ではないか」

石神は、顔に笑みをうかべた。

兼寛は、返事もできず、杯の酒を一気に飲んだ。自分のことだけで精一杯であるのに、家庭をもつなどという精神的なゆとりはない。出仕したとは言え薄給の身で、一人の女性の生活を背負うには荷が余りにも重すぎる。考えただけでも息苦しい。

「私は、お前のことをすべて包みかくさずその方に言った。家柄などというもののない大工の倅で、しかし、勉学心が篤く私の塾に入り、奥羽戦争に隊付医者として従軍した。開成所をへて鹿児島医学校でウイリス殿に学び、海軍省に出仕した、と」

石神の顔から、笑いの表情が消え、

「私は、その方に言った。高木という男は、英文の医学書を読解し、ウイリス殿の助手として通弁の役目もこなしていた。若い軍医は数多くいるが、少くとも英語を理解していることに関しては、高木が群を抜いている。これからは、英語に通じていなければ、海軍軍医はつとまらず、高木は必ず立派な軍医になるはずだ、とな」

と、言った。

過分な言葉だ、と思った。が、同時に、石神がそのように自分を見てくれていたことが嬉しかった。しかし、だからと言って石神のすすめにしたがう気にはなれない。

「どうだ。私にまかせぬか」

石神が、杯を手に兼寛の顔を見つめた。

兼寛は、顔をこわばらせ、

「突然、そのようなことを言われましても困ります。所帯をもつ気はありませぬ」

と、うろたえながら答えた。

「身をかためるのは、早ければ早いほどいい。私にまかせろ」

石神の顔に、酔いの色が浮び出ている。

兼寛は、口をつぐんだ。自分を温く見守ってくれる優しい師だが、その口調には、一切の意見を許さぬ強いひびきがある。一介の町医でありながら、横浜の軍陣病院の頭取になり、ウイリスを鹿児島に招いて自らは医学校の実務責任者としての役目を果した。旧藩医たちの反感は激しかったはずだが、かれはそれらをはねのけ、現在では海軍軍医の総元締の任にある。そこにまで至ったのは、仕事に対するゆるぎない信念と強い精神力によるものなのだろう。

兼寛は、かたくしこった自分の気持が、ふっとひらかれるのを感じた。自分が現在に至ったのは、ウイリスに医学と実技の教えをうけたことにある。ウイリスに師事することを仲介してくれたのは石神で、さらに海軍に出仕できるようになったのもその推挙のおかげだ。石神は、自分をここまで導いてくれた恩師であり、結婚など夢想もしなかったことだが、かれの言葉のままにしたがうべきかも知れぬ、と思った。

「先生は、私がどのように申し上げようとも、一切耳をおかし下さらぬように思えます。先生の強引さには参りました。先生のよろしいようになさって下さい」

兼寛は、口もとをゆるめた。

「それでよろしい。私がいいということはいいのだ。弟子は師の言葉どおりにするのが世の習いだ」

石神は、少年のような眼をして言うと、声をあげて笑った。

兼寛は、石神に酒をつがれ、杯を口に運んだ。

薄給の身ではあるが、貧しさを気にかけぬような女ならば、なんとか生活のやりくりをしてくれるだろう。故郷をはなれてから一人ですごしてきたかれは、身のまわりの世話をしてくれる女性とともに暮せることがひどく楽しいものに思えた。

上品な老いた雇い女が、新たに酒を運んできた。

「今日、あなたにも話したが、あの件、高木が承知したぞ」

かれが声をかけると、老女は頬をゆるめ、

「それは、ようございました」

と言って、兼寛に眼をむけた。

兼寛は、顔を赤らめて首筋をさすったが、石神に眼をむけ、

「その娘さんは、どのような家の方で……」

と、たずねた。

「まだお相手のお家のことはお話しになっておられぬのですか」

老女が、石神に呆れたような眼をむけた。

「高木が承諾するかしないかが先だ。その娘さんはな、外務省の外務大禄をしておられる手塚律蔵、今は姓を瀬脇と改めているが、手塚殿の御長女だ。手塚殿は、私が長崎遊学時代に知り合った友人だ」

石神は、酒を口にふくんだ。

兼寛の顔から、血の色がひいた。貧しいとは言わぬまでも普通の家庭の娘と思いこみ、それならば辛うじて暮しもできるだろう、と考えていた。しかし、外務大禄といえば外務省の高官で、そのような父をもつ娘が貧しさに堪えられるはずはない。

「少しお待ち下さい。私には、到底そのような高い地位におられる方の娘さんとは結婚できませせぬ。身分がちがいます。とてもだめです」

兼寛は、酒を飲むどころではなく、杯を置き、首を激しくふった。

「なにを言うか。御維新によって武士もなにもこの世からなくなったのだ。政府の首脳になっておられる参議の西郷隆盛殿も、藩の最下級の家に生れ、家が貧しく十八歳の時に郡方書役助をつとめて家計を助けた由」

石神の眼に鋭い光がうかぶと、

「私などもただの町医者にすぎなかったが、ここまで来た。藩医だということで権勢をほしいままにしていた医者などは、今では息をひそめている。実力をそなえた者のみが必要とされ、世に迎えられる時代なのだ。手塚殿とて同じこと。村医者の子にすぎなかったが、努力の末、高官にまでなったのだ」

と、強い口調で言った。

石神の視線に、兼寛は恐れに似たものを感じた。その眼は、過去にうけたさまざまな屈辱に対する憎悪と、それをはね返してきた強い意志をしめすものに思えた。

「手塚殿は、ぜひにという。可愛い娘の婿としてお前がいいと言っておられるのだ。娘さんとて、お前が貧しいことはむろん十分に承知しており、手塚殿がこれと見込んだお前の所にくる気になっている。それをお前は、承諾せぬというのか」

石神は、甲高い声で言った。

酔いが師の感情を激しくさせているのだ、とは思ったが、その言葉には自分の胸を刺してくるものがある。

「若い時は、どこのだれでも貧しいのだ。それを恐れることはない」

石神の声は、荒々しかった。

「わかりました。申訳ありません」

兼寛は、手をつき、頭をたれた。

石神は、黙っている。

「そんな大きな声をあげなくてもよいではございませんか。御主人様は、あなた様を自分の子供のように思っておられます。さあ、お酒を召し上り下さいませ」

老女が、おだやかな声で言った。

兼寛は、うなずき、銚子を手にして杯に酒をつぎ、飲んだ。

ふと、手塚律蔵という名が気がかりになった。その名にききおぼえがある。

「手塚律蔵様と言われますと……」

兼寛は、石神の顔に視線を据えた。

「そうだ。名だたる蘭学者というよりは英学者だ。お前がイギリスの医書を原書で読み英語の通弁もできるということが、手塚殿は気に入ったのだ」

石神の顔には、機嫌を直したらしい表情がうかんでいた。

「お名前は、たしかにきいたことがあります。英語に豊かな知識をもっておられることを……」

「そうだろう。英語の学習につとめている者は、必ずその名を耳にしているはずだ」

石神は、うなずき、手塚の経歴を呂律《ろれつ》の乱れた声で説明した。

手塚は、周防国（山口県）熊毛郡小野村の医師手塚寿仙の次男として生れ、十七歳の折に長崎に遊学して高島秋帆の塾に入り、十二年間長崎にとどまって蘭学を学んだ。その後、江戸に出て、佐倉藩の要請をうけて江戸藩邸で藩士に蘭学を教えた。翌嘉永四年（一八五一）、その学識が認められて佐倉藩に召抱えられ、西洋学師範に任ぜられて七人扶持を給された。

その頃、ペリー来航に刺戟をうけて英学の必要性が唱えられ、手塚もこれからは英語が理解できなければ西欧の知識を吸収するのは困難だ、と考えた。かれは、本郷本町に塾を開いて、蘭英辞書、英文法書を手に入れて英学の研究に打ちこみ、西周助、木戸孝允、津田仙らが門人となった。かれの英文に対する理解は進み、安政三年（一八五六）に蕃書調所教授手伝に任命されて十五人扶持、十五両を受け、もっぱら英書の翻訳に従事した。かれは、主として佐倉藩士に教授をしていたが、長州藩の江戸藩邸にも出講した。

文久二年（一八六二）十二月二十日、かれは、思いがけぬ災難に遭った。

その日も長州藩の屋敷に出向いて藩士たちに講義をしたが、講義を終えた後、世界情勢からみて攘夷論は時代錯誤であり、開国こそ日本の進むべき正しい道だと述べた。

若い藩士たちはこれに激しく反論し、自説を曲げぬ手塚を外国かぶれをした売国奴だ、と言って激怒した。手塚は身の危険を感じて藩邸をとび出し、藩士たちは斬殺するといってかれを追った。江戸城の濠端まで夜道を逃げてきた手塚は、濠に身を沈め、ようやく難をまぬがれた。

江戸にとどまっていては殺されるので、かれは、家族とともに佐倉にのがれ名も瀬脇良人と改め藩にかくまわれた。

翌年、佐倉に洋学所が設置されて、かれはそれをあずかり、二年前に上京し、昨年外務省の外務大禄に任ぜられて外務省官舎に住むようになっているという。

「手塚殿は、今では瀬脇寿人《ひさと》と名を改めている。英語の教えをうけた者は、西周助、津田仙、木戸孝允、神田孝平など数知れず……。私より一歳下の五十一歳だ」

石神は、杯に酒をつぎながら言った。

兼寛は、瀬脇が幕末の動乱期を必死にくぐりぬけてきた人物であるのを知った。長州藩士に命をねらわれながらも英学一筋の道を歩みつづけてきている瀬脇に、畏敬の念をいだいた。

石神は、海軍省の事務責任者として、長崎遊学以来交友関係にある瀬脇と官吏としての交流もある。医者の子として生れた瀬脇は、長女を医学関係者のもとに嫁がせたいと考え、若い軍医で有望な者はいないか、とたずね、石神は兼寛の名をあげたのだろう。瀬脇は、ウイリスの助手として英語に通じているという自分に、英学者として共感をいだいたにちがいない。

兼寛は、そのような第一級の英学者を義父とすることは自分には分に過ぎたことだ、と思った。が、もしもそのような間柄になったら教えを請うこともでき、これ以上の幸せはない、とも考えた。

薄給の身であるという卑屈感は、いつの間にか消えていた。かれは、自分が酔っているのを感じた。

「それでは、明日、早速、承知の旨の手紙を出す」

石神は、つぶやくように言った。

兼寛は、無言で酒を飲んでいた。

石神が、居眠りをはじめた。それをながめた兼寛は、銚子をはこんできた雇い女

に、

「先生もおやすみになられる時間が来たようです。では、これにて……」

と言って、おもむろに腰をあげた。

「御主人様も、お酒がめっきり弱くなりました」

老女は、兼寛の後について玄関まで送りに出ると、手をついて頭をさげた。

兼寛は、夜道に出た。朧ろな月がかかっている。

いい夜だ、と思った。石神が体をゆらせて眠っている姿が眼の前にうかんだ。学問を志し石神を師とした幸運が、あらためて身にしみた。ウイリスに学ぶことができたのも海軍軍医になったのも、すべて石神の手引きによる。そして、今、著名な英学者の娘を妻に、とすすめてくれている。石神は、まさに自分にとっての恩師だ。

石神の侘しい生活が思われた。妻を失い、再婚の意志もないらしく老いた雇い女の世話をうけて暮している。

かれは、眼に涙がにじみ出るのを意識しながら歩いていった。

話は、意外なほど早く進行した。

兼寛は、石神に連れられて瀬脇寿人一家が住む外務省官舎を訪れた。海軍病院の軍医たちの大半が髭をたくわえていたので、かれも控え目な髭を立てていた。

客間に通されると、和服姿の瀬脇が入ってきて、腰をおろした。背が高く痩身で、黒々とした髪が額にかかっている。官吏というよりは、いかにも学者らしい風貌だった。

兼寛は、手をつき、

「高木《たかき》兼寛《かねひろ》と申します」

と言って、挨拶した。体が硬くなっているのを感じた。

「瀬脇です。君のことは石神君からきいています」

瀬脇は、ウイリスのことに興味をいだいているらしく、人柄、医療態度についてたずね、兼寛は、それに答えた。

「ウイリス殿が鹿児島に来てくれたおかげで、鹿児島の西洋医学の水準は他の地にはみられぬほど高くなっています」

石神は、さらに言葉をつづけ、

「鹿児島にウイリス殿を招く時、漢方医たちは、人種も飲食物も異なる日本人に西洋の医者の療法など役には立たぬ、と猛反対をしましてな。それで、私が薩摩藩内の医師に対する諭告の文という一文を書きまして、それを藩内の医師に配布させたほどです。幸い、西郷隆盛殿と大久保利通殿の熱心な御助力があってウイリス殿の鹿児島行きが実現したのです」

と、言った。

瀬脇は、興味深げにうなずいていた。

部屋に二人の女が茶菓を盆にのせて入ってきた。

「家内と娘の富です」

瀬脇が、言った。

「本日はよくおいで下さいました」

瀬脇の妻が挨拶し、後ろに坐った娘も手をついた。髪に花かんざしがさしてある。

石神と瀬脇に妻が茶菓を差し出し、富が、兼寛の前に茶碗を置き小皿にのせた菓子を添えた。

兼寛は、頭をわずかにさげた。かれの眼には、かすかにゆれる花かんざしと赤く染った耳が見えただけであった。

ほのかな芳香がただよい、富は顔を伏せたままさがると、母の後ろに坐った。

「どうぞごゆるりと……」

瀬脇の妻と富が手をつき、二人は部屋を静かに出ていった。

やがて、兼寛は石神とともに瀬脇の家を辞した。玄関に送って出たのは瀬脇と妻だけであった。

「美しい娘さんだな、高木」

石神が、振返ると、歩きながら声をかけてきた。

かれは、富の顔を眼にはしなかったが、はい、と答えた。見たのはかんざしと耳のみであった。

その翌日から石神と瀬脇の妻との間で祝言の段取りが進められた。瀬脇の妻は長女の富を二十歳以前に嫁がせたいと考え、石神は慶事は早いに越したことはない、と言って、暑くなる前に祝言をあげることになり、六月二十三日にきまった。

その日が石神から話があってわずか一ヵ月後であることに、兼寛はうろたえながらも、故郷の両親にそれを手紙でつたえた。

祝言は、海軍病院が利用している旧熊本藩屋敷の一室でおこなわれることになり、媒酌人は石神であった。新居は、築地にある海軍省水路局の官舎とさだめられた。これは石神の口ききによるもので、局長の柳楢悦に頼みこみ、官舎の一つが空いていたことからそこに住むことが許されたのである。

当日、かれは、官服を着て旧熊本藩邸の屋敷におもむいた。庭の樹葉の緑は濃く、池には睡蓮の花がひらいていた。瀬脇の意向で式も披露宴も簡素に、ということで、来会者も十名ほどであった。

かれが正面の席につくと、やがて、白小袖の着物に綿帽子をつけた花嫁が横の席に静かに坐った。左右に石神と瀬脇が、羽織袴で端坐していた。

三三九度の盃が交され、酒がつがれる。兼寛は、白粉のぬられた花嫁の華奢な指が盃をささえ、綿帽子にかくれた口に運ばれるのをかすかに視線の隅で感じていた。

盃がおさめられると、石神が立って祝辞を述べた。夫婦のありかたを説き、共に親に孝養をつくすように、と型式どおりの言葉であったが、兼寛には、その言葉が胸にしみた。

花嫁が色直しに立ち、祝膳と酒が運ばれた。兼寛は杯をとり、同僚から酒をつがれた。

座がにぎやかになり、笑い声も起った。瀬脇が立って石神の前に坐ると媒酌をしてくれた礼を述べ、杯を交している。

やがて、花嫁が綿帽子をはずし色小袖に着かえて兼寛の横に坐った。

その時、兼寛は初めて花嫁の顔を見た。面長で鼻筋が通り、瀬脇の娘らしく理知的な眼をしている。かれは体が熱くなるのを感じた。

庭が暗くなり、座敷に涼しい風が吹きこんできた。樹木の枝がゆれている。大粒の雨が落ちてきて、たちまち激しい雨音がみちた。坐っていた者たちが立って、あわただしく雨戸をしめた。

戸のすき間から暗くなった部屋の中に稲光がひらめき、雷鳴がとどろく。近くに落ちたらしく閃光とともに建物がふるえた。

かれは、花嫁の気配をうかがった。彼女は顔を伏せぎみにして身じろぎもしなかった。

やがて雨脚が細くなり、雲が切れて樹々に陽が輝いた。

夕刻になり、宴は終った。

兼寛は、富と二人で新居の海軍省水路局官舎にむかうことになった。来会者がつぎつぎに兼寛に祝いの言葉を口にして座敷を出てゆく。残ったのは瀬脇夫妻と石神だけであった。

表に出ると、提灯を梶棒につけた人力車が二台待っていた。

兼寛は、あらためて石神と瀬脇夫妻に挨拶し、前の車に乗った。富は母と低い声で短い言葉を交すと、後の車に静かに身を入れた。

車夫が梶棒をとり、歩き出した。瀬脇夫妻と石神が並んで見送っていたが、すぐに夜の色の中に見えなくなった。

兼寛は、東京に来て初めて人力車を眼にし、ひんぱんに道を往き交うのを物珍しげにながめた。それは前年の秋頃から急増したというが、むろん、かれは乗ったことはなかった。笠をかぶり車を曳いてゆく車夫に申訳ない思いがした。駕籠の場合とちがって、体の位置が高く、見下していることに後ろめたさに似たものを感じる。

しかし、車に揺られてゆくうちに、祝言をした夜らしいほのぼのとした気持になった。後方できこえる車の音に富がついてきているのを思うと、面映ゆい気がした。

寺の間の道をすぎ、海岸ぞいの道に出た。潮の香がし、涼風が渡ってくる。提灯の灯に、路面に浮き出た小石が後方に流れてゆく。空には冴えた星が散っていた。

人力車が、築地の海軍省の敷地に入った。星明りに海軍省のある兵学寮の洋館が、ほのかに浮び上ってみえる。

そのかたわらを過ぎると、前方に官舎の群れが見え、人力車は近づくと、その一つの前でとまり梶棒がおろされた。車夫賃はすでに石神が支払っていたが、降りたかれは二人の車夫に心づけを渡し、家に近づいて戸をあけた。

手探りで中に入ったかれは、座敷におかれた行灯に灯をともした。

つづいて部屋に身を入れた富が、敷居の近くで静かに坐ると手をつき、

「不つつかな者でございますが、今後、なにとぞお導き下さいますよう、よろしく御願い申し上げます」

と言って、頭をさげた。

「こちらこそ、よろしく……」

かれも、頭をさげた。

富が台所に立ち、明朝の米をとぎ終えると奥の部屋にふとんを敷いた。

かれは寝巻に着かえ、ふとんに仰向きになった。富が、ひそかにかたわらのふとんに身を横たえた。

かれは半身を起し、そのふとんに入ると富を抱いた。

富の体に小刻みなふるえが起っていた。

夏が過ぎ、秋風が立つようになった。

給与は少いのに妻の富は家計のやりくりが巧みで、夕食には酒肴が絶やされなかった。

かれは、富が自分の出勤した後、昼食にどのようなものをとっているのか気がかりで、

「栄養のあるものを食べぬと、病いにかかった折に堪える力がない」

と、忠告した。が、富は、

「残りものを工夫していただいておりますから、御心配はいりませぬ」

と、にこやかな表情をして答えた。

海軍病院の総務を統轄する軍医助の石神は、軍医の増員にもつとめていた。医生を募集し、試験をおこなって採用する。しかし、応募してくる者は英語の素養がなく石神の意にかなう者は稀であった。採用した者は、十一等出仕の曹長待遇の軍医試補に任ぜられた。

イギリス海軍の制式を採用している海軍では、軍医も英語に通じていることが不可欠で、兼寛の好例もあるので、石神は海軍省の諒承を得て鹿児島に手紙を出し、門生に海軍出仕をすすめてくれるようウイリスに依頼した。

ウイリスは、鹿児島医学校の授業と病院での治療に欠くことのできない三田村一《はじめ》は手ばなせぬが、と言って、加賀美光賢と河村豊洲を推挙してきた。

石神は喜び、早速、出仕するよう手紙を書き、それに応じて加賀美と河村が上京してきた。二人は、ともに兼寛と同じ九等出仕として中尉待遇の一等軍医副に任ぜられた。むろん、かれらは英語に精通しているので、兼寛とともに軍医間で重用される存在になった。

十月十三日、海軍条例が制定されて海軍病院が海軍軍医寮と改称され、ついで軍医寮内に海軍病院が設置された。と同時に、海軍軍医の官等表がさだめられ、兼寛の一等軍医副は中軍医と改称された。

かれは、病院で治療にあたり、石神の求めに応じて英文の原書によって得た軍医のあり方、また病院の機構について進言することが多かった。そのような功績が認められ、翌十一月十四日付で一階級昇進して八等官となり、大尉待遇の大軍医に任ぜられた。

その月の九日に太陰暦が廃されて太陽暦を使用することがさだめられ、十二月三日を明治六年（一八七三）一月一日とし、その日をもって実施されることが公布された。

昇進によって俸給も増し、ようやく家計にゆとりが生じた。かれは、鹿児島でウイリスに牛肉を食べさせられていたので富にもそれを買わせた。鍋で煮た肉を富は薄気味悪そうに口に運んでいたが、その姿が兼寛にはほほえましく思えた。

明治六年（一八七三）を迎えた。

石神は海軍軍医寮の首長という最高の地位にあって、軍医の養成と医療の充実をはかる病院事務を統轄していた。また、五等出仕の軍医として海軍に招かれ最上級の大医監となっていた戸塚文海は、海軍病院の院長の任にあった。

戊辰戦役で幕府側について会津にまでおもむき傷病者の治療にあたった佐倉順天堂創設者佐藤泰然の次男松本良順も、名を順と改めて陸軍の軍医となっていた。かれは、会津脱出後、横浜で捕われて幽閉されたが、明治三年十月に自由の身となり、その西洋医学に対する深い造詣から陸軍に招かれ、軍医の最高指導者になっていた。

その配下には、松本が幕府の開設した医学所の頭取をしていた折の門下生である石黒忠悳《ただのり》がいた。石黒は、幕府の崩壊によって医学所が解体後、いったん帰郷していたが、明治政府に招かれて設置されていた大学東校（後の東京大学医学部）の教官をした後、松本のもとで陸軍軍医機構の充実につとめていたのである。

一方、全国の学校を統轄する文部省には医学教育をつかさどる医務局が新たにもうけられ、初代局長に三十六歳の長与専斎《ながよ》が就任していた。

長与は大村藩医の子として生れ、十七歳で蘭方医緒方洪庵の門に入り、四年後には塾長となった。二十四歳の春、長崎に遊学してポンペについて西洋医学をまなび、三年後、藩命によって大村に帰り、侍医に任ぜられた。

慶応二年（一八六六）、藩の命令で長崎に行き、ボードインに親しく治療法を学び、二年後に長崎精得館医師頭取となった。さらに精得館を医学校と改め、長崎医学校学頭に就任した。明治四年（一八七一）、政府は、長与を医学教育の最高指導者として適していると判断し、東京に招いて文部省に入らせ文部中教授とした。医学教育機関を先進国と同様のものとするため調査団を派遣することになり、かれは、文部理事官の田中不二麿文部大丞の随行員として米・仏・独・蘭の四ヵ国を歴訪し、医学制度を視察して今年の三月九日に帰朝した。その直後に医務局が設置され、かれが局長になったのである。

欧米各国の視察で得たものは大きく、かれは、それらの長所をいれて医学制度を立案し、文部省に上申した。

これによって、文部省、陸・海軍省の医務機構はようやく整備された。ただし、文部省、陸軍省はドイツ医学を全面的に採用し、海軍省のみがイギリスの制度を範としていた関係でイギリス医学をうけ入れる結果となっていた。

明治維新の混乱もようやく鎮まり、新しい時代の歩みがあらゆる方面にみられた。三月には、天皇が断髪し皇后もお歯黒をやめて範をしめした。これによって丁髷、お歯黒の風俗がすたれ、滋賀県などでは丁髷に未練をいだいて固執する者に税を課する動きすらあった。新橋、品川間の工事も成って新橋、横浜間の鉄道が開業し、乗客は日を追って増した。街には馬車、人力車が往き来し、飛脚にかわって郵便事業が全国にひろがっていった。銀座に煉瓦街の工事がはじまり、マッチ、石鹸も家庭に入るようになっていた。

松本順が、五月二十日付で初代の陸軍軍医総監に就任したことが発表された。

七月に入って間もなく、兼寛は、横浜で週に一度発行されている新聞に、「脚気病者解剖説」という記事がのっているのに眼をとめた。

毎年初夏になると脚気患者が激増し、横浜の十全病院でも重症の邏卒《らそつ》（警察官）が入院していたが、死亡した。

十全病院には、アメリカ医のシモンズが医療に従事するかたわら医学生の実地教育にあたっていた。シモンズは安政六年（一八五九）に宣教師として横浜にやってきたが、ミッションの仕事をはなれて医療に転じ、医術を認められてその年の六月から月給三百二十円という高給で十全病院に雇われていたのである。

脚気の治療法に戸惑っていたシモンズは、死亡した邏卒の解剖を遺族に申し出た。そのようなことは全く異例で遺族の拒絶にあうことはあきらかだった。しかし、邏卒の兄が、維新開化の時にあたり、邏卒として国のためにつくそうと努めていた弟が、世の多くの人のためになるなら自分の遺体を切り刻まれることをむしろ望むだろう、と言って同意した。

シモンズとその弟子たちは大いに喜び、ただちに解剖した。その結果、シモンズは、

「脚気の原因は一般的に心臓病によるものと論じられているが、解剖したところ心臓は正常で、それがまちがいであることがあきらかになった。思うに血液の変質が脚気の原因と考えられる」

と語り、これについては論文にまとめる予定であるという。

鹿児島の病院にも脚気患者で死亡する者がいたが、さすがのウイリスも治療の方法はなく首をひねっていた。日本の風土病という見方をしただけで、病因その他についてこれと言った意見を口にすることもなかった。海軍病院でも脚気患者の治療についてはほどこすすべがなく、患者に安静を命じているだけで、それだけに兼寛はシモンズの解剖結果に強い関心をいだいた。

妊娠していた富が八月十三日に女児をうみ、兼寛は幸子と名づけた。上京してわずか一年半たらずで子の父となったことに深い感慨をおぼえ、嬰児のかたわらに身を横たえている富の満ち足りた表情に、父としての責任の大きさを感じた。

六

その月の九日、海軍病院内に海軍病院学舎（後の海軍軍医学校）が創設された。

海軍軍医寮の首長である石神は、早くから戸塚文海と海軍軍医の養成について深刻な話し合いをつづけていた。

ドイツ医学の採用によって、日本の医学生は必然的にドイツ語の修得につとめている。しかし、海軍の軍医は西欧の医学を身につけると同時に英語にも精通している必要があり、その両方を兼ねそなえている軍医は、兼寛をはじめとしたウイリス門下生にかぎられていた。

石神と戸塚は、意見の交換を繰返した末、海軍独自の教育方法によって軍医を養成すべきだという結論に達した。

これを文書にまとめた石神は、海軍卿（大臣）ともいうべき海軍少輔の川村純義に提出し、川村の同意を得た。具体的な方法としては、イギリスから秀れた医師を招いて教官とし軍医の養成にあたらせることであった。

川村は外務省に協力を求め、外務省では前年の五月に大弁務使（十一月に特命全権公使と改称）としてイギリスに赴任していた外務大輔寺島宗則に連絡をとった。寺島は、イギリス政府と交渉して人選を依頼、数名の候補者を選んでもらった。

かれらの学力、人柄などを検討した結果、三十歳のウイリアム・アンダーソンを採用することに決定した。

アンダーソンはイギリスのロンドンに生れ、幼い頃から絵画を好んでいたのでロンドン美術学校に入った。その後、医師を志してロンドンのセント・トーマス病院附属の医学校に入って医学を修め、学業優秀で卒業の折には医学校最高の外科賞であるチエセルデンメダルを授与された。さらに内科、外科の学位を得、一八六九年（明治二年）にはイギリスの外科大学最高学位であるフェローシップを受けた。学業を終えたかれは、ナルダアビー市立病院に勤務、母校であるセント・トーマス病院がロンドンのテームズ河畔に新築されたので、ここの外科助教となった。

面接した寺島は、かれの人柄にも好感をいだき、年俸四千八百円の条件で雇用契約をむすんだ。海軍医官の最高位にある戸塚文海大医監の月俸が二百円で、その二倍にあたる高給であった。

アンダーソンは、日本におもむくことを喜び、医療具を寺島の指示で購入して日本へむかった。

その報告を得た海軍省では、軍医養成機関として海軍病院内に海軍病院学舎を新設し、軍医副の豊住秀堅を舎長とし、軍医を志す生徒を募集してアンダーソンの来日にそなえた。

アンダーソンが横浜についたのは十月に入って間もなくで、洋風の公舎があたえられた。

兼寛は、アンダーソンが日本にくるのを心待ちにしていた。イギリスに駐在する寺島大弁務使から優秀な医師であるという報告があったので、最新のイギリス医学についての知識をアンダーソンから得ることができるという期待をいだいていた。また、ウイリスのもとをはなれて以来、イギリス人と言葉を交す機会がなく自分の英会話が錆びつくような恐れを感じていたので、アンダーソンと一日も早く接触したかったのである。

アンダーソンが初めて海軍病院に挨拶に来た折、兼寛は石神らとかれを迎えた。通訳としてイギリス公使館員が付添ってきていたが、石神が、通訳の助けもかりずに英語で歓迎の言葉を述べたことにアンダーソンは安堵したようであった。

さらにかれは、兼寛が流暢な英語で日本へくるまでの旅について問うたことに驚きの眼をみはった。

「何故、貴方ハ英語ガ巧ミナノカ」

かれの問いに、兼寛は元イギリス公使館付医官兼副領事のウイリスに医学を教えられたことを説明すると、アンダーソンはようやく納得したらしくうなずいていた。また、ウイリス門下生の加賀美光賢と河村豊洲も英語で話しかけ、アンダーソンの喜びはさらに増した。

十一月二十五日、鶴田幸吉以下十一人の生徒が応募試験に合格し、アンダーソンは病院内の学舎でかれらに医学の基礎について講義をはじめたが、言葉が通じないので英語の学習が主となった。兼寛は、加賀美や河村と交替で授業の通訳をし、生徒たちに英語の理解力をつけるよう一心に勉強せよ、と励ました。

十二月九日、高輪西台町旧熊本藩邸内に新庁舎が新築されたので、学舎は海軍病院、軍医寮とともにここに移った。

アンダーソンは講義を終えた後、海軍病院に入院している者の治療をおこない、その折には生徒を引き連れて見学させ、兼寛たちも同行して通訳にあたった。

兼寛は、アンダーソンから医学知識を吸収することにつとめ、折をみては熱心に言葉を交した。アンダーソンは外科学を専攻していたが解剖学を最も得意としていて、解剖学に強い関心をいだく兼寛を喜ばせた。

教室でアンダーソンは解剖学を講義する折に、黒板に白墨で骨格、臓器などを驚くほどの速さで描く。その図がまことに見事で、生徒たちは感嘆の声をもらしていた。立ち会っている兼寛も驚き、それについてたずねると、アンダーソンは画家を志して美術学校で学んだ経歴を口にした。図を描くことでアンダーソンの講義は、生徒たちが理解する上で効果があった。


明治七年（一八七四）を迎え、兼寛とアンダーソンの親交は一層深まった。

アンダーソンは温厚な性格で、生徒に対する講義も入院患者の治療にも労を惜しまずつとめ、身だしなみもきわめていい。伝えきいている英国紳士とはアンダーソンのような者を言うのだろう、と、兼寛は思った。

鹿児島医学校のウイリスについては、かれの助手である三田村一《はじめ》からの手紙でその消息を知ることができた。妻八重子との仲はむつまじく、男子がうまれアルバートと名づけられたという。ウイリスの契約期間は四年で今年の一月に期限がくるが、かれはさらに一年延長を希望し、県の権令である大山綱良はそれを承認したと書かれていた。大山はウイリスに常に好意をしめし、その交流もひんぱんだった。

三田村たち門下生を喜ばせたのは、ウイリスが鹿児島に行幸した明治天皇に拝謁を賜ったことであった。

天皇は、廃藩置県が成立したのを機に大阪、中国、九州への巡幸をさだめ、御召艦「龍驤《りゅうじょう》」（二、五三〇トン）に乗り、諸艦をしたがえて品川沖を発した。随員は参議西郷隆盛らで、海軍からは川村純義がしたがった。

伊勢神宮に参拝後、大阪、京都、下関、長崎をへて鹿児島につき、旧城内の鎮西鎮台第二分営に入って島津久光の挨拶をうけた。

翌日、鎮台兵の整列を親閲した後、本学校におもむき生徒の学習を視察した。その折にウイリスに対して医学振興の功労を賞し、酒肴料五ドルを下賜した。それまで政府の高官からほとんど無視されていたウイリスが、西郷ら政府首脳の列座する中で天皇から言葉をかけられたことは門下生たちを大いに喜ばせたのである。

兼寛も三田村からの手紙でそれを知り、ウイリスの門下生である加賀美光賢や河村豊洲とともに喜び合った。

海軍病院学舎では、アンダーソンの英語による講義についてゆけず退舎する生徒もいた。そのため四月に新たに生徒募集をおこない、試験の末、鈴木重道以下六名を入舎させた。

七月二十五日、人事発表があって兼寛は官級が二階級あがって六等級となり、少医監に任ぜられた。それは兵科の少佐に相当するものであった。

かれは、広い官舎に移住し、小女も雇った。

妻の富は、再び妊娠していた。

八月十四日、海軍病院学舎を海軍軍医寮学舎と改称し、ついで木村荘介ほか十四名の生徒を試験の末、入舎させた。これによって軍医養成機関としての充実をみ、アンダーソンの講義も熱をおびた。

十一月十日、男子がうまれた。兼寛は、自分の名の一字をとって喜寛と名づけた。

妻の実家の瀬脇家では喜び、祝いの品をとどけてくれた。

男子出生を、かれは故郷の両親に手紙でつたえたが、十二月上旬、母からの返事が来て、そこには父喜介が発病し重態におちいっていることが記されていた。

驚いた兼寛は、石神に事情を話して特別休暇の許可を得、診療鞄を手に横浜から汽船で鹿児島へ出発した。

鹿児島についたかれは、すぐに故郷の穆佐《むかさ》村にむかった。村に入ったのは夕方で、道を歩いてくる村人に頭をさげたが、あわてて腰をかがめた男の顔にはいぶかしそうな表情がうかんでいた。頭髪を短くし髭をたくわえて羽織、袴をつけているかれを兼寛とは気づかず、黒皮の診療鞄を眼にするのも初めてなのだ。

兼寛は、坂をのぼり家の土間に入った。

その瞬間、かれは背筋に冷いものが走るのを意識した。線香の匂いが濃くただよっている。

急いで草履をぬぎ、板の間と部屋の境の障子をひきあけた。仏壇の前に坐っていた母の園が、こちらを振返った。かれは母のかたわらに腰を落し、小さな仏壇を見つめた。

新しい素木《しらき》の位牌が、灯明の光にほの白く浮んでみえる。

「お父さんは?」

かれは息を吐くように言い、母の顔を見つめた。

「六日の夜に……」

母が、うつろな表情で答えた。

「死んだのですか」

かれは、甲高い声をあげた。

母が無言でうなずき、位牌を見つめた。

胸に熱いものがつき上げてきた。かれは、膝においた拳をにぎりしめた。体におこりのようなふるえが起り、肩が波打った。

号泣が口からもれた。六日と言えば横浜で汽船に乗って間もない頃で、洋上を旅する間に父はすでにこの世を去っていたのだ。間に合わなかったことが口惜しかった。

父を捨てて故郷を去った親不孝を、せめて自分が治療することによって幾分でも償いたいと思って帰郷したのだが、それもはかない夢となった。医学を志すという自分の願いをそのままうけいれてくれた父の温情に、少しも報いることのできなかった自分の非情さが恥しい。

母が位牌に眼をむけながら、病状の経過と臨終までのことを低い声で口にした。

兼寛から長男誕生の手紙が来た日は雨で、仕事に出ずに家にいた喜介は喜んでその手紙を仏壇にそなえて灯明をあげ、夜になってから祝いの酒を飲んだ。園の酌をうけながら兼寛の栄進と長男の誕生を繰返し口にし、仏壇に時折り眼をむけては嬉しそうに涙ぐんで杯をかさねた。珍しいほど寒い夜だった。

喜介が戸外の厠に立って間もなく、板戸になにか激しくぶつかるような物音がし、園が行ってみると半開きの板戸の下に仰向けに倒れている喜介を見出した。驚いた園は喜介を抱き、引きずるようにして辛うじて板の間に横たえた。

彼女は、坂を駈け下って隣家の家の者に医者を呼んでくれるように頼んで引返した。隣家の主婦と老父が来てくれて、三人で居間に喜介の体を運び、ふとんを敷いて横たえた。

隣家の若い当主に連れられて村医の黒木了輔が来た。喜介はいびきをかき、眼を少しひらいていた。

黒木は、枕もとに坐ると、

「脳卒中だ」

と、すぐに言った。さらに数日以内に意識がもどれば助かるが……と、つぶやいた。

治療はこれと言ってなく、ただ吐瀉物が咽喉につまるのを避けるため顔を横向きにし体を動かさぬようにせよ、と注意をあたえただけであった。

その日から喜介は、いびきをかきつづけて眠っていた。

「兼寛がもどってきますよ」

園が大きな声をかけたが、喜介の反応はなかった。顔が赤みをおびていた。

四日後、いびきが低くなり息が間遠になった。再び黒木が呼ばれたが、来て間もなく息は絶えた。

村の唯一の縁者である北善四郎と妻のしかのも駈けつけてきた。善四郎は園の実家である北家の養子に入って家をついでいた。

兼寛の帰郷はいつになるかわからないので、善四郎の手で通夜、葬儀が営まれ、遺体は小山田の墓地に埋葬した。

語り終えた園は、眼尻に湧いた涙を袂でぬぐった。

兼寛は、仏壇の前に坐ると線香を立てて手を合わせた。再び涙があふれた。父の大工仕事の手助けをやめて鹿児島へ去った朝のことが思い出された。父にそむいた自分を寛容に許してくれた父。

かれは、長い間、頭を垂れていた。

翌朝、兼寛は、園とともに家の裏手の高台にある墓地におもむいた。二坪ほどの墓所に真新しい卒塔婆が立ち、かれは香華を供え、その前にうずくまって長い間合掌していた。

園と家にもどったかれは、一人で北善四郎の家に行った。葬儀をしてくれた北夫婦に厚く礼を述べ、夫婦は臨終に間にあわなかった兼寛に同情し涙ぐんだ。

兼寛は金を出して父の墓石を建ててくれるよう頼み、北は承諾した。

家への帰途、かれは師の中村敬助の家に立ち寄った。

中村に座敷に招じ入れられると、中村の息子の儀も姿を現わした。十八歳になった儀は、父のもとで漢学の講義を担当していた。

中村は悔みを述べ、葬儀の模様を口にした。温厚な人柄と腕の良い大工であった喜介の死をいたんだ村人多数が参列し、葬列が組まれて墓地にむかった。柩が土中に掘られた穴におろされる時、かれらの間からも泣き声が起った。

中村は表情をあらためて、海軍少医監になった兼寛の栄進を喜び、これも医学修業を許してくれた喜介のおかげだ、と、しんみりした口調で言った。

兼寛は中村の家を辞し、母の待つ家への道をたどった。

父の死亡した家で、ただ一人ですごさねばならぬ母のことを思った。一人息子である自分が当然、母を引取るべきである。妻の富は分別のある女で、母を温く迎え入れてくれるはずだった。母も二人の孫と接することができ、楽しい日々を送ってくれるだろう。

家にもどると、母は仏壇の前に坐っていた。

兼寛は、話を切り出した。

「東京へ行きましょう」

かれは、言った。

「恐らくお前がそう言うだろう、と思っていました。ありがたいのだが、私はこの家にとどまります」

「なぜです」

兼寛は、園の顔を見つめた。

「私は、鹿児島へも行ったことはなく、まして東京へなど行っても戸惑うばかりです。この土地以外に生きてはいけぬ人間です。それに、死んだあの人が、私がはなれてゆけば淋しがります。仏壇の中のあの人と毎日話をし、墓地に行って香華を手向けてすごします。そうさせて下さい」

園の顔には、やわらいだ表情がうかんでいた。

兼寛は口をつぐんだ。穆佐《むかさ》村には親戚の北善四郎夫婦をはじめ中村敬助や親切な村人たちがいる。母は、それらの人にかこまれて父の位牌とともに暮すのが幸せなのだろう。

かれは、無言でうなずいていた。

兼寛は、北夫妻や中村に母のことをくれぐれも頼み、故郷をはなれた。

鹿児島には会いたい人物がいた。ウイリスとその助手をしている三田村一であった。

兼寛は、旧薩摩藩士たちに激しい動きがあったことを知っていた。

前年の八月十七日の政府の閣議で、排日的な態度をとる朝鮮に参議の西郷隆盛が自ら全権大使としておもむき、朝鮮政府と談判し、それがいれられない場合は武力行使も辞さずと主張し、それが議決された。しかし、天皇は、外国と武力衝突をするようなことは回避すべきだと考え、条約改正問題で欧米各国を歴訪している岩倉具視の帰国を待って、それを実行に移すかどうか慎重に論議するよう指示した。

九月十三日に岩倉が帰国し、十月十四日の閣議でこの問題が再討議された。岩倉と大久保利通は、懸案の樺太問題と国内政治の改善が先決であると強調して西郷と全面的に意見が衝突した。両派の対立は妥協点を見出せず決裂して、岩倉は、十月二十三日に内政改革の急務を説く意見書を天皇に上呈し、天皇はこれに賛意をしめした。

憤った西郷は、参議、陸軍大将、近衛都督のすべての任を辞し、東京を去って鹿児島へ帰った。これと行動を共にしたのは副島種臣、板垣退助、後藤象二郎、江藤新平の各参議と、陸軍少将桐野利秋ら旧薩摩藩出身の軍人たちであった。

政府は、今年の五月、台湾に出兵した。旧薩摩藩出身の陸軍中将西郷従道を台湾征討都督に任じ、兵として志願した鹿児島県人が熊本鎮台兵とともに台湾におもむき、連勝して十月には兵をおさめた。この出兵は、西郷らの辞任で動揺した薩摩出身の者たちの不平をしずめる目的もあった。

鹿児島についた兼寛は、赤煉瓦づくりの鹿児島医学校を訪れた。

ウイリスは、両手をひろげてかれを抱きかかえたが、兼寛の帰郷の目的が父の発病を知ったためで、しかも父が死んだことを口にすると、

「ソレハ気ノ毒ダ」

と、言って、顔をしかめた。

やがて姿を現わした三田村もウイリスからそのことをきき、悔みを述べた。

「私ハ多忙ダ。病院ニ患者ガ溢レテイル」

ウイリスは、突然、沈んだ声で言った。

三田村が、台湾へ出兵した兵たちにマラリア患者が多く送還されて入院している、と言い、幸いキニーネが十分にあるので治療効果はいちじるしい、と説明してくれた。

「私ハ、非常ニ疲レテイル」

ウイリスが、深く息をついた。

たしかにウイリスの顔には疲労の色が濃く、頭髪に白髪がめっきりふえている。

「コレカラ治療ガアル。今夜ハ三田村ト三人デ宴ヲ開コウ。三田村ガ料理店ニ案内ス

ル」

ウイリスは、大股で病室に引返していった。

その夜、兼寛は、三田村に案内されて料亭に行き、やがてウイリスも来て互いに酒を酌み交した。

三田村はウイリスのために猪の肉を料亭に用意させていて、ウイリスはあぐらをかき、箸も巧みに使って杯を口に運んだ。

兼寛は、ウイリスと別れてから二年半しかたたぬのにウイリスがひどく老けこんでいるのにあらためて驚きをおぼえた。三十八歳であるはずだが、髪に白髪が目立ち、しかもひどく禿げあがっている。それは、ウイリスが鹿児島でさまざまな苦難をあじわってきたためにちがいなく、兼寛は痛々しく思った。

ウイリスは石神の近況をたずね、兼寛が海軍少医監に進級したことを口にすると、

「オメデトウ」

と言って、杯をあげた。

杯をかさねるうちに、ウイリスは饒舌になった。

かれの話は、イギリスへ帰るということに集中していた。一年延長の期限もきれたので帰国するという。

「ロンドン港ヲ出航シテカラ十三年ガ経過シタ。私ガ日本ニ来テ、サラニ鹿児島ヘマデ来タノハ、オ金ヲ得タイタメダッタ。シカシ、ソノ間ニ、私ノ頭脳ハカナリ腐ッテシマッタ」

かれの眼には、悲しげな色がうかんだ。

医学は日進月歩で自分はそれから置き去りにされていて、そのためにも故国に帰り新たな知識を得たい、という。

「私ハ、最新ノ医学ヲ吸収シタラ再ビ日本ニ戻ッテクル。ツマリ、一時帰国ダ。ソレ故、妻ノ八重子サンモ息子ノアルバートモ鹿児島ニ残シテユク」

かれは、帰国する折には親しい鹿児島県令大山綱良に五百円を委託し、毎月生活費として三十円を八重子に渡してもらうよう依頼するつもりだ、と言った。

かれは、三田村に眼をむけると、

「私ハ、三田村ガイルノデ、安心シテ帰国デキル。三田村ハ素晴シイ。困難ナ患者デモ、彼ハ十分ニ治療ノ出来ル能力ヲソナエテイル。ソレニ公金ニツイテハマコトニ清廉デ、立派ナ人物ダ。私ガ去ッタ後、彼ヲ鹿児島医学校ノ主任教師兼附属病院ノ医師長ニ任命スルヨウ提議スルツモリダ」

と、甲高い声で言った。

三田村は、面映ゆそうな表情をしながらも、

「光栄デス」

と、英語で言って頭をさげた。

ウイリスの眼の光が増し、声も高くなった。

「私ハ、日本ノ医学ノ進歩ノタメニ多クノ貢献ヲシタトイウ誇リヲ持ッテイル。ワガ祖国イギリスノ名声ヲ日本デ高メタト思ウ」

兼寛は、

「実ニソノ通リデス」

と答え、三田村も深くうなずき、同意の旨を口にした。

「私ハ、鹿児島ニ来テ、外来患者、入院患者合計一万五千人ノ治療ニアタリ、往診シテ治療シタ患者ハ数千人イル。手術ニツイテモ、小ハ指ノ切断、大ハ腿カラノ切断モオコナッタ」

兼寛は、三田村とともに大きくうなずいた。その言葉に誇張はなく、ウイリスの業績はどれほど賞讃してもしつくせない、と思った。

「現在、病院ハ入院患者デ充満シテイル。医学校ノ学生ハ百五十名ニ達シ、鹿児島ノ医学水準ハ極メテ高イモノニナッテイル」

この点についても事実で、自分を育ててくれたのは鹿児島医学校なのだ、と、兼寛は、再びうなずいた。

「喜ブベキコトガアル」

ウイリスの顔に、やわらいだ表情がうかんだ。

かれは、県令の大山綱良が終始自分に好意をしめし、提案することを出来るかぎりうけいれてくれることに感謝している、と言った後、西郷隆盛と親しく交流していることを口にした。

参議を辞して東京から鹿児島へもどった西郷は、ウイリスを訪問して、医学水準をたかめてくれたことに感謝の意を述べた。それがきっかけでウイリスは西郷の家にしばしば足をむけ、西郷もウイリスの家にやってくる。その折には、三田村か、または弟の敏行が同行し、通訳をしているという。

三田村は兼寛に、ウイリスと西郷の交わりがいかに親密なものであるかを英語で話し、ウイリスがうなずきながら、

「西郷殿ハ、心ノ広イ方ダ。私ノ知ッテイル人ノ中デ最高ノ偉人ダ」

と、言った。

ウイリスは、機嫌よさそうに杯を重ねた。

兼寛は、いい夜だ、と思った。父を失った悲しみは深いが、それがウイリスと三田村との酒で幾分いやされるのを感じた。

宴がはね、兼寛は、三田村とともにウイリスを家まで送っていった。ウイリスにうながされて家に入り、妻の八重子に挨拶した。八重子は、ウイリスからきいていたらしく兼寛に父を失った悔みを述べた。

ウイリスの家を辞した兼寛は、道角で三田村と別れ、宿屋への道をたどった。家々の戸はとざされ、道に人の姿はない。夜気が冷えていた。

かれの胸に、十三年間の滞日で頭脳が腐敗してしまったというウイリスの言葉がよみがえった。偉大なウイリスも、医学の進歩に取り残されていることに不安をいだき、イギリスに帰るという。最新の医学を吸収するために、とウイリスは言った。

兼寛は、粛然とした気持で夜道を歩いていった。

東京にもどった兼寛は、勤務にはげみ、明治八年（一八七五）の正月を迎えた。父の喪に服していたので淋しい正月をすごし、海軍軍医寮の首長である石神の家へも上官の大医監（大佐待遇）戸塚文海のもとにも年始の挨拶をひかえさせてもらった。

かれは、母に手紙をしばしば書いて慰め、毎月の生活費を送った。親戚の北善四郎からは喜介の墓を建てたという手紙が来て、兼寛は礼状を書き、回向料を送金した。母は毎日のように墓参し、北夫婦も香華を絶やさぬようにしているとつたえてきていた。

三月に入って間もなく石神から使いの者が来て、軍医寮の官長室に行った。

椅子を兼寛にすすめた石神は、身を乗り出し、

「高木、イギリスへ行かぬか」

と、のぞきこむような眼をして言った。

突然の言葉に、兼寛は石神の顔を見つめた。

「どうだ」

「イギリスへ？」

「そうだ。お雇い外国人のアンダーソン殿に、だれかイギリスに留学させたいと話したところ、留学させるのに大賛成で、高木（兼寛）が最も適していると言った。多分そのように答えると思っていたので、私も嬉しかった」

海軍では、すでに兵術、造船関係などでイギリス、アメリカに留学生を派遣しているが、医学部門でもその必要があるとして、石神は海軍卿勝安芳に建言書を提出し

た。それは、ただちにうけいれられ、人選が石神に託されたのだという。

「アンダーソン殿は、高木はウイリス殿の門下生であっただけに西洋医学の知識を十分に身につけ、しかも、英語の読解力、会話にひときわ長じている。かれならイギリスの医学校に入学しても、初めから授業についてゆけるはずだ、と言っていた」

さらに石神は、兼寛が承諾すればアンダーソンに推薦状を書かせ、石神の申請書とともに勝海軍卿に提出する予定だ、という。

「急なことで戸惑うのも無理はない。よく考えて返事をするように……。留学ということだから、数年におよぶと考えてもらわねばならない。君には故郷に老いた母親がいるし、二人の幼い子をかかえた妻もいる。いったん日本をはなれイギリスへ行くことになれば、縁起でもないことを言うようで気がひけるが、正直のところ親の死に目にも会えない」

石神の表情はこわばった。

兼寛は、放心した眼をしていたが、その眼が急に光をおび、

「考える必要はありません。ぜひ、行かせて下さい」

と、張りのある声で言い、頭をさげた。

かれは、昨年の十一月に父の死で故郷にもどった帰途、鹿児島で会ったウイリスの

口にした言葉を思い出していた。ウイリスは、十三年間、日本に滞在したことで医学の進歩におくれをとっていることに強い不安をいだいている、と訴え、故国のイギリスにもどって、最新の医学を身につけたい、と言っていた。兼寛からみれば、ウイリスは豊かな医学知識をもつ偉大な医師だが、それでも帰国するというかれの言葉にウイリスの学問に対する情熱に敬服すると同時に、イギリスの医学水準の高さも感じた。

留学してその医学に接しられることは願ってもない幸運であり、この機会をのがすべきではない、と思った。

「そうか。行くか」

石神は、即座に答えた兼寛を満足そうに見つめた。

「光栄です。ぜひ行かせて下さい」

兼寛は、再び頭をさげた。

「アンダーソン殿も喜ぶだろう」

石神はうなずきながら、アンダーソンと話し合っている内容について説明した。

アンダーソンは、母校であるロンドンのセント・トーマス病院附属医学校の授業の素晴しさを話し、さらにその実習ができる病院の設備もととのっていることを強調

し、

「私ハ、心カラ母校ニ入ルコトヲススメル」

と、言ったという。むろん、アンダーソンは母校に紹介状を書くことを約束した。

兼寛は、眼の前に広い大地がひらけたような興奮をおぼえた。

「それでは、ただちに手続きをとる」

石神は、満足そうに言った。

その夜、家に帰った兼寛は、富にイギリスへ留学することをつたえた。

驚くだろうと思っていた兼寛は、富が、

「それは、おめでとう存じます」

と言ったのに驚いた。

「なぜ、驚かぬ」

とたずねた兼寛に、富は、

「父は有能な者は外国へ行って多くの知識を得なくてはならぬ、と口癖のように申しておりました。あなたがイギリスへ留学なさる、とききましたら、父はさぞ喜ぶことでしょう」

と、言った。

著名な英学者であると同時に外務省の役人でもある富の父瀬脇寿人の眼は、常に外国にむけられ、富も瀬脇の考え方に強い影響をうけているのだろう。兼寛は、妻の知らぬ一面をのぞきみたような思いであった。

翌日の夕方、勤務を終えた兼寛は妻の実家におもむいた。

座敷で少し待っていると、瀬脇が外務省から帰宅した。

兼寛は対座した瀬脇に、石神から海軍省派遣の留学生としてイギリスへ行かぬかと言われ、承諾した旨を口にした。

「それはめでたい。慶事だ、慶事だ」

瀬脇は、眼を輝かせた。

妻子を残してイギリスへ行くことを諒解してもらおうと思って訪れてきた兼寛は、富が口にしたように瀬脇が喜んでくれたことに深い安堵を感じた。

瀬脇は声をあげると、妻に、祝いの酒だ、と言って酒肴を運ばせた。

兼寛は、酒を口にふくみながら留学の詳細を説明した。

「気がかりなのは妻と子です。故郷の母は実家の北家の者が面倒をみてくれておりますのでまだよいのですが、長女の幸子は三歳、長男の喜寛は二歳で、残してゆくのが心配です」

「そのことなら私たちにまかせなさい。富と孫たちは家に引取る」

瀬脇の言葉に、義母も微笑しながらうなずいていた。

兼寛は、気分が軽くなり杯を口に運んだ。

「実はな、私も清国へ行く」

瀬脇は、言った。

台湾征討を果した政府は、そのことについて清国の諒解を求めて双方が了解点に達したが、事後処理があるので瀬脇が出張するという。

「世界は汽船の発達によってせまくなっている。清国などちょっと隣の町にゆくようなもので、イギリスもそれより少し遠いだけのことだ」

瀬脇の顔には、屈託のない表情がうかんでいた。清国出張は四月上旬だという。

兼寛は気持が浮き立ち、かなり酒を飲んで瀬脇の家を辞した。

かれは、勤務にはげみながらも留学の正式決定を待ったが、三月下旬、海軍省から許可する旨の内意がつたえられた。

「よかったな」

石神は、嬉しそうに表情をくずしていた。

兼寛は、その夜、故郷の母に留学決定をつたえる手紙を書いた。留学は数年間になること、給与は留学中も妻に支給されるので、その中から生活費を母に送ることなどを記した。最後に、帰国するまで壮健であることを祈っていると書いた。

また、北家にも手紙をしたためて事情を述べ、母をよろしく頼む、と懇請した。


四月一日の夜、いつものように医学書を読み、少し酒を飲んでふとんに入った。眠りに落ちて間もなく、かれは、玄関の戸を叩く音に眼をさました。それに気づいたらしい富が、半身を起した。肌寒い夜であった。

急患でもあるのか、と思いながら、かれはふとんをはなれて玄関の敷台に立ち、

「何用か」

と、たずねた。

「石神先生の家からの使いです。書生の清田です」

それはたしかに清田の声で、しかもうわずっている。

かれは、土間におりて戸をあけた。

「先生が……」

清田の眼が、血走っている。

「どうした」

「突然、息がつまったらしく苦しみ、倒れました」

兼寛は愕然とし、背をむけると廊下から部屋に走りこんだ。

「どうなさいました」

富が、声をかけてきた。

「石神先生が倒れた」

かれは、あわただしく治療具の入った鞄をつかみ、寝巻の上に羽織を着て玄関に引返した。

下駄をはいたかれは、待っていた清田とともに夜道を走り出した。かれは、道を急ぎながら清田に症状をきいた。

石神は、酒を飲んだ後、入浴したが、すぐに出てくると咽喉をつかんで倒れた。激しい苦しみで、清田は雇い女にまかせて兼寛の家に走ってきたという。

兼寛の胸に、石神の持病がかすめすぎた。会津攻めの後、白河の軍陣病院に立寄った時、その病院に勤めていた石神がリュウマチで横浜の軍陣病院に病人として入院したことをきいた。その後、症状は起らないようであったが、時折り関節が痛むらしく欠勤することもある。石神は近頃疲労が激しくなったと、つぶやくように言っていたが、それは年齢のせいだ、とも言っていた。兼寛は、慢性化したリュウマチが心臓に悪影響をあたえ、そのため呼吸困難を起して倒れたのではないか、と思った。

走りつづけたので息が苦しく、かれは呼吸をととのえて再び走った。

道の角を曲ると、石神の家の門が見えてきた。かれは走り寄り、戸が開いたままの玄関から廊下にあがった。

清田が奥の座敷に入り、兼寛もそれにつづいた。

若い書生と雇い女が、背中をまるめて倒れている石神の体をゆすり、甲高い声をかけている。はだけた石神の胸には濡れた手拭いがのせられていた。顔に汗がふき出ている。

兼寛は、雇い女の体をおしのけるようにして石神のかたわらに坐った。脈をとり、さらに胸に耳を押しあてた。

顔をあげたかれの唇は、ふるえていた。胸に激しく突き上げるものがあり、かれは石神の体に両手を突き、頭を垂れた。嗚咽が口からふき出し、背が波打った。

「なんで死んでしまわれたのですか」

胸の中で、かれは叫びつづけた。背後で泣き声が起った。

兼寛の眼に、部屋の隅ですくんだように立っている幼女の姿が見えた。石神は、妻が病死した後、再婚もせずに娘の八重とともにすごしてきた。六歳の八重が取り残されたことを思うと、新たに涙があふれた。

かれは立つと、足をよろめかせながら台所に行き、手探りで甕の水を柄杓ですくい、桶にとって顔を洗った。

石神の臨終には間に合わなかったが、最初に駈けつけて死を確認した門人の医師として果さねばならぬ役目を考えた。死因は、リュウマチによる心臓発作の急死と考えていい。妻のない石神の通夜には、富を主婦代りとして詰めさせる。幼い二人の子は、その間、富の実家にあずければいい。死をつたえる先は、海軍病院長の戸塚文海で、戸塚は、海軍の関係者に連絡してくれるはずだ。石神は、両親をはじめ肉親、縁者もないと日頃からきいているので、その方面への手配は必要ないだろう。

かれは、顔をぬぐうと部屋にもどり、清田にすぐに戸塚の家へ行って石神の死をつたえるよう命じた。また、鈴木という若い書生には海軍病院へおもむいて看護夫二名を連れてくるよう指示した。

書生たちが出てゆくと、兼寛は雇い女に八重を寝かせるよう頼んだ。女は、すすり泣きながら八重の手をひいて部屋を出ていった。

石神の体のかたわらに坐った兼寛の眼から、新たな涙があふれた。地頭毛利強兵衛の助力で石神の門人になったことが医学修業の出発点になり、その後、鹿児島に招かれたイギリス医師ウイリスについて西洋医学の知識と実技を修得したが、それも、石神の助力があったからであった。さらに石神は自分を海軍にまねき、英国への留学をすすめ、その手続きもしてくれた。自分がこのように現在にまで至ったのは、ひとえに石神の好意によるもので、まさに自分にとっては恩師であった。

かれは、ただ一人、部屋に坐って涙を流しつづけた。石神の年齢を思った。五十五歳であることは平均寿命より長く、それだけが唯一の慰めであった。

海軍病院からやってきた二人の看護夫が、石神の遺体の湯灌をし、白い着物を着させて安置した。海軍病院には、雑役をする男が雇われていて看護夫という名で働いていた。

翌朝、富も来て女たちを指図し、弔問客の接待をした。通夜には戸塚文海以下、海軍の医学関係者多数が焼香に訪れ、兼寛は夜を徹してそれらの応対にあたった。

葬儀は自宅でおこなわれたが、要職にあった石神の死だけにおびただしい数の焼香客が集った。薩摩藩出身の海軍中将兼海軍大輔の川村純義も部下をしたがえて来席し、葬儀費用の一切を提供すると申し出た。

兼寛は、海軍医学関係の最高の地位にある石神らしい葬儀だと思ったが、多くの来席者が涙ぐんでいるのを見て、石神が人間として敬愛されていたことをあらためて感じた。遺体は、芝白金の海軍共同墓地に運ばれ埋葬された。

海軍卿勝安芳は、石神が海軍軍医部創設の功績者であることから、その死を天皇に上奏し、その結果、従五位が贈られた。

瀬脇寿人は、親友の石神の死を深く悲しみ、通夜、葬儀の進行にも従事した。かれは、石神を埋葬後、清国への出張をひかえるあわただしい時間の中で戸塚や兼寛らと今後のことについて打合わせをした。石神の業績をたたえるため立派な墓碑を建てることに意見が一致し、その費用は有志の拠金によることにし、また、献灯も建立することをきめた。

気がかりなのは、ただ一人残された六歳の八重のことであった。石神に縁者はなく、身を寄せるところのない八重が哀れであった。

兼寛は、自分が養育するのが当然だと思ったが、英国留学が決定している身ではそれもかなわない。

これについては、瀬脇や戸塚らの友人たちが協力して八重の養育に力をつくすことになった。

石神には、二人の養子がいた。男子に恵まれなかったからというよりも、才能のある若者を引き取り、養子として入籍し学問の道につかせたのである。

初めに養子にしたのは徳島の天羽《あもう》家の六男彦衛で、豊胤と改名したが、学業途中、二十二歳で病死した。ついで養子にしたのは京都の薬種屋の子である徳蔵だったが、これも病いに斃れた。兼寛は、石神が人物養成に情熱をいだいて一生を終ったことを痛感し、自分もその恩恵をうけたのだと思った。

瀬脇は、旅装をととのえて清国に出発していった。

海軍軍医寮の首長には、石神の後をついで大医監の戸塚文海が就任した。

石神の死を悲しみながらも、兼寛はイギリス留学の準備をはじめていた。アンダーソンともしばしば打合わせをし、アンダーソンは、自分の母校であるロンドンのセント・トーマス病院に兼寛を入学できるよう連絡をとってくれた。また、学校への推薦状も兼寛に渡してくれた。

明治維新以来、陸・海軍は、欧米の先進国の軍制をとり入れることに積極的な努力をしていた。

陸軍では、維新後、フランスの軍制を範としていたが、それよりもドイツを範とすべきだという声がたかまってきていた。医学の分野で政府がドイツ医学を採用したように、陸軍ではドイツの軍制が他の欧州列国に比してすぐれていることを認めていた。

これに対して、海軍は、あくまでもイギリス主義に徹していた。

明治六年（一八七三）七月には、イギリス海軍の士官、水兵を五十四名も招き、士官たちは、海軍兵学寮で百十名の海軍生徒に測量術、機関運用、砲術、造船などを英文の教科書で講義、実習させた。また、士官の監督のもとに水兵たちが、海軍生徒に実習訓練の指導をした。一行の首席であるドウグラスの年俸は四千八百ドル、上等士官は三千六百ドル、水夫は五百四十ドルで、それは驚くべき高給であった。

軍艦も、各藩が造船技術の最もすぐれたイギリスに発注して入手したものを明治政府に献納し、それが使用されていた。薩摩藩からは春日（一、二六九トン）、乾行（五二三トン）、鳳翔（三二一トン）、山口藩からは第一、第二丁卯（共に一二五トン）、雲揚（二四五トン）、佐賀藩からは日進（一、四六八トン）、孟春（三五七トン）。さらに政府も筑波（一、九七八トン）、運送船高雄丸（一、一九一トン）、千早号（四四三トン）を購入していた。

陸軍は、もっぱらお雇い外国人を招いて近代化をはかっていたが、海軍では留学生を外国、ことにイギリスへ派遣して勉学につとめさせていた。

最初の海外留学生は海軍操練所時代の生徒前田十郎左衛門と伊月一郎で、明治三年三月にイギリス軍艦オーデシアス号に乗組み、三年間航海術を修得した。ついで三年十一月には造船学専攻の目的で佐雙佐仲が、また四年二月には八田裕次郎、赤嶺伍作、西村猪三郎、志道貫一、土方賢吉、土師久次郎、東郷平八郎、石田鼎三、伊知地弘一、原田宗助、山県小太郎がそれぞれイギリスに派遣された。その後、平元秀次郎が砲術研究のため、丹羽雄九郎が造船術修得のためイギリスに留学していた。

海軍軍医部門では、海軍省の設置と同時にイギリス海軍病院の規則等を調査のため海軍省十等出仕大野秋香と吉田英就が派遣されたが、純粋に医学研究のためイギリスへ留学するのは兼寛が初めてで、期待は大きく、兼寛も責任の重大さを感じていた。

兼寛は、海軍省の留学生派遣担当官と打合わせを繰返し、イギリスへおもむく航路をアメリカ経由とした。

インド洋経由でヨーロッパへおもむく航路が一般的で、まず香港まで行き、そこでヨーロッパへ直航する船に乗りかえる。シンガポールをへてインド洋を進み、ボンベイ、アデンに寄港し、スエズ運河をへて地中海を進み、イギリスにつく。が、炎天と疫病にかかる恐れがあるので、その航路を忌避する傾向があった。

それよりも太平洋を横断し、アメリカ大陸をへてイギリスへむかうコースの方が快適で、海軍省の担当官はアメリカ経由をすすめたのである。

また、担当官は、イギリスの海軍兵学校に留学する海軍生徒がいるので同行する予定である、とも言った。それは舟木練太郎、遠藤喜太郎、宮原次郎、丸田秀実で、またアメリカへおもむく瓜生外吉、世良田亮も途中まで同行するという。思いがけない同行者がいることに、兼寛は心強く思った。

やがて、五月二十五日に海軍軍医寮学舎首長の戸塚文海から左のような伺書が海軍省に提出されたことを知った。

「海軍少医監高木兼寛　右ノ者儀医学ニ従事刻苦勉強実ニ超凡ノ進歩ヲ表シ候
依テ将来内科及ビ外科治療並教導ノ為メ欧州大医学校ニ於テ　右成業可レ為レ致当
省雇教師英人アンデルサン（アンダーソン）ヨリ屡勧奨ノ趣モ有レ之　且ツ本人儀ハ
頗ル英語熟達ノ者ニ有　之候ニ付　今般被二免本官一候上　更ニ当省生徒ニ編入致シ
英国留学申付度候条　右早々何分ノ儀御沙汰被レ下度　此段上請旁奉レ伺候也」

これに対して、六月五日付で海軍卿勝安芳から許可する旨の文書が渡された。

軍医寮学舎では、さらに手続きをすすめ、兼寛は六月十日、海軍省におもむき、渡海免状（パスポート）を受取った。

かれは、免状を見つめた。

「六月十日

第千五百八十四号
　　海軍生徒
　　　高木《たかき》兼寛《かねひろ》
籍　東京府士族
齢　二十五年十ケ月
眼　並
鼻　稍《やや》高
口　並
面　稍細
色　浅黒
身　並」

と記され、米国へ留学と書かれている。英国が留学先だが、まず米国へ行くのでそのように記されていたのである。また、士族とあるのは、戊辰戦役で従軍した経歴から旧藩士扱いにされていたのである。

渡海免状とともに、イギリスに渡った折にその地の日本公使館に差出す「英国留学生証書ノ事」と記された書類も渡された。それは、海軍卿勝安芳から駐英公使上野景範にあてたもので、留学中の兼寛に学資を渡してくれるよう指示したものであった。

担当官は、明治七年（一八七四）二月に発布された海軍兵学海外留学生規則をしめし、兼寛はそれを筆記した。第六条には、留学先に到着後は学業の状態、居住地等をすべて公使館に報告する義務がある、と書かれ、第七条には、学資は年に千円、支度金百円を支給することが記されていた。

最後の第十条には、

「留学中、国典ニ背キ或ハ規則ヲ守ラズ或ハ懶惰不行状ニシテ前途ノ見込ナク放逐セラルル者ハ　帰朝ノ上軍律ヲ以テ処置スベキ事」

と、記されていた。

「出発は、六月十三日。横浜港よりアメリカ汽船オセアニック号が出港するので、二時間前に乗船するように……。汽船料金は、すでに本省より支払いずみである。海軍省の係の者が波止場に行っているから、定刻までに波止場に来ていて欲しい」

担当官は、言った。

渡海免状が交付されるとただちに出発するのが習わしだとはきいていたが、それが三日後であることに、かれは少からず驚いた。

さらに担当官は、紫色の布包みを机の上に置き、

「この中には一年分の学資として千円、支度金百円が入っている。受領証に署名、捺印して下さい」

　と、言った。

　兼寛は、出された受領証に筆を走らせた。

「オセアニック号は午後四時出港の予定です。それでは、無事にロンドンへつくことを祈っております」

　受領証を受けとった担当官は、表情をやわらげて言った。

　兼寛は礼を述べ、布包みを手に部屋を出た。

　千百円という大金は、むろん手にしたことなどなく、かれは緊張した。それほどの金を渡してくれたことは、国が自分に対して大きな期待を寄せているからで、それに十分こたえねばならぬ、と、自らに言いきかせた。

　軍医寮学舎にもどったかれは、舎長の戸塚文海の部屋に行き、免状と証書をみせ、学資千円の保管を依頼した。

「出発は三日後です。手続きをして下さいましたことに心から御礼申し上げます」

　兼寛は、頭を深くさげた。

「御礼は、亡くなられた石神殿にすべきだ。君をイギリスに留学させることは石神殿の悲願だった」

戸塚は、窓の外に眼をむけた。

兼寛は出発まで休暇をあたえて欲しいと頼み、戸塚は諒承した。

再び頭をさげた兼寛は、戸塚のもとを辞した。

翌日から兼寛は、あわただしく旅支度をはじめた。

まず、軍医寮学舎に行ってアンダーソンに、ロンドンで生活するにはどのようなものが必要かをたずねた。

それから汽車に乗って横浜へ行き、アンダーソンに指示された品々を買って歩いた。まず、輸入品の大きな旅行鞄を買い、靴、シャツ、襟飾り（ネクタイ）、下襦袢、腿引、靴下、帽子、洋傘などを買った。背広は一着持っているのでそれを着てロンドンに行き、着替えの背広はロンドンで仕立てることにした。

さらにかれは筆記具、洗面道具、薬などを買い、夜おそくに帰宅した。

次の日の夜は家で小宴をひらき、軍医寮学舎から同郷の加賀美光賢と河村豊洲らも来て酒を酌み交した。酔った加賀美は、兼寛についで英国へ留学したい、としきりに言っていた。

翌朝、兼寛は、鞄と洋傘を手に富とともに家を出て品川駅に行った。そこには、アンダーソンや加賀美ら軍医寮学舎の軍医、生徒らが見送りに来ていた。

兼寛はかれらに礼を述べ、医学修得につとめる決意を口にした。

アンダーソンは、セント・トーマス病院での受入れ態勢はすべてととのっている、と重ねて言い、

「航海ノ安全ヲ祈リマス」

と、英語で言って握手した。

兼寛は、見送りに来てくれた者たちと一人一人言葉をかわして汽車に乗った。

横浜駅についたかれは、富と人力車をつらねて波止場に行った。そこには、海軍省の担当官が来ていて、かれのかたわらに背広を着た男たちが立っていた。それは、同行する海軍生徒たちで、担当官がかれらを一人ずつ紹介し、留学目的も口にした。遠藤喜太郎と舟木練太郎は運用術と砲術修業、宮原次郎と丸田秀実は機械学修業のためそれぞれロンドン郊外のイギリス海軍兵学校へ、また瓜生外吉と世良田亮は運用術、砲術修業の目的でアメリカへ派遣される、という。

兼寛については、

「医学修業のため英国に留学」

と、かれらに紹介した。

兼寛たちは、互いに、よろしくと言って挨拶した。

富は、見送りにきた遠藤たちの家族たちと挨拶をかわしていた。

しばらくすると艀が着岸し、兼寛たちは担当官の後から鞄を手に乗った。艀は岸をはなれ、港内に碇泊している米船オセアニック号にむかってゆく。

かれは、波止場で他の家族とともに手をふる富の姿を見つめた。その姿も次第に小さくなっていった。

午後四時すぎ、オセアニック号は錨を揚げ、動き出した。

兼寛は、他の海軍生徒たちと甲板に立って陸岸を見つめていた。右手に緑濃い丘陵、左手に房総の山々がみえ、船は浦賀水道を南下し、夕刻には房総半島南端の野島崎沖を過ぎた。茜色に染まる富士山の姿が驚くほど美しかった。

日本をはなれるのかという感慨に感傷的な気分になったが、留学することを思うと胸がはずんだ。かれは、眼を輝かせて暮色の中にとけこんでゆく富士の山影に眼をむけていた。

船は北へ進み、横浜を発って八日目には一八〇度の子午線をすぎた。あらかじめきいていたが、かなりの寒さで、かれは下着を重ね着した。海も荒れ、かれは船酔いになやまされた。

やがて気温が上昇し、波もおだやかになった。

目的のサンフランシスコ港に船が入ったのは六月二十八日で、順調な航海であった。

その日は小さなホテルに一泊したが、アメリカの地を踏んだという興奮でベッドに入る気がせず、窓から町の夜景をながめつづけていた。

翌日の午後、サンフランシスコの対岸にあるオークランドから汽車に乗り、シカゴにむかった。

汽車は人家もない広大な荒涼とした原野を進み、険しい山岳地帯をあえぐように進む。大きな湖がみえ、三日後にシカゴについた。その地で一泊し、汽車に乗ってニューヨークについたのは翌日の夜であった。

兼寛は、市街のにぎわいに驚嘆した。三階建から七階建までの建物が道の両側にすき間なく並び、道には馬車が絶えることなく往き交っている。夜になるとガス灯が道の両側にともされ、その明るさがまぶしく感じられた。

この地で米国留学の瓜生外吉と世良田亮に別れ、兼寛たちはイギリス行きの定期船を待ち、三日後に乗船した。海はおだやかで、時に濃霧がかかることもあったが、航海は快適だった。

兼寛たちは、常に寄りかたまって甲板ですごし、ドラの叩かれる音とともに食堂に入って同じテーブルで食事をとった。乗客たちは、兼寛たちに好奇の眼をむけ、近づいてきて話しかける者もいる。それに応ずるのは最も英語に堪能な兼寛で、どこから来たか、という問いに東洋の日本からと答えても、首をひねる者ばかりであった。

十日後にようやく船はイギリスのリバプールに入港した。その港町も四階、五階の高層建物がひしめくように並び、大きな造船所もみえて圧倒される思いであった。

かれらは上陸後、すぐに汽車に乗り、その日の夜にロンドンに入った。停車場から馬車に乗り、アンダーソンに教えられていたケンジントン公園に面したホテルに宿をとった。

翌日、兼寛は、舟木らと連れ立って日本公使館に行った。

駐英公使上野景範が姿を現わして歓迎の言葉を述べ、兼寛たちは海軍省で渡された上野宛の留学証書を差出した。

上野は、それを受取り、

「何事も私に、不在の折には館員に相談するように……。また、学資は公使館で半年分ずつ渡す」

と、言ってくれた。

公使館では、舟木練太郎、遠藤喜太郎、宮原次郎、丸田秀実のイギリス海軍兵学校への入学手続きをすでにすましていた。かれらは兵学校の寮に入るので、すぐにホテルから出て兵学校のあるグリニッチにむかうことになった。

「日本の海軍生徒として修得にはげみ、また日本人として恥しくない日常を送るよう努力して欲しい」

上野の言葉に、舟木たちは姿勢を正して、

「ハイ」

と、答えた。

「元気でな。また会おう」

舟木たちは兼寛に声をかけ、案内してくれる館員とともに公使の部屋を出て行った。

「高木君は、二ヵ月近くこの公使館ですごすように……」

上野は、言った。

すぐに病院へ行けると思っていた兼寛は、その意味がつかみかねた。

館員が、上野に代って事情を説明した。すでに、兼寛の留学するセント・トーマス病院附属医学校への留学手続きはすんでいるが、暑中休暇に入っていて、学校の授業がはじまるのは九月十日だという。ホテルの宿泊費は高いので、それまで公使館内で起居する方がいい、という。

そのような規則を知らなかった兼寛は、出発を二ヵ月おくらせればよかったと思ったが、今さら悔いても仕方のないことであった。

かれは、ホテルに引返して手荷物を持ち、公使館にもどった。

その日から、かれは公使館で起居するようになった。無駄な日をすごすことに苛立っていたかれも、ロンドンという都会を知る上では、むしろ幸いだったと思うようになった。

かれは、ロンドンの町々を歩き、宮殿を見に行ったり、食堂で食事をとったりした。自分の英語がどのように通じるか、少し不安をいだいていたが、なんの不自由もなく、物珍しげに近づいてくる老人と長話をしたりした。その間、公使館員の教えてくれた仕立屋に行って、冬用と春秋用の洋服をそれぞれ一着ずつ作ってもらった。

ロンドンの湿気の多い暑熱には、鹿児島生れのかれも驚いた。それに洋食にも辟易したが、いつの間にかなれ、そのうちに暑さも徐々にうすらいできた。

かれは、九月十日、公使館員にともなわれてセント・トーマス病院におもむき、その近くの下宿に入った。

兼寛は、病院の規模に驚嘆した。

セント・トーマス病院はイギリスで最も古い由緒ある病院で、カンタベリ大司教トーマスの名をつけたものであることも知った。一八七一年（明治四年）、イギリス女王ビクトリアの庇護《ひご》のもとにテームズ河畔に移転、新築された。兼寛がくる四年前で、石造りの高層建物は美しく、内部も新しかった。

病院附属の医学校に入学した兼寛は、イギリス人のみではなく学校の名声をしたって諸外国からも入学している学生がいることを知った。

英語の巧みな兼寛は、たちまち学生たちの間で注目される存在になった。イギリスでは海軍士官が尊敬されていたので、海軍軍医の兼寛は畏敬の眼でみられ、さらに日本海軍がイギリス海軍を範としていることを知ったイギリス人学生たちは喜び、かれに好意をいだいて接した。

授業がはじまったが、会話も医学書の読解力にも長じたかれは、少しも戸惑うことなく授業をうけることができ、深い安堵を感じた。

授業が終ると、かれは設備のととのった図書館に入って医学書を借り出して勉学にはげんだ。粗末な下宿の部屋に帰ってからも予習、復習に専念した。かれは、医学校と下宿の間を往復するだけで日を過した。毎日の授業に精魂をかたむけ、市内見物などに時間を費やすのが惜しかったのだ。

鹿児島医学校でウイリスにイギリス医学の伝授をうけたかれは、医学が飛躍的に進歩しているのを知り、教えられることがすべて新鮮に感じられた。留学期間はどれほどかわからぬが、その間に出来るかぎりの知識と実技を吸収したかった。

学校の教育方針が実証的であるのに、かれも気づくようになった。医学書の講義に並行して、人体による解剖実習があり、教師が解剖をしながら説明する。さらに病院に行って実際の治療も見学させる。

外科の授業では、手術室に入ってその模様を実見した。麻酔はクロロホルムによる全身麻酔法が確立されていて患者は昏睡し、手術室は静かであった。また、殺菌法も石炭酸使用が常のものとなっていた。

かれは、寸暇を惜しんで勉学にはげんだ。解剖学、外科学、内科学、薬学のすべてに関心を持ったが、ことに解剖学に強い興味をいだいた。

ロンドンの冬はきびしく、かれは安物の外套を買った。

一八七五年がまたたく間に暮れ、新しい年を迎えた。

かれは、三月におこなわれる第一冬期試験にそなえて猛勉強をつづけた。日本人である意識もいつの間にかうすれ、イギリスの学生たちの中にとけこんでかれらと競い合う気持が強かった。

三月におこなわれた第一冬期試験の結果が発表される日が来て、かれは定刻に学生たちと大教室に入った。

やがて教壇に立った教師が試験の結果を読み上げはじめたが、不意に自分の名が呼ばれ、顔が紅潮するのを感じた。耳を疑ったが、教師はあきらかに、

「カネヒロ　タカキ、三等賞」

と、言ったのだ。

周囲の学生たちがどよめき、視線が自分に集中されているのを感じながら、かれは立ち、通路を教壇の方にむかった。多くのイギリス人学生たちの中で、三等賞の成績を得たことが信じられなかった。

足をふらつかせながら教壇にあがったかれは、教師の前に立った。

「オメデトウ」

教師は賞状と十ポンドの賞金の入った紙袋を渡し、手をさしのべて兼寛と握手した。教室に拍手が起り、兼寛は自分の席にもどった。

大教室を出たかれは、親しい学生たちにとりかこまれて祝福の言葉を受けた。

「君ハ頭脳ガ良ク、ソノ上、努力家ダ。今日ノ栄誉ハ当然ダ」

と、真剣な眼をして言う者もいた。

兼寛は、その日、公使館に行って上野公使に試験の発表結果を報告し、賞状と賞金を見せた。上野をはじめ館員たちは喜び、上野はそれを留学証に記載するよう館員に命じた。

この受賞によって、兼寛は教師や学生から注目される存在になった。かれは、一層、勉学にはげみ、特に解剖学の成績が群を抜いていたので、解剖学の教授の助手に選出された。

そのような経過をかれは母と妻宛に手紙を書き、公使館に行って船便に託した。妻からは返事が来て、母も喜んでいることをつたえ、四歳になった長女の幸子、三歳の長男喜寛も元気でいるので、家のことは一切心配せぬように、と記されていた。

母の園は故郷の北家の者が、妻子は義父の瀬脇寿人と義母が世話をしてくれていることが心強かった。

一八七七年(明治十年)を迎えると、かれは学業優秀ということでクリニカルクラークに任ぜられた。

それから間もなくおこなわれた第二冬期の試験では遂に一等賞となり、賞状と二十ポンドの賞金を授けられた。かれは同学年の学生の中で首席となったのである。

かれは、奥羽戦争で従軍した時のことをしきりに思い起していた。医者とは名ばかりで負傷者の治療にも手を出せず、ただ戦場をうろついていただけにすぎない。それが、イギリスに来て最も由緒ある病院の医学校で最優秀の成績をおさめる身になったことが、夢のように思えた。かれは、自分の学力が急速にたかまっているのを自らも感じ、医学に対する自信を深めた。

兼寛は、授業をうけながら、隣接する病院で教授がおこなう患者に対する治療にもしたがった。

教授は、外来患者の訴える症状をきいて聴診器をあてたりし、その結果から学生たちにどのような病名かをたずねる。学生たちは口々に意見を述べ、誤っている判断には、教授が自らの診断結果を口にし、その理由を克明に説明する。これによって病名がさだまり治療方法もきめて、入院または通院の判断を下す。

このような実地に即した教育で、学生たちの学力は着実に向上した。

病院に出入りしていた兼寛は、患者の中に無料で治療をうけている者がかなりいるのに気づくようになった。

それに興味をもったかれは、なぜそのようなことがおこなわれているのかを病院関

係者にたずねた。イギリスでも貧しい者は多く、病気になっても医師にかかる金など

なくそのまま死ぬ者が多い。これを憂えたイギリス王室ではセント・トーマス病院に

これらの貧しい病人を受けいれる窓口をもうけさせ、無料で治療をさせている。むろ

んその財源は、王室をはじめ篤志家の寄金によるという。

兼寛は、感心した。日本でも医療をうけられるのは金銭にゆとりがある者にかぎら

れていて、貧しい家の病人は医師の診療をうけることなどできず、ただ病臥している

だけで悪化するにまかせて死を迎える。親の病気をなおしたい一心で、自ら遊里に身

を売って得た金で医師の診療を請うたという娘の話は、何度耳にしたか知れない。

故郷の穆佐《むかさ》村でもそれに類した話はあって、貧しい家では病人が出ると、山野にあ

る薬草を煎じてのませる程度で、家族の中には身売りする者もいる。

そうした悲惨な状況を眼にし耳にしていたが、そのような貧しい家の病人に手をさ

しのべる奇特な医師もいた。村医の黒木了輔もその一人で、貧しい家から治療を請わ

れると、往診までして薬をあたえ、診療費は受取らない。黒木のような医師は各地に

いて、貧しい者の感謝の的になっている。しかし、それは、あくまでもそのような医

師がいる地域にかぎられ、一般には治療もうけられず死ぬ者が多い。これらの病人に

人々は同情しながらも傍観し、病人も自分の運命だと諦めている傾向がある。

これに比して、セント・トーマス病院では貧しい病人を積極的に受け入れ、病人もためらうことなく病院を訪れて入院もしている。無料であるからと言って一般患者と治療が異なるわけではなく、快癒《かいゆ》して嬉しそうに退院してゆく人の姿もしばしば眼にした。

兼寛は、このような貧しい病人に対する無料の医療行為がイギリスだけではなく西欧諸国でもおこなわれていることに強い感銘をうけた。

また、かれは、病院内で患者たちをきびきびと世話をしている看護婦に初めから注目していた。

日本でも入院している患者の世話をしている女性もいるが、それは賄婦であった。彼女たちは食事をつくり、それを患者たちのもとに運び、寝たきりの者には食物を口に入れてやる。そのほかに看護夫と呼ばれる男たちもいて、かれらは患者を運んだり、寝具のとり替え、病室の清掃などの雑用をしていた。

しかし、セント・トーマス病院で働く看護婦たちは、驚いたことに医学の知識も持っていて、医師の指示にしたがって火傷、ただれ、水疱などの手当をし、浣腸や包帯の取り替えや副木を固定したりする。その動きは機敏で正確であった。また、手術室にも彼女たちは入って、医師に消毒したメスを渡し、切除した部分の処理にもあたっている。

兼寛は、彼女たちが医師にとってなくてはならぬ協力者であり、尊重されていることも知った。

彼女たちがそのような秀れた能力をそなえているのは、セント・トーマス病院に附属する看護婦学校で教育を受けたからであった。

創設者は、フローレンス・ナイチンゲールであった。ナイチンゲールは名門の家の出で、経済的には恵まれていたが家庭的に不幸で、悩んだ彼女は病人のために奉仕することを一生の仕事にしようと決意した。しかし、イギリスには看護教育機関がなかったので、彼女はドイツのカイゼルスペルトに行って修道女から看護教育を受けた。その後、一八五三年にロンドンのハーレイ街にある淑女病院に勤務し、看護の仕事に従事した。

翌年、クリミア戦争が勃発して多くの戦傷者が出たが、医療は十分にはおこなわれず、これを憂えた陸軍大臣シドニー・ハーバートが、ナイチンゲールに看護団を組織して戦場におもむくよう要請した。これをうけたナイチンゲールは、看護婦をつのり、彼女たちを連れてロンドンを出発して野戦病院におもむいた。彼女は、看護婦たちを指揮して戦傷病者の看護に専念し、その献身的な働きに傷病者たちは感謝して彼女たちを白衣の天使、と呼んだ。

　戦争が終り、イギリスに帰還したナイチンゲールと看護婦たちは賞讃をもって迎えられ、彼女のもとに多額の基金が寄せられた。彼女は、ハーバート陸軍大臣とともに軍隊の衛生制度の改革につとめるとともに基金による看護婦学校の創設をくわだて、その学校をセント・トーマス病院内にもうけた。一八六〇年（万延元年）のことで、兼寛が病院附属の医学校に留学した十五年前のことであった。

　ナイチンゲールは、専門的な医学知識をそなえると同時に人間として高貴な看護婦を養成したいと考え、入学資格者を知能、人格、精神、健康ともに秀れた者にかぎり、年齢を二十五歳から三十歳までとした。

　さらに学生を特別予科生、普通予科生とに分けた。特別予科生は、将来、看護婦の指導者となる者たちで、上流階級の女性からえらばれた。彼女たちは学校で一年間教育をうけた後、二年間、病棟で実習に従事して実際の看護法を身につけ、三年後に看護婦の指導にあたれるよう徹底的な教育がなされた。普通予科生は四年の教育、実習をうけ、一人前の看護婦となるよう養成された。その教育科目は、解剖学、生理学の基礎知識をはじめ内科、外科、衛生看護などで、試験が定期的に実施される。恩典として生徒期間中、年間十ポンドの小遣いが支給された。

この看護学校の機構と教育内容を知った兼寛は、病院内で働く看護婦たちが医学知識をもち、しかも女性として気品がある理由を納得できた。

かれは、彼女たちに接している間に、病院内で彼女たちがきわめて重要な存在になっているのを感じた。医師は男たちばかりで、彼女たちは女の特性でこまやかな神経をはたらかせて病人の看護にあたる。手術室でも彼女たちの細心な協力によって外科医たちは沈着に手術をすることができた。

病人たちが、温く世話をしてくれる彼女たちに、涙をうかべて感謝の言葉を口にするのを何度も眼にした。彼女たちは、病人が死亡すると厳粛な表情で遺体を丁重に扱い、遺族たちに慰めの言葉をかけていた。彼女たちは交替で夜の勤務にもしたがい、それをいとう風も全くみられない。まさに白衣の天使だ、とかれは思った。

その年の五月、妻の富から手紙が来た。

政府が、日本とロシアとの貿易がさかんになってきているのに対処するため、ウラジオストックに貿易事務所を開設したが、その責任者に義父の瀬脇寿人がえらばれ赴任したことが記されていた。

それにつづく文章を眼で追った兼寛は、表情をこわばらせた。対朝鮮問題で政府の首脳者たちと意見が衝突して鹿児島に帰っていた西郷隆盛のもとに、政府に対して不平不満をいだく鹿児島の者たちが集り、不穏な空気がひろがった。かれらの憤りは急激にたかまり、政府に尋問の筋ありとして鹿児島を出発するという行動に出た。それは一万三千の武装した集団で、熊本城を包囲、攻撃しているという。その報が東京につたわり、騒然とした空気にある、と記されていた。

西郷は、旧薩摩藩随一の実力者であり、明治維新最大の功績者で、かれが政府に叛旗をかかげて武力行動に出たことに、兼寛は愕然とした。

かれは、実情を知りたいと考え、手紙をポケットに入れると公使館に急ぎ、上野公使に面会を申し込んだ。

一時間ほど待たされた兼寛は、公使の部屋に通された。

かれは、薩摩藩の隊付医師として従軍し、その後、鹿児島の開成所、医学校で学んだことを述べ、西郷隆盛が挙兵したことに衝撃を受けているので、詳細を教えて欲しい、と言った。

上野は、

「私も公使としてその内乱がどのような結果をうむか大いに憂慮している。と同時に、個人としても心を痛めている。なぜかと言えば、私は旧薩摩藩士だからだ」

と、言った。

兼寛は驚き、上野の端正な顔を見つめた。上野は薩摩弁は口にしないが、そう言われてみると訛りがある。

「私は、藩閥というものを苦々しく思っている。新しい時代になったというのに、藩閥などあってはならぬのだ。君が薩摩藩領の者だということは書面で知っていたが、今までそれを口にしなかったのは、そんなことは意味がないからだ」

上野は、自分の経歴を述べた。

生れたのは鹿児島城下の塩屋町で、安政三年（一八五六）長崎におもむいて蘭学を、ついで英学を学んだ。文久二年（一八六二）に洋学研究のため上海に密航し、さらにヨーロッパへ行くことをくわだてたが失敗して長崎に送還された。

兼寛を驚かせたのは、鹿児島にもどった上野が、自分も学んだ開成所の句読教師となって英語を教授していたということであった。兼寛がそれを知らなかったのは、かれが入所した頃、すでに上野は政府に登用されて香港やハワイに外国事務掛として出張していたからであった。

上野は明治四年（一八七一）に外務省に入り、駐米弁理公使、外務少輔をへて七年に特命全権公使としてロンドンに赴任したという。

兼寛は、上野がそのような経歴から広く世界的な視野をもち、藩閥など無視しているのを知った。

「しかし、私は薩摩藩士であったことに変りはなく、この度の挙兵には胸を痛めている」

上野は、表情を曇らせた。

公使館には、それについての詳報がつたえられていて、上野は、現在まで得ている情勢を口にした。それによると、西郷軍は熊本城を攻撃したが、背後から政府軍の攻撃をうけて退却した。その後、激戦がつづき、一進一退が繰返され、三月二十日には西郷軍の堅守していた田原坂が政府軍の総攻撃によって占領された。西郷軍は、なおも奮戦し激闘をつづけたが、四月十五日に政府軍は遂に熊本に入り、本営をここに置いた。それまでの戦闘で政府軍の死傷者は七千三百余名に達したという。

「西郷軍は賊軍となった。痛々しいかぎりだ」

上野の眼には光るものが湧いていた。

兼寛は、公使館を辞した。

西郷軍には、鳥羽・伏見の戦いにつぐ奥羽戦争に従軍した歴戦の者たちも多くくわわっているのだろうが、日本国内を確実に治めている政府の兵力の前では、無力にひとしい。むろんそれを承知の上で兵を起した西郷たちには、やむにやまれぬ事情があったのだろう。

西郷は、ウイリスを鹿児島に招くことにつとめ、そのおかげで兼寛はウイリスに学び、それが海軍生徒としてイギリスに留学することにもつながった。そのような意味から、西郷は自分の恩人と言ってよく、西郷が賊軍の長という汚名をうけていることが堪えられなかった。

その後、兼寛は、西郷軍の情勢が気になって、しばしば公使館に足をむけた。

熊本を退いた西郷軍は、政府の大軍に抵抗をつづけながらも圧迫をうけて後退し、また、政府軍は海路、鹿児島湾に入り、兵を上陸させた。これに対して、西郷軍は鹿児島奪還を試み、猛攻をつづけたが成功せず、戦争は膠着状態になった。

六月下旬、再び戦闘が開始され、激しい攻防が繰返された。大勢は政府軍に有利に展開して各地を占領、八月十五日、最後の決戦がおこなわれた。両軍とも総力を傾注して一進一退の激戦となったが、兵力のまさる政府軍によって西郷軍は致命的な打撃をうけ、全線にわたって潰滅、敗走した。

西郷軍は鹿児島に突入して、占拠していた政府軍と市街戦を展開したが、戦死する者が多く、私学校と城山に退いた。後続の政府軍も、鹿児島にぞくぞくと入った。

政府軍は総攻撃を決定したが、遂に西郷軍は、九月二十一日降伏の軍使を政府軍に送った。しかし、政府軍の強硬な停戦条件に反発した西郷軍は、全員、死を覚悟して徹底抗戦を決定した。これによって二十四日午前四時、政府軍は号砲を合図に総攻撃に移った。

たちまち西郷軍は多大な損害をうけ、なおも集中砲撃を浴びせられ四分五裂の状態となった。西郷は、島津応吉邸前で流弾を腹部と腿にうけ、幕僚に介錯を命じ、絶命した。また、政府の要人でありながら、その職をなげうって西郷と行動を共にした桐野利秋も戦死し、これによって西南戦争の戦闘はやんだ。この戦争に参加した西郷軍の総兵力は三万で、これに対して、政府軍はその二倍におよぶ六万であった。

この経過を上野からきいた兼寛は、茫然として立ちつくしていた。倒幕を推し進めた鹿児島がすさまじい戦火にさらされ、維新の最大の功績者であった西郷が、桐野たちとともに惨死したことが信じられなかった。

上野も、口をつぐんだままガラス窓の外に眼をむけていた。

西南の役の悲惨な結果に暗い気持になっていた兼寛に、十一月中旬、思いもよらぬ悲報がもたらされた。

それは、富からの手紙で、故郷で一人侘住いをしていた母園の死をつたえるものであった。死去したのは十月二日で、世話をしていた園の実家の北家で葬儀をいとなみ、穆佐村小山田にある高木家の墓所に埋葬したという。

「逝去なされ」という文字が涙で薄れ、細かい無数の気泡のようなものが自分の体を包みこんでくるのを感じた。

かれの口から泣き声が噴き出た。こんなことがあってたまるか、と思った。奥羽の戦さから故郷の生家にもどってきた時、無言で近寄りしがみついてきた母の小刻みにふるえていた小さな体が思い起された。幼い子がむずかるように、自分の腕の中で体を動かしてすすり泣いていた母。

夫は死に、一人息子は遠く異国の地へ去り、母は一人きりになって淋しさで涙を流すこともしばしばだったろう。母のわずかな慰めと言えば、香華を手に夫の眠る墓地に通うことではなかったのだろうか。

たぐい稀な親不孝の息子なのだ、と思うと、新たな嗚咽がつき上げてくる。親を振り捨てるように故郷をはなれ、鹿児島から東京へと去り、父の臨終を看《み》とることもできず、今また、異国の地で母の死を知った。父の場合は墓参もできたが、海をへだてた遠い地にある身では、駈けつけることもできない。温くはぐくんでくれた父と母に自分は、子としての孝養らしいこともせず、終始背をむけ、自分のことのみを考えて突き進んできた。それを父も母も、恨むこともせず死んでいったことが哀れであった。

かれは、声をあげて泣きつづけた。

富の手紙には、「このようなお手紙を差上げるのはまことに辛う御座ります」と書かれ、また、「これよりただちに穆佐へ参り、墓参をいたします」とも記されている。富が一人、鹿児島行きの汽船の甲板に立っている姿が想像された。

それから一ヵ月後、富から手紙が来た。

穆佐村へ行った彼女は、親戚の北家の者をはじめ村人たちに温く迎え入れられ、墓地に行って香華を手向けたという。

孫の顔もみずにこの世を去った父母のことが思われ、新たに涙が流れた。

「お力を落されましたことでござりましょうが、なにとぞ御両親様への御供養と思し召され、御勉学におはげみ下されませ」

富の手紙には、切々と訴える願いがこめられていた。

かれは、涙をぬぐうこともせず、文面に眼を据えていた。

明治十一年（一八七八）を迎え、かれは、悲しみに堪えながらも学校の授業に専念し、病院での治療にはげんだ。

一月に、かれは産科学の書記に任ぜられ、三月の試験では二等賞の成績で賞金十ポンドをあたえられた。

セント・トーマス病院附属医学校で、かれが抜群の秀れた学生であることは不動のものとなり、翌四月にはイギリス外科学校の会員免状を交付された。それは、外科医としての資格を公けに認められたことを意味していた。さらに二ヵ月後には産科学の実地治療にいちじるしい進歩がみられるとして賞状を授与され、翌月の七月には、ロンドン内科学校で内科学の資格免状をうけ、これによって外科、産科、内科の医師の資格を得たのである。

これらについて、兼寛は、留学生規則にもとづき公使館にその度に報告に行っていたが、館員から大久保利通が暗殺されたことも耳にした。

五月十四日午前八時頃、内務卿の大久保が馬車で参内途中、七人の壮士に襲われて日本刀で斬られ、短刀でとどめをさされたという。

壮士たちは、その後、宮内省に自首したが、それは石川県士族島田一郎、長連豪、杉本乙彦、松田克之、橋爪武、島根県士族浅井寿篤、石川県人脇田巧一であった。かれらの殺害動機は、大久保が征韓論に強く反対し、年来の友である西郷隆盛と決裂したことに憤激したためであるようだった。大久保は、西南の役で死亡した西郷にかわって政府の中心人物として強力な支配力をもち、西南の役をはじめ士族の反乱を処置したが、壮士たちは、西郷に対する敬慕の念から大久保を斃したと判断されるという。

この暗殺事件は、日本全国に大きな衝撃をあたえている、と、館員は言った。

その後、兼寛は、島田ら七名の暗殺者が、七月二十七日に司法省臨時裁判所で死刑の判決を受け、ただちに市ケ谷監獄署で斬首されたことも知った。

兼寛は、茫然とした。

ウイリスを鹿児島へ招くのに努力してくれたのは大久保で、それに西郷も賛同し、ウイリスは鹿児島医学校の教官となった。兼寛が西洋医学の道に進むようになったのは、ウイリスを師とすることができたからで、大久保と西郷の賛同がなければ、自分の歩む道は別のものになっていたかも知れない。西郷の死につぐ大久保の死に、かれは二人の恩人を失ったことを感じた。

その年の夏は暑く、寝苦しい夜がつづいた。学校は夏期休暇に入ったが、かれは病院に行って治療に従事していた。

暑熱がようやく薄らいだ頃、富からの手紙が来た。開封したかれの視線が、文面に据えられた。

かれは頭を垂れ、身じろぎもしなかった。富の文章はひどく乱れていた。悲しみと嘆きがつづられ、「替って自分が死にたい」とも書かれている。

長女の幸子は兼寛たち夫婦にとって初めての子で、笑う顔があどけなかった。やがて這うようになり、歩くこともできるようになった。その頃から片言を口にしはじめた。富は、通勤する兼寛を幸子の手をひいて途中まで見送る。勤務が終って帰宅する折には、すでに幸子は眠っていたが、かれはその寝顔を見るのが楽しみであった。留学のため日本をはなれる頃には、幸子は、膝を揃えて坐って兼寛に朝の挨拶もするようになっていた。かれは、幸子を膝の上にのせて酒を飲んだこともある。色白で眼が大きく、澄んだ声でよく笑う子であった。

それから二年、六歳になった幸子が七月四日に死んだという。高熱を発し、医師を呼んだ時にはすでに手遅れだったというが、自分が家にいたら顔色その他から異常に気づき、早目に手当ができたにちがいない。母の死についで娘の死を知ったかれは、親不孝の息子であるとともに、子に対しても父としての役目を果せなかったのを感じた。

それにしても、冷静な富の取乱した手紙の文面が気がかりだった。常に子とともに過してきた富の悲しみの深さが思われた。

かれは、ペンをとり、幸子の死を知った悲しみを書き、気をたしかに持って残された長男喜寛の養育に力をつくして欲しい、と慰めの言葉をつづった。

かれは、気持をふるい立たせて勉学と病院勤務につとめていたが、その年の暮れに、またも悲報が富からもたらされた。

義父瀬脇寿人の死であった。

瀬脇は、ウラジオストックに開設された貿易事務所の所長として赴任して以来、ウラジオストックの港が凍結する十月下旬から五月まで日本に帰って外務省に勤務し、翌年六月上旬にウラジオストックにもどることを繰返していた。その年も十月下旬に帰国のためウラジオストックから函館行きの船に乗ったが、船中で発病し、死亡したという。遺体は、水葬に付された。五十七歳であった。

父の遺骨も手にできなかった富が憐れであった。日本屈指の英文学者であり、その教えを受けた者には西周、神田孝平らがいる。読売新聞の創刊にも関与し、官吏というよりは学者であった。

兼寛は、富の手紙を手にしたまま茫然としていた。留学してから、母、娘、義父の死を報されたが、相つぐ訃報に自分はなにかに呪《のろ》われているのではないか、と空恐しささえ感じた。

かれはその夜、富と義母の賀野に悔みの手紙を出した。

明治十二年（一八七九）が明け、兼寛は三十一歳になった。

前年から当直内科医を勤めていたので二月に勤務成績優秀による賞状をうけ、さらに当直外科医として同じように表彰された。七月には、外科、内科、解剖学の試験をうけてそれぞれ一等賞の成績をおさめ、チェセルデン銀賞牌を授けられた。その賞牌は、イギリス外科学を代表するセント・トーマス病院の偉大な外科医であったチェセルデンの業績を記念してもうけられたもので、セント・トーマス病院附属医学校の最高外科賞牌であった。

また、その月に医学全般のいちじるしい進歩と品行方正の賞として金賞牌も授けられ、かれは名実ともに医学校で最も秀れた医学生となった。

九月十五日、日本から海軍生徒としてセント・トーマス病院医学校に入学するため派遣されてきた者がいた。実吉《さねよし》安純であった。

実吉は、兼寛が海軍少医監（少佐待遇）として留学のため日本をはなれた頃、二階級下の中軍医（中尉待遇）であった。

兼寛は、海軍病院に勤務中、実吉が同じ薩摩国の生れで、しかも維新戦争に薩摩藩隊付の漢方医として従軍したことを知り、親密感をいだいた。かれは、実吉と酒を酌み交すことが多かったが、実吉から従軍した折のことをきいた。それによると、実吉は、鳥羽・伏見の戦いをへて薩摩藩外城一番隊付医師として越後口征討軍にくわわり、米沢、山形まで行った。実吉は、兼寛と同じように戦傷者の治療などできず、自分の非力を嘆いて西洋医学を学ぼうと志したという。

その後、箱館戦争にむかう薩摩軍に従軍して箱館におもむいたが、すでに五稜郭が陥落していたので帰京した。そして明治二年六月、佐倉の順天堂に入塾して念願であった西洋医学を学び、主宰の佐藤舜海が政府に招かれて大学東校の主宰となったのにしたがって上京し、同校に入学した。かれは、大学東校で物理学、化学、解剖学等の試験に首席の成績をおさめ、卒業後、海軍に入った。兼寛が九等出仕（中尉待遇）で海軍に入った時、実吉は十二等出仕（曹長待遇）で、その時から交りをむすんでいたのである。

母、長女、義父の相つぐ死の報せに気持が沈んでいたかれは、親しい実吉が来たことに悲しみも幾分薄らぐのを感じた。

兼寛は、実吉から日本の話をむさぼるようにきいた。かれが面映ゆく感じたのは、セント・トーマス病院で最優秀の成績をおさめていることが、上野公使から外務省をへて海軍省につたえられ、海軍軍医寮ではそれが明るい話題となり、学生に医学を教えているアンダーソンは驚嘆し、喜んでいるという。

兼寛が抜群の成績をおさめているので実吉の入学許可もすぐに降り、ロンドンにやってきたのだ、と言った。

翌月の十月に実吉は、セント・トーマス病院附属医学校で講義をうけるようになった。兼寛は、かれの学業になにくれと助言をあたえ、はげました。

十一月六日、上野公使が五年間のイギリス駐在を解かれて帰国し、森有礼が代って着任した。森も旧薩摩藩士で、兼寛は実吉とともに夕食に招かれた。

その席で、森は、

「イギリスの物価は上昇しているが、現在の留学費では苦しいのではないか」

と、言った。赴任前、創設された東京学士院の会員にもなっていた森は、学術にたずさわる者への理解が深かった。

たしかに留学生としての生活は、五年前にロンドンに来た時よりはるかに苦しくなっていた。新聞統計によっても、紙幣の価値は低落していて、五年前には一年の留学費として支給される千円が英貨で約二百ポンドであったのに、現在では百四十四ポンドにしかならない。兼寛は、極力節約につとめ、服もすりきれていたが新調せず、病院関係者との付き合いも避けるようにして辛うじて生活をしていた。

「遠慮せずに申せ。君だけのことではなく、留学生全般に関係することなのだ。わが国が国費を支出して留学生を送り出しているのは、学術をしっかりと身につけさせるためだ。金銭のことでそれに支障があってはならぬのだ」

森の言葉に、兼寛は、

「実は……」

と言って、実情を率直に述べた。

生活するのにどうしても出費しなければならぬのは、下宿料三十九ポンド、食事代七十三ポンド、それと散髪代、入浴料、洗濯代、交通費が二十四ポンドかかるので、それを差引くと残りは八ポンドしかない。

「やはり、そうか。それでは、現在、イギリスに留学している者が連名で海軍卿宛の願書を作成せよ。私がただちに海軍省へ送る」

森は、指示した。

兼寛は早速、ロンドンに共に来てイギリス兵学校に留学している舟木練太郎、遠藤喜太郎、宮原次郎、丸田秀実に手紙を書き、翌週、実吉と公使館に行くと、すでにかれらは待っていた。かれらとは、留学以来顔を合わせたことがなかったので、兼寛はなつかしく、かれらと握手をかわした。

舟木たち以外に二人の青年がいた。それは、実吉とともに日本からロンドンまで一緒に来た川村正介と伊集院五郎で、新たに留学生としてイギリス海軍兵学校に入学していた。

兼寛は、舟木たちに実吉を紹介し、川村と伊集院に初対面の挨拶をした。

テーブルをかこんで坐ったかれらに、兼寛は、森公使と留学費についての話をし、森から願書を海軍卿宛に出すようすすめられた事情を説明した。

舟木たちは、たしかに支給される留学費年額千円では生活がきわめて苦しいことを口にし、それぞれ多少の差はあるが借金をしている、と言った。

「千円という大金を頂戴しているので、贅沢は言えぬ、と節約につとめてきたが、ロンドンでは金に羽がついたように飛んでゆく」

丸田の言葉に、兼寛たちは笑いながらもうなずいた。

兼寛は、表情をあらためると、

「森公使殿は、日本海軍軍人としての体面もあるし、遠慮せず願書を提出せよ、と申された。これ以上、国費を頂戴するのは心苦しいが、公使殿のお言葉に甘えてよいのではないかとも思う」

と、言った。

一同、異存はなく、舟木が案文を作り、それを他の者たちが口ぞえをして修正し、願書を作成した。それには、ロンドンの紙幣価値が低下したため留学生活が苦しくなっていることを各費目をあげて詳細に書き、従来の年額千円では生活するのに苦しいので、

「何卒私共ニ銀貨ニテ一ケ月百円ヅツ御渡シ被﹂下度候」

と記し、さらに各自が例外なく借金しているので、この分として一人に五十六ポンドずついただきたい、と書き添えた。

かれらはそれに連署し、宛名を海軍卿川村純義殿と記した。

それを受取った森公使は、明治十三年（一八八〇）一月十五日付で本国へ送ってくれた。

春の気配が濃くなった頃、病院勤務にはげむ兼寛に、思いがけぬ人の訪れがあった。それは、お雇い外国人として海軍の医学生に医学を教えていたアンダーソンであった。アンダーソンは、軍医寮学舎で第一回の卒業生を出して任務も終えたので、一月二十五日に東京を発し、ロンドンに帰ってきたのだという。

兼寛は喜び、実吉も呼んで、アンダーソンと言葉をかわした。

アンダーソンは、兼寛に、

「貴方ハ、医学校デ最優秀ノ学生デアリ、勤務医トシテモ卓越シテイルコトヲ、私ハ知ッテイル。貴方ヲ私ノ母校ニ紹介シタ私ハ、大イニ面目ヲホドコシタ。私ハ、非常ニ嬉シイ」

と言って、握手した。

兼寛は、

「貴方ノ推薦デ素晴シイ学校ニ入レサセテモライ、感謝シテイル」

と、答えた。

アンダーソンは、日本の海軍軍医を志す学生は優秀で、自分の期待にこたえて満足できる学業を身につけたと言い、日本での七年間は実に快適だった、となつかしそうに話したりした。かれは、すでにセント・トーマス病院に外科医として勤務するかたわら、医学校で解剖学を教授することにきまっていることも口にした。

実吉につづいてアンダーソンが身近にいるようになったことに、兼寛は明るい気分になった。

五月、兼寛は、イギリス外科学校のフェローシップ免状を授与された。それは、外科医の最高の栄誉とされている学位で、医学校の教授になる資格も得たのである。

また、海軍省は兼寛たちの提出した願書をうけ入れ、その月から留学費として月額百円ずつが支給されるようになった。

フェローシップ免状を授与されたことで、兼寛の留学生としての医学修業は終った。かれは医学を学習する身から教える立場になったのである。

森公使は、兼寛が学位を得たことを喜び、留学生としての任務を終えたことも認め、

「帰国は、君の自由だ。せっかくの機会だからイギリスの繁栄を見てまわるようにしたらよい」

と、言った。

兼寛は、五年前にロンドンに来てから医学の勉強に専念し、下宿から医学校と病院を往復するだけで日を過した。市内見物をする時間が惜しかったし、限られた留学費ではそのようなゆとりもなかったのだ。

森公使の言葉にしたがって、かれは、ロンドン市内を歩きまわった。

噂にきいていたロンドン名物のテームズトンネルにも足をむけた。それは、テームズ河の下を貫く長さ一、二〇〇フィート、幅一四フィート、高さ一六・五フィートの二本のトンネルで、トンネル内には、人はもちろん馬車も往き来している。兼寛は、

イギリスの科学技術水準の高さに驚嘆した。その他、キングスカレッジ病院、造船所、王立造幣局やイギリス海軍兵学校、天文台なども見学した。

秋を迎え、帰国のせまった兼寛の送別パーティーが開かれた。友人以外に教授たちも夫人を同伴して出席し、別れを惜しんでくれた。アンダーソンは、スピーチで日本の学問を志す者の優秀さを口にし、それは、カネヒロ・タカキを見てもわかるだろう、と述べ、列席者は一斉に拍手した。

兼寛は、森公使に帰国の挨拶をし、ドーバー港から香港行きの汽船に乗った。スエズからインド洋経由の航路をえらんだのだ。

かれは、遠ざかるイギリスの陸地に眼をむけながら長い間、甲板に立っていた。

（下巻につづく）

本書は一九九四年五月に小社より刊行された文庫の新装版です。

|著者|吉村 昭　1927年東京生まれ。学習院大学国文科中退。'66年『星への旅』で太宰治賞を受賞する。徹底した史実調査には定評があり、『戦艦武蔵』で作家としての地位を確立。その後、菊池寛賞、吉川英治文学賞、毎日芸術賞、読売文学賞、芸術選奨文部大臣賞、日本芸術院賞、大佛次郎賞などを受賞する。日本芸術院会員。2006年79歳で他界。主な著書に『三陸海岸大津波』『関東大震災』『陸奥爆沈』『破獄』『ふぉん・しいほるとの娘』『冷い夏、熱い夏』『桜田門外ノ変』『暁の旅人』『白い遠景』などがある。

新装版《しんそうばん》　白《しろ》い航跡《こうせき》(上)
吉村《よしむら》 昭《あきら》

2009年12月15日第1刷発行
2025年5月27日第15刷発行

発行者——篠木和久
発行所——株式会社　講談社
東京都文京区音羽2-12-21　〒112-8001
電話　出版（03）5395-3510
販売（03）5395-5817
業務（03）5395-3615

Printed in Japan

講談社文庫
定価はカバーに
表示してあります

KODANSHA

デザイン—菊地信義
本文データ制作—講談社デジタル製作
印刷———株式会社KPSプロダクツ
製本———株式会社KPSプロダクツ

ISBN978-4-06-276541-1

講談社文庫刊行の辞

二十一世紀の到来を目睫に望みながら、われわれはいま、人類史上かつて例を見ない巨大な転換期をむかえようとしている。

世界も、日本も、激動の予兆に対する期待とおののきを内に蔵して、未知の時代に歩み入ろうとしている。このときにあたり、創業の人野間清治の「ナショナル・エデュケイター」への志を現代に甦らせようと意図して、われわれはここに古今の文芸作品はいうまでもなく、ひろく人文・社会・自然の諸科学から東西の名著を網羅する、新しい綜合文庫の発刊を決意した。

激動の転換期はまた断絶の時代である。われわれは戦後二十五年間の出版文化のありかたへの深い反省をこめて、この断絶の時代にあえて人間的な持続を求めようとする。いたずらに浮薄な商業主義のあだ花を追い求めることなく、長期にわたって良書に生命をあたえようとつとめるところにしか、今後の出版文化の真の繁栄はあり得ないと信じるからである。

同時にわれわれはこの綜合文庫の刊行を通じて、人文・社会・自然の諸科学が、結局人間の学にほかならないことを立証しようと願っている。かつて知識とは、「汝自身を知る」ことにつきていた。現代社会の瑣末な情報の氾濫のなかから、力強い知識の源泉を掘り起し、技術文明のただなかに、生きた人間の姿を復活させること。それこそわれわれの切なる希求である。

われわれは権威に盲従せず、俗流に媚びることなく、渾然一体となって日本の「草の根」をかたちづくる若く新しい世代の人々に、心をこめてこの新しい綜合文庫をおくり届けたい。それは知識の泉であるとともに感受性のふるさとであり、もっとも有機的に組織され、社会に開かれた万人のための大学をめざしている。大方の支援と協力を衷心より切望してやまない。

一九七一年七月

野間省一

藤井邦夫　仇《あだ》討《う》ち異聞〈大江戸閻魔帳(八)〉
福澤徹三 糸《し》柳《りゅう》寿《とし》昭《あき》　忌《い》み地〈怪談社奇聞録〉
福澤徹三 糸柳寿昭　忌み地 弐〈怪談社奇聞録〉
福澤徹三 糸柳寿昭　忌み地 惨〈怪談社奇聞録〉
福澤徹三 糸柳寿昭　忌み地 屍《し》〈怪談社奇聞録〉
福澤徹三　作家ごはん
藤井太洋　ハロー・ワールド
藤野嘉子　生き方がラクになる 60歳からは「小さくする」暮らし
富良野馨《かおる》　この季節が嘘だとしても
藤井聡太 山中伸弥　前人未到
藤井聡太 丹羽宇一郎　考えて、考えて、考える
伏尾美紀　北緯43度のコールドケース
ブレイディみかこ　ブロークン・ブリテンに聞け〈社会・政治時評クロニクル 2018-2023〉
福井県立図書館　100万回死んだねこ〈覚え違いタイトル集〉
辺見庸　抵抗論
星新一　エヌ氏の遊園地
星新一編　ショートショートの広場①〜⑨
本田靖春　不当逮捕
保阪正康　昭和史 七つの謎
堀江敏幸　熊の敷石
本格ミステリ作家クラブ編　ベスト本格ミステリ TOP5〈短編傑作選002〉
本格ミステリ作家クラブ編　ベスト本格ミステリ TOP5〈短編傑作選003〉
本格ミステリ作家クラブ編　ベスト本格ミステリ TOP5〈短編傑作選004〉
本格ミステリ作家クラブ選・編　本格王2019
本格ミステリ作家クラブ選・編　本格王2020
本格ミステリ作家クラブ選・編　本格王2021
本格ミステリ作家クラブ選・編　本格王2022
本格ミステリ作家クラブ選・編　本格王2023
本格ミステリ作家クラブ選・編　本格王2024
本多孝好　君の隣に
本多孝好　チェーン・ポイズン〈新装版〉
穂村弘　整形前夜
穂村弘　ぼくの短歌ノート
穂村弘　野良猫を尊敬した日
堀川アサコ　幻想郵便局
堀川アサコ　幻想映画館
堀川アサコ　幻想日記店
堀川アサコ　幻想探偵社
堀川アサコ　幻想温泉郷
堀川アサコ　幻想短編集
堀川アサコ　幻想寝台車
堀川アサコ　幻想蒸気船
堀川アサコ　幻想商店街
堀川アサコ　幻想遊園地
堀川アサコ　殿の幽便配達〈幻想郵便局短編集〉
堀川アサコ　魔法使ひ
堀川アサコ　メゲるときも、すこやかなるときも
本城雅人　境界〈横浜中華街・潜伏捜査〉
本城雅人　スカウト・デイズ
本城雅人　スカウト・バトル
本城雅人　嗤うエース
本城雅人　贅沢のススメ
本城雅人　誉れ高き勇敢なブルーよ
本城雅人　シューメーカーの足音
本城雅人　ミッドナイト・ジャーナル
本城雅人　紙の城
本城雅人　監督の問題

本城雅人　去り際のアーチ〈もう一打席！〉
本城雅人　時代
本城雅人　オールドタイムズ
堀川惠子　裁かれた命〈死刑囚から届いた手紙〉
堀川惠子　死刑の基準〈「永山裁判」が遺したもの〉
堀川惠子　永山則夫〈封印された鑑定記録〉
堀川惠子　教誨師
堀川惠子　戦禍に生きた演劇人たち〈演出家・八田元夫と「桜隊」の悲劇〉
堀川惠子　暁の宇品〈陸軍船舶司令官たちのヒロシマ〉
堀川惠子／小笠原信之　チンチン電車と女学生〈1945年8月6日・ヒロシマ〉
誉田哲也　Qros《キュロス》の女
松本清張　黄色い風土
松本清張　殺人行おくのほそ道(上)(下)
松本清張　邪馬台国　清張通史①
松本清張　空白の世紀　清張通史②
松本清張　カミと青銅の迷路　清張通史③
松本清張　天皇と豪族　清張通史④
松本清張　壬申の乱　清張通史⑤
松本清張　古代の終焉　清張通史⑥
松本清張　新装版 増上寺刃傷
松本清張　ガラスの城〈新装版〉
松本清張　黒い樹海〈新装版〉
松本清張　草の陰刻(上)(下)〈新装版〉
松本清張他　日本史七つの謎
松谷みよ子　ちいさいモモちゃん
松谷みよ子　モモちゃんとアカネちゃん
松谷みよ子　アカネちゃんの涙の海
眉村卓　ねらわれた学園
眉村卓　なぞの転校生
眉村卓　その果てを知らず
麻耶雄嵩　翼ある闇〈メルカトル鮎最後の事件〉
麻耶雄嵩　痾《あ》
麻耶雄嵩　メルカトルかく語りき
麻耶雄嵩　夏と冬の奏鳴曲《ソナタ》〈新装改訂版〉
麻耶雄嵩　メルカトル悪人狩り
麻耶雄嵩　神様ゲーム
町田康　耳そぎ饅頭
町田康　権現の踊り子
町田康　浄土
町田康　猫にかまけて
町田康　猫のあしあと
町田康　猫とあほんだら
町田康　猫のよびごえ
町田康　真実真正日記
町田康　宿屋めぐり
町田康　人間小唄
町田康　スピンク日記
町田康　スピンク合財帖
町田康　スピンクの壺
町田康　スピンクの笑顔
町田康　ホサナ
町田康　猫のエルは
町田康　記憶の盆をどり
舞城王太郎　煙か土か食い物〈Smoke, Soil or Sacrifices〉
舞城王太郎　好き好き大好き超愛してる。
舞城王太郎　私はあなたの瞳の林檎
舞城王太郎　されど私の可愛い檸檬

舞城王太郎　畏《おそ》れ入谷《いりや》の彼女の柘榴《ざくろ》
舞城王太郎　短篇七芒星
真山　仁　虚像の砦
真山　仁　新装版 ハゲタカ(上)(下)
真山　仁　新装版 ハゲタカII(上)(下)
真山　仁　レッドゾーン(上)(下)
真山　仁　グリード〈ハゲタカIV〉(上)(下)
真山　仁　ハーディ〈ハゲタカ2・5〉(上)(下)
真山　仁　スパイラル〈ハゲタカ4・5〉
真山　仁　シンドローム(上)(下)〈ハゲタカ5〉
真山　仁　そして、星の輝く夜がくる
真梨幸子　孤《こ》虫《ちゅう》症《しょう》
真梨幸子　深く深く、砂に埋めて
真梨幸子　女ともだち
真梨幸子　えんじ色心中
真梨幸子　カンタベリー・テイルズ
真梨幸子　イヤミス短篇集
真梨幸子　人生相談。
真梨幸子　私が失敗した理由は
真梨幸子　三匹の子豚
真梨幸子　まりも日記
真梨幸子　さっちゃんは、なぜ死んだのか?
松本裕士　兄　弟〈追憶のhide〉
円居　挽／原作 福本伸行　カイジ ファイナルゲーム 小説版
松岡圭祐　探偵の探偵
松岡圭祐　探偵の探偵II
松岡圭祐　探偵の探偵III
松岡圭祐　探偵の探偵IV
松岡圭祐　水鏡推理
松岡圭祐　水鏡推理II〈インパクトファクター〉
松岡圭祐　水鏡推理III〈パレイドリア・フェイス〉
松岡圭祐　水鏡推理IV〈アノマリー〉
松岡圭祐　水鏡推理V〈ニュークリアフュージョン〉
松岡圭祐　水鏡推理VI〈クロノスタシス〉
松岡圭祐　探偵の鑑定I
松岡圭祐　探偵の鑑定II
松岡圭祐　万能鑑定士Qの最終巻〈ムンクの〈叫び〉〉
松岡圭祐　黄砂の籠城(上)(下)
松岡圭祐　シャーロック・ホームズ対伊藤博文
松岡圭祐　八月十五日に吹く風
松岡圭祐　生きている理由
松岡圭祐　黄砂の進撃
松岡圭祐　瑕《か》疵《し》借り
松原　始　カラスの教科書
益田ミリ　五年前の忘れ物
益田ミリ　お茶の時間
マキタスポーツ　一億総ツッコミ時代〈決定版〉
丸山ゴンザレス　ダークツーリスト〈世界の混沌《カオス》を歩く〉
松田賢弥　したたか 総理大臣・菅義偉の野望と人生
真下みこと　#柚莉愛《ゆりあ》とかくれんぼ
真下みこと　あさひは失敗しない
松野大介　インフォデミック〈コロナ情報氾濫〉
松居大悟　またね家族
前川　裕　逸脱刑事
前川　裕　公務執行の罠〈逸脱刑事〉
前川　裕　感情麻痺学院
柾木政宗　NO推理、NO探偵?〈謎、解いてます!〉

松下隆一　侠《きゃん》
三島由紀夫／TBSヴィンテージクラシックス編　告白　三島由紀夫未公開インタビュー
三浦綾子　ひつじが丘
三浦綾子　岩に立つ
三浦綾子　あのポプラの上が空〈新装版〉
三浦明博　滅びのモノクローム
三浦明博　五郎丸の生涯
宮尾登美子　新装版 天璋院篤姫(上)(下)
宮尾登美子　新装版 一絃の琴
宮尾登美子　東福門院和子《まさこ》の涙(上)(下)〈レジェンド歴史時代小説〉
皆川博子　クロコダイル路地
宮本　輝　骸骨ビルの庭(上)(下)
宮本　輝　新装版 二十歳《はたち》の火影《ほかげ》
宮本　輝　新装版 命の器
宮本　輝　新装版 避暑地の猫
宮本　輝　新装版 ここに地終わり 海始まる(上)(下)
宮本　輝　新装版 花の降る午後(上)(下)
宮本　輝　新装版 オレンジの壺(上)(下)
宮本　輝　にぎやかな天地(上)(下)

宮本　輝　新装版 朝の歓び(上)(下)
宮城谷昌光　夏姫春秋(上)(下)
宮城谷昌光　花の歳月
宮城谷昌光　重耳《ちょうじ》(全三冊)
宮城谷昌光　介《かい》子《し》推《すい》
宮城谷昌光　孟嘗君 全五冊
宮城谷昌光　子産(上)(下)
宮城谷昌光　湖底の城〈呉越春秋〉一
宮城谷昌光　湖底の城〈呉越春秋〉二
宮城谷昌光　湖底の城〈呉越春秋〉三
宮城谷昌光　湖底の城〈呉越春秋〉四
宮城谷昌光　湖底の城〈呉越春秋〉五
宮城谷昌光　湖底の城〈呉越春秋〉六
宮城谷昌光　湖底の城〈呉越春秋〉七
宮城谷昌光　湖底の城〈呉越春秋〉八
宮城谷昌光　湖底の城 九
宮城谷昌光　侠骨記〈新装版〉
水木しげる　コミック昭和史1〈関東大震災～満州事変〉
水木しげる　コミック昭和史2〈満州事変～日中全面戦争〉

水木しげる　コミック昭和史3〈日中全面戦争～太平洋戦争開始〉
水木しげる　コミック昭和史4〈太平洋戦争前半〉
水木しげる　コミック昭和史5〈太平洋戦争後半〉
水木しげる　コミック昭和史6〈終戦から朝鮮戦争〉
水木しげる　コミック昭和史7〈講和から復興〉
水木しげる　コミック昭和史8〈高度成長以降〉
水木しげる　敗走記
水木しげる　白い旗
水木しげる　姑《クー》娘《ニャン》
水木しげる　決定版 日本妖怪大全〈妖怪・あの世・神様〉
水木しげる　ほんまにオレはアホやろか
水木しげる　総員玉砕せよ!〈新装完全版〉
宮部みゆき　新装版 震える岩〈霊験お初捕物控〉
宮部みゆき　新装版 天狗風〈霊験お初捕物控〉
宮部みゆき　ICO《イコ》—霧の城—(上)(下)
宮部みゆき　ぼんくら(上)(下)
宮部みゆき　新装版 日暮らし(上)(下)
宮部みゆき　おまえさん(上)(下)
宮部みゆき　小暮写眞館(上)(下)

宮部みゆき　ステップファザー・ステップ〈新装版〉
宮子あずさ　看護婦が見つめた人間が死ぬということ
宮本昌孝　家康、死す(上)(下)
三津田信三　忌《い》館《かん》〈ホラー作家の棲む家〉
三津田信三　作者不詳(上)(下)〈ミステリ作家の読む本〉
三津田信三　蛇《じゃ》棺《かん》葬《そう》
三津田信三　百《ひゃく》蛇《じゃ》堂《どう》〈怪談作家の語る話〉
三津田信三　厭魅《まじもの》の如き憑くもの
三津田信三　凶鳥《まがとり》の如き忌むもの
三津田信三　首無《くびなし》の如き祟るもの
三津田信三　山魔《やまんま》の如き嗤《わら》うもの
三津田信三　水魑《みづち》の如き沈むもの
三津田信三　密室《ひめむろ》の如き籠《こも》るもの
三津田信三　生霊《いきだま》の如き重《だぶ》るもの
三津田信三　幽女《ゆうじょ》の如き怨むもの
三津田信三　碆霊《はえだま》の如き祀るもの
三津田信三　魔偶《まぐう》の如き齎《もたら》すもの
三津田信三　忌名《いな》の如き贄《にえ》るもの
三津田信三　シェルター　終末の殺人
三津田信三　ついてくるもの
三津田信三　誰かの家
三津田信三　忌《い》物《ぶつ》堂《どう》鬼《き》談《だん》
道尾秀介　カラスの親指〈by rule of CROW's thumb〉
道尾秀介　カエルの小指〈a murder of crows〉
道尾秀介　水の柩
深《み》木《き》章《あき》子《こ》　鬼畜の家
湊かなえ　リバース
宮内悠介　彼女がエスパーだったころ
宮内悠介　偶然の聖地
宮乃《みやの》崎桜子《さきさくらこ》　綺《き》羅《ら》の皇女《ひめみこ》(1)
宮乃崎桜子　綺羅の皇女(2)
三國青葉　損料屋見鬼《けんき》控え 1
三國青葉　損料屋見鬼控え 2
三國青葉　損料屋見鬼控え 3
三國青葉　福　猫　屋〈お佐和のねこだすけ〉
三國青葉　福　猫　屋〈お佐和のねこかし〉
三國青葉　福　猫　屋〈お佐和のねこわずらい〉
三國青葉　母上は別式《べつしき》女《め》
三國青葉　母上は別式女 2
宮西真冬　誰かが見ている
宮西真冬　首　の　鎖
宮西真冬　友　達　未　遂
宮西真冬　毎日世界が生きづらい
南　杏子　希望のステージ
嶺里俊介　だいたい本当の奇妙な話
嶺里俊介　ちょっと奇妙な怖い話
溝口　敦　喰うか喰われるか〈私の山口組体験〉
三谷幸喜／松野大介　三谷幸喜　創作を語る
三嶋龍朗／協力 小泉徳宏　小説　父と僕の終わらない歌
村上　龍　愛と幻想のファシズム(上)(下)
村上　龍　村上龍料理小説集
村上　龍　新装版　限りなく透明に近いブルー
村上　龍　新装版　コインロッカー・ベイビーズ
村上　龍　歌うクジラ(上)(下)
向田邦子　新装版　眠　る　盃
向田邦子　新装版　夜中の薔薇
村上春樹　風の歌を聴け

村上春樹 1973年のピンボール
村上春樹 羊をめぐる冒険 (上)(下)
村上春樹 カンガルー日和
村上春樹 回転木馬のデッド・ヒート
村上春樹 ノルウェイの森 (上)(下)
村上春樹 ダンス・ダンス・ダンス (上)(下)
村上春樹 遠い太鼓
村上春樹 国境の南、太陽の西
村上春樹 やがて哀しき外国語
村上春樹 アンダーグラウンド
村上春樹 スプートニクの恋人
村上春樹 アフターダーク
村上春樹 佐々木マキ絵 羊男のクリスマス
村上春樹 佐々木マキ絵 ふしぎな図書館
村上春樹 糸井重里 夢で会いましょう
村上春樹・文 安西水丸・絵 ふわふわ
U・K・ル＝グウィン 村上春樹訳 空飛び猫
U・K・ル＝グウィン 村上春樹訳 帰ってきた空飛び猫
U・K・ル＝グウィン 村上春樹訳 素晴らしいアレキサンダーと、空飛び猫たち
U・K・ル＝グウィン 村上春樹訳 空を駆けるジェーン
T・ファリッシュ著 B・ルート絵 村上春樹訳 ポテト・スープが大好きな猫
村山由佳 天翔る
睦月影郎 密通妻
睦月影郎 快楽アクアリウム
向井万起男 渡る世間は「数字」だらけ
村田沙耶香 授乳
村田沙耶香 マウス
村田沙耶香 星が吸う水
村田沙耶香 殺人出産
村瀬秀信 気がつけばチェーン店ばかりでメシを食べている
村瀬秀信 それでも気がつけばチェーン店ばかりでメシを食べている
村瀬秀信 地方に行っても気がつけばチェーン店ばかりでメシを食べている
虫眼鏡 東海オンエアの動画が6.4倍楽しくなる本〈虫眼鏡の概要欄 クロニクル〉
森村誠一 悪道
森村誠一 悪道 西国謀反
森村誠一 悪道 御三家の刺客
森村誠一 悪道 五右衛門の復讐
森村誠一 悪道 最後の密命
森村誠一 ねこの証明
毛利恒之 月光の夏
森博嗣 すべてがFになる〈THE PERFECT INSIDER〉
森博嗣 冷たい密室と博士たち〈DOCTORS IN ISOLATED ROOM〉
森博嗣 笑わない数学者〈MATHEMATICAL GOODBYE〉
森博嗣 詩的私的ジャック〈JACK THE POETICAL PRIVATE〉
森博嗣 封印再度〈WHO INSIDE〉
森博嗣 幻惑の死と使途〈ILLUSION ACTS LIKE MAGIC〉
森博嗣 夏のレプリカ〈REPLACEABLE SUMMER〉
森博嗣 今はもうない〈SWITCH BACK〉
森博嗣 数奇にして模型〈NUMERICAL MODELS〉
森博嗣 有限と微小のパン〈THE PERFECT OUTSIDER〉
森博嗣 黒猫の三角〈Delta in the Darkness〉
森博嗣 人形式モナリザ〈Shape of Things Human〉
森博嗣 月は幽咽のデバイス〈The Sound Walks When the Moon Talks〉
森博嗣 夢・出逢い・魔性〈You May Die in My Show〉
森博嗣 魔剣天翔〈Cockpit on knife Edge〉
森博嗣 恋恋蓮歩の演習〈A Sea of Deceits〉
森博嗣 六人の超音波科学者〈Six Supersonic Scientists〉

講談社文庫　目録

森　博嗣　捩れ屋敷の利鈍〈The Riddle in Torsional Nest〉
森　博嗣　朽ちる散る落ちる〈Rot off and Drop away〉
森　博嗣　赤　緑　黒　白〈Red Green Black and White〉
森　博嗣　四季　春～冬
森　博嗣　φ《ファイ》は壊れたね〈PATH CONNECTED φ BROKE〉
森　博嗣　θ《シータ》は遊んでくれたよ〈ANOTHER PLAYMATE θ〉
森　博嗣　τ《タウ》になるまで待って〈PLEASE STAY UNTIL τ〉
森　博嗣　ε《イプシロン》に誓って〈SWEARING ON SOLEMN ε〉
森　博嗣　λ《ラムダ》に歯がない〈λ HAS NO TEETH〉
森　博嗣　η《イータ》なのに夢のよう〈DREAMILY IN SPITE OF η〉
森　博嗣　目薬α《アルファ》で殺菌します〈DISINFECTANT α FOR THE EYES〉
森　博嗣　ジグβ《ベータ》は神ですか〈JIG β KNOWS HEAVEN〉
森　博嗣　キウイγ《ガンマ》は時計仕掛け〈KIWI γ IN CLOCKWORK〉
森　博嗣　χ《カイ》の悲劇〈THE TRAGEDY OF χ〉
森　博嗣　ψ《プサイ》の悲劇〈THE TRAGEDY OF ψ〉
森　博嗣　イナイ×イナイ〈PEEKABOO〉
森　博嗣　キラレ×キラレ〈CUTTHROAT〉
森　博嗣　タカイ×タカイ〈CRUCIFIXION〉
森　博嗣　ムカシ×ムカシ〈REMINISCENCE〉
森　博嗣　サイタ×サイタ〈EXPLOSIVE〉
森　博嗣　ダマシ×ダマシ〈SWINDLER〉
森　博嗣　女王の百年密室〈GOD SAVE THE QUEEN〉
森　博嗣　迷宮百年の睡魔〈LABYRINTH IN ARM OF MORPHEUS〉
森　博嗣　赤目姫の潮解〈LADY SCARLET EYES AND HER DELIQUESCENCE〉
森　博嗣　馬鹿と嘘の弓〈Fool Lie Bow〉
森　博嗣　歌の終わりは海〈Song End Sea〉
森　博嗣　まどろみ消去〈MISSING UNDER THE MISTLETOE〉
森　博嗣　地球儀のスライス〈A SLICE OF TERRESTRIAL GLOBE〉
森　博嗣　レタス・フライ〈Lettuce Fry〉
森　博嗣　僕は秋子に借りがある I'm in Debt to Akiko〈森博嗣自選短編集〉
森　博嗣　どちらかが魔女 Which is the Witch?〈森博嗣シリーズ短編集〉
森　博嗣　喜嶋先生の静かな世界〈The Silent World of Dr.Kishima〉
森　博嗣　そして二人だけになった〈Until Death Do Us Part〉
森　博嗣　つぶやきのクリーム〈The cream of the notes〉
森　博嗣　ツンドラモンスーン〈The cream of the notes 4〉
森　博嗣　つぼみ茸《きのこ》ムース〈The cream of the notes 5〉
森　博嗣　つぶさにミルフィーユ〈The cream of the notes 6〉
森　博嗣　月夜のサラサーテ〈The cream of the notes 7〉
森　博嗣　つんつんブラザーズ〈The cream of the notes 8〉
森　博嗣　ツベルクリンムーチョ〈The cream of the notes 9〉
森　博嗣　追懐のコヨーテ〈The cream of the notes 10〉
森　博嗣　積み木シンドローム〈The cream of the notes 11〉
森　博嗣　妻のオンパレード〈The cream of the notes 12〉
森　博嗣　つむじ風のスープ〈The cream of the notes 13〉
森　博嗣　カクレカラクリ〈An Automaton in Long Sleep〉
森　博嗣　DOG&DOLL
森　博嗣　アンチ整理術〈Anti-Organizing Life〉
森　博嗣　森には森の風が吹く〈My wind blows in my forest〉
萩尾望都　森　博嗣　原作　トーマの心臓〈Lost heart for Thoma〉
諸田玲子　森家の討ち入り
森　達也　すべての戦争は自衛から始まる
本谷有希子　腑抜けども、悲しみの愛を見せろ
本谷有希子　江利子と絶対〈本谷有希子文学大全集〉
本谷有希子　あの子の考えることは変
本谷有希子　嵐のピクニック
本谷有希子　自分を好きになる方法
本谷有希子　異類婚姻譚

本谷有希子 静かに、ねえ、静かに
茂木健一郎 「赤毛のアン」に学ぶ幸福《しあわせ》になる方法
森林原人 セックス幸福論〈偏差値78のAV男優が考える〉
桃戸ハル編・著 5分後に意外な結末〈ベスト・セレクション〉
桃戸ハル編・著 5分後に意外な結末〈ベスト・セレクション 黒の巻・白の巻〉
桃戸ハル編・著 5分後に意外な結末〈ベスト・セレクション 心震える赤の巻〉
桃戸ハル編・著 5分後に意外な結末〈ベスト・セレクション 心弾ける橙の巻〉
桃戸ハル編・著 5分後に意外な結末〈ベスト・セレクション 金の巻〉
桃戸ハル編・著 5分後に意外な結末〈ベスト・セレクション 銀の巻〉
森 功 高倉 健〈隠し続けた七つの顔と「謎の養女」〉
森 功 地面師〈他人の土地を売り飛ばす闇の詐欺集団〉
望月麻衣 京都船岡山アストロロジー
望月麻衣 京都船岡山アストロロジー2〈星と創作のアンサンブル〉
望月麻衣 京都船岡山アストロロジー3〈恋のハウスと檸檬色の憂鬱〉
望月麻衣 京都船岡山アストロロジー4〈月の心と惑星回帰〉
桃野《ももの》雑派《ざっぱ》 老虎残夢
桃野雑派 星くずの殺人
森沢明夫 本が紡いだ五つの奇跡
山田風太郎 甲賀忍法帖〈山田風太郎忍法帖①〉
山田風太郎 伊賀忍法帖〈山田風太郎忍法帖③〉
山田風太郎 忍法八犬伝〈山田風太郎忍法帖④〉
山田風太郎 風来忍法帖〈山田風太郎忍法帖⑪〉
山田風太郎 新装版 戦中派不戦日記
山田正紀 大江戸ミッション・インポッシブル〈顔役を消せ〉
山田正紀 大江戸ミッション・インポッシブル〈幽霊船を奪え〉
山田詠美 晩年の子供
山田詠美 A《エイ》2《トゥ》Z《ズィ》
山田詠美 珠玉の短編
柳家小三治 ま・く・ら
柳家小三治 もひとつま・く・ら
柳家小三治 バ・イ・ク
山口雅也 落語魅捨理《ミステリ》全集〈坊主の愉しみ〉
山本一力 深川黄表紙掛取り帖
山本一力 牡丹酒〈深川黄表紙掛取り帖㈡〉
山本一力 ジョン・マン1 波濤編
山本一力 ジョン・マン2 大洋編
山本一力 ジョン・マン3 望郷編
山本一力 ジョン・マン4 青雲編
山本一力 ジョン・マン5 立志編
椰月美智子 十二歳
椰月美智子 しずかな日々
椰月美智子 ガミガミ女とスーダラ男
椰月美智子 恋愛小説
柳 広司 キング&クイーン
柳 広司 怪談
柳 広司 ナイト&シャドウ
柳 広司 幻影城市
柳 広司 風神雷神(上)(下)
薬丸 岳 闇の底
薬丸 岳 虚夢
薬丸 岳 刑事のまなざし
薬丸 岳 逃走
薬丸 岳 ハードラック
薬丸 岳 その鏡は嘘をつく
薬丸 岳 刑事の約束
薬丸 岳 Aではない君と
薬丸 岳 ガーディアン

薬丸　岳　刑事の怒り
薬丸　岳　天使のナイフ〈新装版〉
薬丸　岳　告　解
薬丸　岳　刑事弁護人(上)(下)
山崎ナオコーラ　可愛い世の中
矢月秀作　ACT《アクト》〈警視庁特別潜入捜査班〉
矢月秀作　ACT《アクト》2　告発者〈警視庁特別潜入捜査班〉
矢月秀作　ACT《アクト》3　掠奪〈警視庁特別潜入捜査班〉
矢野　隆　我が名は秀秋
矢野　隆　戦《いくさ》始末
矢野　隆　乱
矢野　隆　長篠の戦い〈戦百景〉
矢野　隆　桶狭間の戦い〈戦百景〉
矢野　隆　関ヶ原の戦い〈戦百景〉
矢野　隆　川中島の戦い〈戦百景〉
矢野　隆　本能寺の変〈戦百景〉
矢野　隆　山崎の戦い〈戦百景〉
矢野　隆　大坂冬の陣〈戦百景〉
矢野　隆　大坂夏の陣〈戦百景〉
矢野　隆　籠　城　忍《しのび》〈小田原の陣〉
山内マリコ　かわいい結婚
山本周五郎　さ　ぶ〈山本周五郎コレクション〉
山本周五郎　白石城死守〈山本周五郎コレクション〉
山本周五郎　完全版 日本婦道記(上)(下)〈山本周五郎コレクション〉
山本周五郎　戦国武士道物語 死《し》處《しょ》〈山本周五郎コレクション〉
山本周五郎　戦国物語 信長と家康〈山本周五郎コレクション〉
山本周五郎　幕末物語 失　蝶　記〈山本周五郎コレクション〉
山本周五郎　逃亡記 時代ミステリ傑作選〈山本周五郎コレクション〉
山本周五郎　家族物語 おもかげ抄〈山本周五郎コレクション〉
山本周五郎　繁《しげ》　あ　ね〈美しい女たちの物語〉
山本周五郎　雨　あ　が　る〈映画化作品集〉
柳田理科雄　スター・ウォーズ 空想科学読本
柳田理科雄　MARVEL マーベル空想科学読本
靖子靖史　空《くう》色《しき》カンバス〈瑞空寺《ずいくうじ》凸凹《でこぼこ》縁起《えんぎ》〉
安本由佳 山本理沙　不機嫌な婚活
山中伸弥 平尾誠二・惠子　友　情〈平尾誠二と山中伸弥「最後の約束」〉
山手樹一郎　夢介千両みやげ(上)(下)〈完全版〉
山口仲美　すらすら読める枕草子
山本巧次　戦国快盗　嵐丸〈今川家を狙え〉
山本巧次　戦国快盗　嵐丸〈朝倉家をカモれ〉
夜弦雅也　逆　境〈大正警察 事件記録〉
夢枕　獏　大江戸釣客伝(上)(下)
夢枕　獏　大江《おおえ》戸《ど》火《か》龍《りゅう》改《あらため》
唯川　恵　雨　心　中
行成　薫　ヒーローの選択
行成　薫　バイバイ・バディ
行成　薫　スパイの妻
行成　薫　さよなら日和
柚月裕子　合理的にあり得ない〈上水流《かみづる》涼子《りょうこ》の解明《かいめい》〉
夕木春央　絞《こう》首《しゅ》商《しょう》會《かい》
夕木春央　サーカスから来た執達吏
夕木春央　方　舟
吉村　昭　私の好きな悪い癖
吉村　昭　吉村昭の平家物語
吉村　昭　暁　の　旅　人
吉村　昭　新装版 白い航跡(上)(下)
吉村　昭　新装版 海も暮れきる

講談社文庫　目録

吉村　昭　新装版 間宮林蔵
吉村　昭　新装版 赤い人
吉村　昭　新装版 落日の宴(上)(下)
吉村　昭　白い遠景
横尾忠則　言葉を離れる
与那原 恵　わたぶんぶん〈わたしの「料理沖縄物語」〉
米原万里　ロシアは今日も荒れ模様
横山秀夫　半落ち
横山秀夫　出口のない海
吉田修一　日曜日たち
吉田修一　昨日、若者たちは
吉本隆明　真贋
吉本隆明　フランシス子へ
横関　大　再会
横関　大　グッバイ・ヒーロー
横関　大　チェインギャングは忘れない
横関　大　沈黙のエール
横関　大　ルパンの娘
横関　大　ルパンの帰還
横関　大　ホームズの娘
横関　大　ルパンの星
横関　大　ルパンの絆
横関　大　スマイルメイカー
横関　大　K2〈池袋署刑事課 神崎・黒木〉
横関　大　帰ってきたK2〈池袋署刑事課 神崎・黒木〉
横関　大　炎上チャンピオン
横関　大　ピエロがいる街
横関　大　仮面の君に告ぐ
横関　大　誘拐屋のエチケット
横関　大　ゴースト・ポリス・ストーリー
横関　大　忍者に結婚は難しい
吉川永青　裏関ヶ原
吉川永青　化け札
吉川永青　治部の礎《いしずえ》
吉川永青　老侍
吉川永青　雷雲の龍〈会津に吼える〉
吉村龍一　光る牙
吉川トリコ　ぶらりぶらこの恋
吉川トリコ　ミドリのミ
吉川トリコ　余命一年、男をかう
吉川英梨　波動〈新東京水上警察〉
吉川英梨　烈渦〈新東京水上警察〉
吉川英梨　朽《く》海《かい》の城〈新東京水上警察〉
吉川英梨　海底の道化師〈新東京水上警察〉
吉川英梨　月《げっ》下《か》蠟《ろう》人《じん》〈新東京水上警察〉
吉川英梨　海《かい》蝶《ちょう》〈海を護るミューズ〉
吉森大祐　幕末ダウンタウン
吉森大祐　蔦　重
横山光輝 山岡荘八・原作　漫画版 徳川家康1
横山光輝 山岡荘八・原作　漫画版 徳川家康2
横山光輝 山岡荘八・原作　漫画版 徳川家康3
横山光輝 山岡荘八・原作　漫画版 徳川家康4
横山光輝 山岡荘八・原作　漫画版 徳川家康5
横山光輝 山岡荘八・原作　漫画版 徳川家康6
横山光輝 山岡荘八・原作　漫画版 徳川家康7
横山光輝 山岡荘八・原作　漫画版 徳川家康8
よむーく　よむーくの読書ノート

2025年3月14日現在